半夢半醒之間，
月色潔白
古宮九時
繪者 新井テル子

第一譚

1. 神話

這要追溯到很久以前。

在這片大陸只有一個古國統治的時期，有一條巨大的蛇棲息在北方岩山。軀體包覆在蒼藍色堅硬的鱗片中，巨大的身體足以吞掉一座小城池。體長甚至能圍繞半座大陸。當人類發現其存在時，巨蛇已經深陷長眠中。但巨蛇偶爾輕輕翻身，城鎮村莊便頓時遭到強烈地震侵襲，導致眾多民眾喪生。

遠古的國王害怕巨蛇醒來，禁止任何人進入北山。可是國王的防備卻徒勞無功，有一天巨蛇在極度空腹中甦醒。巨蛇昂起龐然大頭，試圖吞噬在天空中發光的太陽。國王得知此事後，派兵前往北山。結果上千支刀劍與無數箭矢，甚至沒有在任何蛇鱗上留下傷痕。

眾人深感自己的無力，最後國王決定祈求神明。

只有一位神明回應召喚並顯靈。

神明以神力將巨蛇斬殺成數塊，然後命令國王提供報酬。

神明要求三樣事物，做為斬蛇的代價。分別是美酒、藝樂與聖體。

國王感謝神明相助，隨即應允要求，建立一座城獻給神明。
這座城就位於北方岩山山腳——名叫艾麗黛。
即使古國已不復見，這座城依然繁榮。如今以美酒、藝樂與聖妓之城，名聲響遍整座大陸。

☆

「這裡就是艾麗黛嗎？」
身穿旅行裝束的青年騎過朱紅色大橋後，隨即下馬。
視線彼端是這片大陸歷史最悠久的城。
這座城建立於遠古的黎明時期，保留了濃厚的神話風貌。樓門對面的街道是古老的木造商家，街上往來的行人也大多穿著和服。一到傍晚時分，商家便在屋簷下垂掛點亮的燈籠。淡紅色的紙花瓣迎風飛舞，落在從商家二樓俯瞰街道的娼妓掌心。
遠遠傳來笛聲。異國風情讓黑髮青年感嘆了一口氣。
「美酒、藝樂與聖妓之城嗎……」
——原以為對這三樣都不感興趣的自己，一輩子都不會來到此地。
青年手握轡繩，眺望大陸最古老的花街。包含青樓在內，這座城有大約五百間商家。幾千人居住在此地，據說每年來到此地的訪客遠遠超越居民人數。

正當青年對名副其實的熱鬧感到佩服時，身後傳來宏亮的聲音。

「第一次來艾麗黛嗎？小哥。馬廄在進入城門內左邊。」

回頭一瞧，是一名背著籮筐的男性商人。從他身上的洋服來看，可能來自王城。男子不等青年回答，接著開口。

「很漂亮吧？這座神話之城從千年前一直維持沒變。初次造訪的人大多會在這裡看得入神，所以一眼便知。」

「原來如此……」

「要不要我幫你介紹不錯的店？你長得這麼清秀，肯定很受娼妓的歡迎。」

「不，我是來找自衛隊的。謝謝。」

隨著時代變遷，擁有艾麗黛的國家不斷更迭。但不論在任何時代，艾麗黛皆上繳高額稅金以獲得寬鬆的自治權。所以這座城從以前就靠自衛隊保護。

與商人道別後，青年走到樓門旁。身穿深藍色制服的自衛隊隊員正與高個子男性聊天。兩人發現青年後，青年隨即從懷裡掏出一封書信。

「我是來自王城的席修·札克托。經由介紹前來遞補『化生獵人』的職缺。」

「好的，我收下了。」

自衛隊隊員瞥了一眼席修的軍刀，然後打開介紹函。

這段期間席修不經意一瞥城內。黃昏時分，夜幕逐漸低垂。注視熱鬧街道的他，視線偶然聚焦於一點。

——彷彿月光集中灑落於該處，在洶湧人潮中有一處小小的空隙。

空隙的真正面貌是一名少女。年約十五、六歲的她，美麗的銀髮梳成漂亮的髮型。身穿純白色和服，繫著藍色腰帶。側顏美如精緻的藝術品，看得出連往來過客都著迷，不時回頭一睹少女的風采。

少女隨即消失在川流的人群中。席修不由得追尋她的嬌小背影。

「——你看上了那女孩嗎？」

剛才與自衛隊員聊天的男性一問。席修再次端詳這名貌似比自己略大的男性。

「與其說看上……應該說覺得她有些特殊，才忍不住注視。」

那名少女散發不可思議的氣氛。夜幕低垂下，甚至覺得只有她特別顯眼。可能因為她散發的特殊氣質。這座城隱約瀰漫一股神祕感，少女彷彿帶有相同的感覺。

見到席修表示不解，高個子男性開心一笑。

「直覺真敏銳，不愧是化生獵人。那女孩是艾麗黛唯一的巫女。」

「巫女？只有一人嗎？」

這片大陸的奇能異士多半為未婚女性，她們總稱為「巫女」。巫女的異能因人而異，有「隱約預知未來」或「驅除不祥之物」。不過大城內只有一名巫女倒是很罕見。男性似乎已經習慣這種問題，很乾脆地點頭。

「只有她一人。準確來說，除了她以外的巫女在艾麗黛都不叫巫女。畢竟她繼承的可是三項供品之一的『聖體』。算是這座城最特別的人物。」

「聖體……」

在來到此地之前，席修也確認過這個古老的傳說。神明要求的報酬是『美酒』『藝樂』與『聖體』。奉獻這三項供品的家族，如今在這座城內依然有強大影響力。其名為「神供三大家」。

準備美酒的是「勒迪家族」。

掌管藝樂的是「米蒂利多斯劇團」。

以及繼承聖妓之名的青樓「月白」。

——意思是那女孩就是現任聖妓，也是巫女嗎？

席修對這件事感到些許不對勁。此時男性從自衛隊員手中接過介紹函。

「好，既然湊巧在這裡見面，就由我充當新任化生獵人的嚮導吧。」

男性理所當然翻開介紹函，讓席修大吃一驚。他既未穿著自衛隊的制服，也沒有配戴武器。身上是極為普通的洋服，可是他怎麼會毫不介意地插手？

略為思考後，席修坦率地詢問。

「請問你是？」

「我是托馬・勒迪。身為神供三大家的一員，一直在尋找到此地任職的化生獵人。歡迎來到艾麗黛。」

席修睜大眼睛，驚訝地注視他伸出的手。

——原以為自己這輩子與神話時代延續至今的花街無緣。

自己對酒僅淺嘗即止，也缺乏藝樂的造詣，更沒有尋花問柳的經驗。同事甚至說過好幾次「他實在太耿直了，無趣到極點」。

結果某一天，自己卻接到前往艾麗黛就職的命令。

「敬請多多指教。我什麼都不懂，真是太好了。」

「我們也缺乏化生獵人，所以彼此彼此。啊，馬廄在進去後往左轉。」

「剛才我也聽說了。」

並未露出笑容的席修，握住男性的手。

自從與神話，以及一名少女相識後。

他的命運就此改變。

☆

「你知道艾麗黛這座城嗎？」

某一天，席修突然受到召見。國王一開口就是這句話。

在謁見廳單膝跪地的席修想了想，然後抬頭。

「那座城位於我國托羅尼亞北部，高聳岩山的山腳。建立於神話時代，即使遠古國家消失於歷史的洪流，那座城依然延續至今。」

「是的，那是美酒、藝樂與聖妓之城，全大陸最有名的花街。」

號稱每個人在人生結束前一定要去一次。悠久歷史點綴的城實在太美麗，足以魅惑人心，讓人流連忘返。

不過席修對該處的認知僅止於此。艾麗黛私底下擁有自治權，官員與軍隊無法進駐。身為托羅尼亞士官的席修也從未進入該地。

王座上的國王以手撐臉，面露微笑。

「其實朕希望你去那座城見識一下。」

「希望屬下去嗎……能否請教陛下原因？」

「沒什麼深刻的原因。朕只是想知道你在那座城會見到、感覺到什麼。這對我國與朕都有幫助。」

國王說著，同時瞄了一眼站在身旁，以布遮住上半張臉的盲眼巫女。侍奉國王的御前巫女具備卓越的預知與遠視能力。她見到的未來絕不會出錯——只見她默默點頭。

那麼國王的命令可能也有某些意義。席修深深低下頭。

「明白，屬下將化為陛下的耳目，前去見聞神話之城。」

「對了，如果你只是單純去一趟，只看得到城的表象。你可以在當地居住一段時間。那裡的自衛隊正好在募集化生獵人，朕會幫你準備介紹函。你應該能勝任化生獵人一職吧？機會難得，為那座城貢獻自己的力量。」

「……屬下遵命。」

總覺得國王在言詞間透露出看戲的感覺，是自己多心了嗎？

國王在大陸上以年輕有為聞名，卻也非常喜歡惡作劇。實際上在國王提拔後，席修的人生便受到極大的擺布。原以為自己從士官學校畢業後，會擔任士官過著平淡無奇的人生。結果不知不覺接到大大小小的麻煩任務，人生高潮起伏。雖然感謝國王的提拔，但席修始終感慨良多，要是過著原本普通的人生多好。

希望這次的聖旨不要又是國王存心看熱鬧。但是席修無法判斷，也沒資格提出異議。見到依然低頭的青年，國王開心地繼續表示。

「朕想聽聽你不戴有色眼鏡的真正感想，所以去之前別調查。如果知道你什麼也不懂，那邊應該會有人教你。這樣比較有趣。」

「……知道了。屬下會在不失禮的程度之內請教對方。」

國王果然存心看熱鬧。這種命令也不是第一次，之前還冷不防要求自己參加貴族宴席。當時席修暗咒國王拿自己尋開心，同時才發現自己對禮節一竅不通。不過這一次是長期任務，若加入自衛隊，肯定不會造成對方的麻煩。聽說艾麗黛基於傳統，具備濃厚的獨特文化。自己應該能尊重當地文化，謙虛求教。

宛如看穿青年內心的想法，國王笑了笑。

「你肯定到哪裡都會受歡迎，發揮自己的本色吧。」

席修似乎明白，但彷彿又不理解國王這句話。

☆

將馬交給馬廄保管後，席修在自稱托馬・勒迪的男性帶領下逛街。

托瑪是王城貴族，勒迪家族的下屆當家，比席修大六歲，年二十七。容貌端正，衣著整齊。態度和藹可親，是完美的嚮導人選。他兼具商人的親切與貴族的高尚，還大方地說「敬語太繞口，就免了吧」。於是席修坦率地提出疑問。
「話說王城的貴族為何會在艾麗黛呢。」
艾麗黛神供三大家之中，只有勒迪家族席修以前就聽過。因為另外兩家從未離開過艾麗黛。而擁有酒窖的勒迪家族積極與外界接觸，在國內獲得財富與地位。據說因為勒迪家族在王城最有人脈，才由托馬負責募集化生獵人的事宜。托馬聽了哈哈大笑。
「貴族的地位是為了在艾麗黛行事方便。勒迪家族不論以前或現在，都是酒匠之家。況且酒窖也在這裡，王城只是偶爾去宅邸露個臉。反正父母都在那邊就夠了。」
聽托馬毫不避諱解釋的同時，席修偶然仰望天空。因為見到視野角落，有隻大大展翅起飛的鳥。席修反射性伸手握住軍刀刀柄，結果托馬開口打斷他。
「那不是化生，只是普通的鳥。」
「……是真的。」
仔細一瞧，劃過空中遠去的鳥有實體。見到席修放下軍刀，托馬笑了笑。
「話說我的確要求『想要有能耐的化生獵人』。結果竟然是大貴族介紹而來，代表你相當有本事呢。」
「還好，我應該只是偶然具備化生獵人的能力，才會獲選。」

——這片大陸上有種妖魔，總稱為「化生」。

絕大多數人類都看不見，就像淡淡的影子一樣。會化為紅眼的鳥獸外型，在人群聚集之處會莫名其妙地產生。化生一旦靠近人類，就會扭曲人心，引發悽慘的事件，所以需要及時討伐。肩負此一職責者叫做化生獵人。

席修偶然具備能看見化生的資質，這次才會前來視察。他並未以化生獵人謀生，不過介紹函應該對自己大加讚揚。

「化生獵人的能力嗎？唯有在這座城，技巧比能力更重要。你對艾麗黛了解多少？」

「抱歉，我的知識僅限於史書上的記載。」

出於禮貌，其實來之前應該盡可能調查。可是聖旨在身，自己不能這麼做。國王多半覺得自己不知所措的模樣很有趣，但實在對不起一起被拖下水的居民。

不過這一點姑且不論，目前對艾麗黛的印象是「如夢似幻的城」。

傍晚時分的街道就像慶典日一樣熱鬧。四處都開始點亮五顏六色的燈籠，鼎沸的人聲如波浪般交會。娼妓穿著豔麗的和服，小聲嗤笑。倚靠著早早開門營業的青樓二樓欄杆，朝路過的男性招手。紙燈籠的燈火反射在遍布街道的水渠中，隨波搖曳。

「今天是什麼特別的夜晚嗎？」

「不，每天都是這樣。算是這座城的特色。」

「原來如此……怪不得會有人大老遠跑來。」

眼前的景色十分美麗，美得不屬於日常。連席修這種俗人都知道這座城有不可思議的魅力。一種不屬於任何國度，超脫凡俗的氣氛。即使只佇足片刻，都有很多人想在此地休息吧。

托馬對好奇地環顧街景的席修微微點頭。

「不知道這座城的底細最好。因為有很多不成文的規則，只有此地的居民才知道。碰上了再問即可。」

「知道了。可能會因為不知禮數而添麻煩，敬請多多指教。」

聽到席修非常認真的回應，托馬有些好奇地注視他。

「剛才我就隱約覺得，有沒有人說你有點奇特啊？」

「我倒是覺得很普通。」

席修回想起來，士官學校的同學是這麼評論自己的：「十年一見的耿直男」、「完全不懂玩笑的你本身就是個玩笑」、「試試看你能維持這樣多久，因為很有趣」。

但他們是和自己朝夕相處的同學，才會這麼說。應該輪不到第一次見面的人說自己

「有點奇特」。

即使心裡這麼想，但既然對方開口，席修便坦率地回答。

「抱歉我不懂事，我會盡可能改善。」

「我不是這個意思……算了，無妨。」

托馬笑著拍了拍席修的背。然後一邊逛街，同時告訴席修「那間店的菜色便宜又美味」「進入那條巷子，有間店販售居民使用的日用品」。

最後抵達位於城西的自衛隊總部。圍繞在高聳城牆的總部內，宿舍與訓練場都在此處。席修在這裡辦理各種手續。

一連串手續中包括與化生獵人較量，在外頭的訓練場做三戰兩勝的測驗。贏得第一場勝利後，評審便表示「沒有問題」，正式讓席修上任。

剛才靠在外牆觀戰的托馬發出讚嘆。

「真是出乎意料。你怎麼會跑來艾麗黛？憑你的本事，在王城不難謀個一官半職吧。」

這個犀利的問題聽得席修差點身子一震，端正的容貌忍不住輕輕皺眉。

「我也不知道為什麼……算是順水推舟吧。」

「這裡的薪水並不差。可是與王城相比，沒有出人頭地的機會喔。」

「我對出人頭地沒興趣，而且我個人比較喜歡到缺人的地方幫忙。」

這是席修的真心話。他對過度的地位或財產不感興趣，而且來到艾麗黛的契機是國王的旨意。不過既然這裡為缺乏化生獵人所苦，那麼來這裡是對的。

席修接過化生獵人身分證明的飾繩，綁在自己的軍刀上。朱紅色的飾繩上繫著一顆黑水晶，每名化生獵人似乎繫的石頭都不一樣。包含席修在內，目前艾麗黛有五名化生獵人。其中一人年事已高，大多在家裡待命。另外三人擔任自衛隊，幫忙巡邏街道。一旦接獲目擊化生的報告，就要前往討伐。

「如果你能接受，那麼在這裡真的幫了大忙啦。啊，明天就會幫你準備好宿舍房間。所以今天暫時外宿吧，抱歉。」

「沒關係。反正在外頭逛一晚，時間很快就過了。」

既然他剛才沒提到「今天就去」，這是當然的。席修爽快地點頭，但托馬卻搖了搖頭。

「再怎麼說也會幫你安排今晚下榻之處。反正我還想再帶你去一個地方，正好。」

「另一個地方？」

托馬咧嘴一笑。

「去最古老的青樓吧——向你介紹剛才的女孩。」

據說在艾麗黛的眾多青樓中，「月白」是唯一號稱正統神話之處。因為該地是為了奉獻「聖體」而建的神樓，如今月白的樓主依然繼承當時的古老血脈。

沿著街道往北的路上，席修環顧完全暗下來的四周。

「路上的行人愈來愈少了，難道你走的是捷徑？」

「這條路沒錯，月白位於北方城郊。」

零星的石燈籠照耀著夾在兩側竹林中的夜晚小徑。雖然並非沒有擦肩而過的行人，但比剛才摩肩擦踵的鬧區少了很多。

席修從竹林的縫隙仰望天上的缺月。

「話說在這麼熱鬧的城裡，居然完全看不見化生的蹤影啊。」

王城內只要是有人聚集的場所，尤其是鬧區，幾乎都會有一隻化生。例如徘徊在巷子內，外型像狗的黑影。或是飛越暮色的鳥型化生，這些都不稀奇。席修以前被捲入南方的詭異事件時，還斬殺過能穿牆的虎型化生。不論怎麼消滅，過一段時間都會再度出現。化生與人類的活動息息相關，無法根絕。

☆

可是在艾麗黛，人潮像舉辦慶典一樣洶湧，卻沒見到任何化生。難道在這裡討伐得非常徹底嗎？席修感到佩服之際，托馬面露苦笑。

「對喔，你還不知情呢。畢竟這件事的確對外人保密。」

「什麼事？」

「啊——沒有親眼見過很難理解，所以稍後再說。來，我們到了。」

托馬指了指在月色下浮現的門。

門上沒有招牌。門前是石板路，後方有一棟兩層樓的大型宅邸。宅邸門口掛著白色燈籠，上頭畫著弦月的圖案。

「這間青樓的樓主就是剛才的女孩。前任巫女，也就是她的祖母大約半年前過世後，她才繼承這間青樓。」

見到托馬對此地十分熟悉的模樣，席修從不遠的後方詢問。

「這麼晚了還上門打擾，不嫌失禮嗎？」

「說這什麼話。青樓可是夜晚開門營業啊，早上來才失禮呢。看到燈籠有火光吧，證明此樓正在營業。」

「聽你這麼一說，其他青樓的屋簷都掛著燈籠呢……」

在席修茅塞頓開時，托馬進入玄關，然後向後方的某人露出笑容。

「嗨，薩莉，還好嗎？」

「——託您的福，一如既往，托馬公子。」

少女的聲音婉轉如鈴。抵達大門前方的席修停下腳步。

托馬撫摸少女的頭，這一幕正好映入席修的眼簾。

「客套話就免了。」

「托馬！頭髮會散開啦！」

雖然少女鼓起臉頰抗議，但隨即笑出來。無憂無慮的笑容吸引席修的視線。

——她的確是剛才在城門口見到的少女。

身穿純白色和服，繫著藍色腰帶。一輪弦月拔染（註1）在腰帶上。仔細梳起的銀髮宛如蓄積月光般光澤豔麗，嬌小的臉龐堪比人偶般精雕細琢。深藍色的雙眸清澈無比，手上僅戴著細手鐲，化妝也十分保守。不過近距離端詳，可以看出她真的很漂亮。

不過更吸引席修目光的，不是她的美麗容貌，而是符合年齡的笑容。聽說她是艾麗黛唯一的巫女，不過看她臉上的笑容，就是單純的可愛少女。

「那麼托馬，今天有何貴幹？如果要過夜的話，我去叫伊希雅來。」

註1　在花樣保留原本質料的顏色，其餘地方染色的技法。

「不，我是帶人來的。席修，進來吧。」

聽到托馬一喊，席修才回過神來，跨過門檻。

少女一見到席修，表情瞬間一變。

從十五、六歲的少女笑容，變成掛在臉上的完美微笑。就像蝴蝶改變翅膀顏色一樣明顯。站在三和土臺階上的少女，修長的銀色睫毛一晃，面露微笑。

「歡迎來到青樓『月白』。」

聲音比剛才略低而沉著。沁入耳內的聲響，聽得出她就是樓主。

「此處為艾麗黛唯一繼承神祕神話的場所。屬於北方正統，風格會與其他青樓有些不一樣，可以嗎？」

「呃，不……」

流利的問候聽得席修慌了手腳。不知從何開口的席修望向托馬，只見他一臉看熱鬧的眼神注視自己。明明是他帶自己來，結果卻絲毫無意幫忙解釋。雖然見面才幾小時，席修卻已經逐漸明白他的個性。

暗暗下定決心「稍後要向他抱怨」，同時席修一改態度。

「妳好，我叫席修．札克托。擔任化生獵人，剛從王城來到此地。今天前來問候。」

托馬帶自己來到這裡的原因，可能是「她是艾麗黛唯一的巫女」。或者「她是神供三大家之一」，也有可能兩者皆是。見到席修帶有敬意地敬禮，少女微微睜大眼睛。

仰望席修的藍色眼眸，看不出她心中真正的想法。不過她僅僅一瞬間注視自己，隨即動作高雅地略為屈膝。

「原來如此，真是失禮了。」

宛如經驗豐富的樓主，帶有漫長歲月的歷史風韻，少女面露微笑。

「我是月白的薩莉蒂。敬請多多指教。」

這句話在席修的心中清澈地回響。

席修首先向巫女薩莉說明「我對城一無所知，今後會慢慢學習，有勞妳的幫忙。」正經八百的問候聽得少女睜大眼睛，不過僅笑著回答「別介意」。但只是因為她心胸寬大吧。席修一想到今後還得懇請居民幫忙，就浮現國王看熱鬧的表情，心中不禁惱火。真想盡快學會在此地生活的必要知識。

「那麼先帶您逛逛這座青樓吧。請往裡面。」

然後薩莉帶席修脫下鞋子，經過走廊來到後方的大廳。

開啟雙開的厚重門扉，席修首先對房間的寬廣感到驚訝。偌大的空間與挑高的天花板，甚至能在此舉辦舞會。正面是朝向中庭的玻璃落地窗。

而且此處有二十幾名女性，正隨心所欲地消磨時間。有少女躺在白色地毯上看書，也有女性靠在長椅上塗指甲油。有些女性優雅地坐在桌旁飲茶，各有各的舉止。其中有人發現席修等人，投以充滿興趣的眼神，有人則完全沉默不語。

「這間房間叫『花之間』。沒有接客的娼妓基本都待在這裡。她們之間有不少怪人，請見諒。」

「看起來並不怪……不過與其他青樓的氣氛差很多呢。」

馬路上熱鬧的青樓，娼妓們幾乎都倚靠在窗邊賣笑攬客。相較之下，這裡宛如貴族的沙龍。娼妓們自由消磨時間，絲毫沒有向尋芳客搔首弄姿的模樣。有娼妓與席修四目相接後，笑著揮揮手，但頂多只有半數。薩莉帶領席修來到房間角落的桌子旁，同時一臉苦笑。

「此處與其他青樓最大的不同，就是『由娼妓選擇尋芳客』。當然尋芳客可以選擇自己喜歡的對象，但是得看娼妓是否接受。」

「因此花代（註2）也相當高，來此處的尋芳客不多。」

坐上椅子的托馬笑著說。他伸手端起下女送來的酒杯。下女也在席修面前放置酒杯，但席修並未飲用。

「因為這座青樓有聖妓，娼妓才擁有選擇權嗎？」

「不，除了我以外，眾人都是普通女子。只不過這間店遵循正統神話，更重視你情我願。因為神明索取的最重要報酬是快樂。」

薩莉望向席修的手邊，隨即吩咐下女「奉茶」。她似乎無意坐下，站在桌子另一側的她顯得楚楚動人。

席修感到過意不去。但就算主動開口「坐下吧」，她多半也不會就座。所以打聽在意的事情後，盡早離去才是上策。

「我聽說艾麗黛的巫女只有妳而已。」

「準確來說，只有我才叫做『巫女』。有巫女來自其他城，但是這裡的人只會稱呼我為巫女。在艾麗黛，巫女指的就是月白的樓主。」

薩莉一抬手，輕輕一打響指。隨即一瞬間飄起發光的飛沫，席修心想應該不是

註2　尋花問柳的費用。

看走眼。

「艾麗黛的巫女負責管理城外圍的結界，防止城裡產生的化生逃出去。其他主要任務就是在諸位獵人討伐化生之際，負責輔助。只要提出要求我就會陪同，所以敬請開口。」

「輔助？」

「獨自一人追蹤化生很麻煩吧？化生一旦發現打不贏獵人，就會想盡辦法逃跑。只要有我在場，就能限制化生的行動。」

「喔……的確是，那可幫了忙呢。」

以前在王城出現化生時，的確飛天遁地，穿牆逃竄，相當麻煩。艾麗黛的巫女應該會在這時候提供協助。

見到席修心領神會，薩莉忽然微微苦笑。她的臉上一瞬間浮現稚嫩的自嘲。

「不過我身為巫女，年紀尚輕。若沒有這只手鐲就無法發揮力量——」

薩莉撩起左手的袖子，只見她的手上戴著細細的銀手鐲。

「而且每逢上弦月至滿月，我沒辦法跟各位一起出動。敬請見諒。」

她以眼神致意後，下女隨即奉茶。席修向下女道謝後，聞到芬芳的茶香，瞇起眼睛。以前在王城從未聞過這種香氣。或許因為是大陸第一的花街，聚集了多采多姿的奇珍異品。席修暗自決定，等一下去茶館問問看。

薩莉的視線一直盯著席修。

「您是——」

正待薩莉開口，有別的尋芳客推開大廳的門進入。由下女帶領的壯年男性似乎是熟客。剛才在後方的一名娼妓隨即面露笑容起身。為了打招呼，樓主薩莉也低聲告知「我馬上回來」便離開席修面前。端起酒杯的托馬笑著向席修開口。

「如何？她就是艾麗黛的巫女。」

「……看起來像是普通的女孩。」

美麗無瑕的少女，身為樓主的舉止無可挑剔，但應該是她的覺悟與努力所賜。看不出托馬一開始說的「全艾麗黛最特別的人」。她雖然美貌出眾，卻尚未成熟。要說她有何特別之處，應該是第一眼見到時的不可思議氣氛。但聽說她是巫女，倒是可以明白。每一位巫女的力量類別與來源都不一樣。薩莉應該也是身為巫女，身上才會隱約散發類似月光的氣息。

所以在席修的眼中，她是盡忠職守的普通少女。

「普通嗎？原來如此。」

「難道有什麼不一樣？」

「不，大致上是對的。身為樓主努力的一面很可愛吧？」

「可愛？」

真要說的話，「美麗」這個詞比較適合她。席修望向在大廳另一側問候的薩莉。

「因為我從她小時候就認識她，算是可愛的妹妹。憑你這樣的話，很快就會覺得她很可愛吧。」

「這對青樓樓主不太禮貌吧……」

壯年男性帶娼妓離開花之間後，托馬隨口告訴返回的薩莉。

「薩莉，自衛隊的宿舍尚未備妥，今天就讓他在月白留宿吧。」

「明白，那就找人陪他——」

眼看薩莉環視一眾娼妓，席修急忙阻止她。

「不，不用了，不需要這麼大費周章。」

而且自己本來就無意在此過夜。如果再交給托馬，自己就無禮到極點了。但薩莉歪頭表示不解。

「我們不收您的花代，而且應該會有人看上您。」

「不是這個意思，我本來就無意買春。抱歉我不解風情，感謝妳的盛情。」

聽到席修有些急促地辯解，少女一臉茫然。她注視席修一段時間後，冷不防開口。

「那麼……要睡在我的房間嗎？」

「這樣更沒禮貌了。」

見到席修認真婉拒，托馬笑出聲來。在席修瞪向開懷大笑的托馬之際，薩莉再度開口。

「抱歉我沒說明清楚。其實我住在後方的離樓，不過主樓也有我接待恩客的房間。目前無人使用，您可以在那裡過夜。」

「巫女也需要接客……？」

席修的聲音透露出驚訝。但隨即回過神來，說聲「對不起」為自己的失禮賠罪。

不過薩莉似乎早就料到他的反應，呵呵一笑。

「許多巫女一旦與男性交合，就會失去力量。不過艾麗黛的巫女是透過血脈繼承力量。前任樓主，亦即我的祖母也是巫女，更前一任巫女亦然。即使失去純潔之身，也不會失去力量。不過代價是力量不太穩定，會受到月亮盈缺的影響。」

「巫女的血脈嗎……意思是接客後成為聖妓，才會顯現力量？」

在廣闊的大陸上，據說古時候有娼妓以這種方式占卜男性的命運。所以席修以為薩莉也會接客，但薩莉卻搖搖頭。

「不，我尚未接過客，卻具備巫女之力。亦即我的力量是與生俱來的。」

她的聲音彷彿在訴說古老的故事。

聽起來婉轉悅耳，並且擁有無法忽視的力量。

「不過既然我肩負延續血脈的任務，總有一天就必須接客生子。所以我既是這間青樓的樓主，同時也是娼妓。」

體現正統神話的少女，湛藍的清澈眼眸注視席修。

席修也回望她的眼眸。讓人聯想到冰冷湖水的顏色十分神祕。

「不過，月白之主一生中——只會選擇一位恩客。」

聽在席修的耳中，宛如祕密的誓言。

☆

月白樓主的房間很長一段時間無人使用。不過十分通風，也打掃得很乾淨。

房間位於二樓最後方。薩莉帶領席修來到該處後，關起紙窗並掛上窗鉤。然後轉頭望向尷尬的席修。

「稍後下女會端餐飲來。浴室已經燒好了熱水，敬請使用。更換的衣物我放在這裡。」

「抱歉完全讓妳包辦一切……」

見到席修充滿歉意的苦澀表情，薩莉在他看不見的角度呵呵一笑。

初來乍到艾麗黛的他，一整天肯定接受不少這座城的洗禮。或許其中七成要算在托馬的頭上。薩莉從懂事就認識托馬，知道他懂得照顧人，卻也喜歡觀察他人的反應。來自外地的青年肯定是他尋開心的絕佳對象。

薩莉瞄了一眼脫下上衣的席修。雖然他的嚴肅表情有些顯眼，其實還挺端正。真要說的話長得挺俊秀，只不過苦澀的表情散發出讓人難以接近的氣氛。另一方面，他的個性耿直，十分有趣。連面對年紀比他小的薩莉，都表達出平起平坐，甚至過於禮貌的態度。

「有任何吩咐就通知我或下女，早上可以晚點起床無妨。」

「謝謝妳。」

席修道謝後，尷尬地補充了一句。

「其實妳可以不用這麼周到。」

「我並沒有特別周到啊。」

「……」

一股微妙的沉默籠罩。薩莉在氣氛變成明確的尷尬前，露出完美的笑容表示

「那就先失陪了」。然後離開房間，回到長廊上。

「……這人真有趣。」

來自王城的尋芳客不少，薩莉自己也在王城出生。不過這樣的青年還是第一次見到。

他應該就是別人口中耿直、木訥一類的人。連在王城都很罕見，在艾麗黛更不在話下。如果不是因為擔任化生獵人，不買春的他肯定不會來到艾麗黛，更遑論月白。

但他依然以自己的方式，試圖適應陌生的城。不僅認真提出疑問，還為失禮道歉，非常有趣。動輒向下女道謝也好，他的認真在薩莉的眼中留下好印象。所以薩莉才認為，自己的房間可以借他使用。

「希望我的解釋沒有出錯。」

發現自己下意識地呵呵笑，薩莉抬起頭來。一瞧夜晚的窗戶，只見血色略淡的容貌回望自己。

明亮的銀髮梳得很整齊。白瓷般的肌膚上略施薄妝。眼瞼施加陰影，臉頰抹上紅色。花瓣般的嘴唇塗抹拘謹的淡紅色。楚楚動人與樓主的冷靜共存於芳齡少女的容貌中。見到自己的外表沒有問題，薩莉這才放心。

——十六歲的她，在半年前繼承了月白。

自己天生就要成為月白的巫女。從小經常進出月白，看祖母工作。同時也在月白的娼妓撫養下長大。

即使年紀輕輕接任樓主，薩莉依然得心應手。不過自己經常神經緊繃，偶爾感到不安也是事實。三不五時會反省「自己的舉止是否得當」，甚至想向不在人世的祖母確認。

「即使這是不可能的……」

縱使心中不安，依然不能顯露在臉上。畢竟自己可是最古老青樓的樓主，必須維持冷靜，沉著穩重。

薩莉走進花之間的門。托馬與一名娼妓站在門口，見到薩莉後向她招手。

「怎麼樣？」

「沒有怎麼樣。不要太欺負外地人。」

「他不算外地人吧。今後他就是艾麗黛的化生獵人。」

「或許是吧……」

「話說妳是第一次向新來的化生獵人打招呼吧。所以我覺得那種耿直的人正合適。」

薩莉的嘴脣略為一噘。與其說不滿，其實自己也覺得托馬這句話不無道理。

自從她成為樓主後，這是第一次有新任化生獵人來到艾麗黛。更難得的是他來自外地。身為巫女該如何應對，對薩莉而言是很好的學習機會，而且席修會仔細聽別人說話。

「他的確很耿直……可是這樣是他吃虧，這樣不算詐欺嗎？」

「反正妳也長大了，自己想辦法吧。」

「托馬！」

一旁的娼妓安慰氣噗噗的薩莉。

「別這麼生托馬的氣，薩莉。托馬肯定也十分看重那名青年，才會帶他來月白。即使托馬嘴上這麼說，肯定也十分關心他吧。」

「伊希雅，妳又多嘴了……」

托馬揪著一張臉，喊出娼妓的花名。

在月白的花名叫做伊希雅的她，本名麗狄雅・來茲。原本是南方的沒落貴族大小姐。九年前父親亡故後，自己依靠人脈來到月白。當時十幾歲的托馬與伊希雅在月白相遇，之後托馬就成為伊希雅的相好，伊希雅也未曾接過其他恩客。

月白裡還有五名娼妓和她一樣，只接過一名恩客。此外有娼妓只要看上眼，就接受尋芳客的指名。還有娼妓同時與數名恩客相好，也有看不上任何尋芳客的娼妓。每一名娼妓都很有個性，其中伊希雅就像薩莉的姊姊一樣。自從薩莉成為樓主後，伊希雅主動退讓，平時很少插嘴。不過她說的話依然深得薩莉信任。薩莉略為舉起雙手表示作罷。

「我倒是無所謂，但是別過度玩弄他人。況且最近奇怪的生客特別多。」

「嗯？第一次來艾麗黛的人很多，這不是司空見慣嗎？」

「是沒錯，但那些人不會來到月白吧。畢竟我們地處偏僻。」

「喔，原來如此……這倒是。」

月白坐落於城北近郊。若沒有事先打聽過，很少有人會來到這裡。絕大多數尋芳客一開始都是經人介紹。可是從不久之前開始，生客卻莫名其妙地增加。他們不知道月白的規矩，對「娼妓選擇尋芳客」大為光火；而且舉止粗魯，讓娼妓困擾不已。

今天在托馬與席修抵達之前，兩名來自東部的落魄戰士就在大門口叫囂。當時薩莉出面解釋，取得諒解後才帶兩人前往花之間。結果沒有娼妓願意接客，最後只好寫介紹函，帶他們去別的青樓。

這種人以前一個月頂多一次，可是最近天天出現。而且還有喝得酩酊大醉，或是存心耍流氓的，動不動就大吼大叫。

「我感到不對勁，詢問前來的尋芳客。結果似乎是在其他青樓的雞頭指引下，才會來到月白。」

「什麼啊。聽雞頭介紹，想來一睹正統神話的青樓嗎？」

「不是啦，尋芳客才不會在意哪間青樓。不過聽說有雞頭告訴來到艾麗黛，想去其他青樓的尋芳客：『我們沒辦法接待客官，請到北邊那間去吧』。還指示該如何前往月白。」

聽到這裡，托馬一臉嚴肅。

「怎麼回事，存心找碴嗎？」

「關於這點，我問尋芳客是透過哪裡介紹，結果似乎是較早營業的青樓。還不止一間，而是提早營業的青樓都這樣。」

「……這是南方的習慣。他們天黑得比較早。」

聽到出身大陸南方的伊希雅嘀咕，薩莉與托馬面面相覷。

「最近這種店好像的確變多了。聽說都是與南方的布楠侯有關的新店。所以我才以為南方人都這樣。」

「他們想提早攬客是他們的事，但為何要扯上月白？他們又不是不知道北方正統。」

這座城的居民如果只說「北邊」，就是指傳承自古老神話的月白。而且所有艾麗黛的人都知道，月白是「娼妓擁有決定權的青樓」。

伊希雅白皙的手抵著臉頰。

「布楠侯原本在艾麗黛有別墅，僅偶爾來此地尋歡。但聽說他最近專注於經營青樓。他從以前就很膽小，占有欲卻強烈到病態。他想要的東西沒弄到手，絕不善罷干休，所以我曾經注意過他。」

「咦，他是這種人嗎？我倒是沒和他認真談過……」

記得大約半年前，布楠侯第一次在艾麗黛開店時，邀請過城裡的有力人士。當時薩莉剛繼承樓主，十分忙碌，所以僅送禮道賀而未出席。後來本想詢問托馬情況，結果托馬以及神供三大家的米蒂利多斯同樣缺席。

外界的身分地位在艾麗黛沒什麼意義，但是布楠侯不知道這項規矩。三大家同樣沒有出席另外幾間店的開幕儀式，似乎讓他有點記恨。

「不過什麼是病態占有欲？難道他想在艾麗黛擴展勢力？」

在艾麗黛的確有愈來愈多店家以布楠侯為後臺。不只青樓，據說他還買下幾間奇珍異秀屋與酒窖。花錢如流水的行徑連薩莉都皺眉。如果南方的店面存心向月白找碴，就不能坐視不理。即使自己很年輕，才剛接任樓主不久，但這裡的主人就是薩莉。

不過托馬輕輕一拍薩莉的肩膀。

「我也會調查看看，所以妳不要獨自煩惱。如果實在看不下去，我倒是有方法。」

自從艾麗黛創立，神供三大家就一直是神話之城的象徵。其中勒迪家族經常負責與外界交涉。最為封閉的則是月白，所以托馬的弦外之音應該是「別輕舉妄動」。

即使有些不滿，薩莉依然點頭。托馬見狀露出大方的笑容。

「那我先回去了，小心點啊。」

「咦，你要回去嗎？」

薩莉望向身旁，只見伊希雅一臉苦笑。從她手上的房間牌來看，其實托馬原本會留宿。但是聽了剛才那番話後，才臨時改變主意。

「抱歉……謝謝你，托馬。」

「畢竟這也是我的任務啊。喔，如果有怪人跑來，就找席修幫忙。他很厲害的。」

「要是有奧客非得化生獵人出面才能應付，的確很傷腦筋呢……」

不過有他在的確安心不少。薩莉與伊希雅兩人目送托馬離去。

托馬消失在門外後不久，便有兩名年輕男子進入。兩人貌似手持介紹函，走在石板路上好奇地環顧四周。

為了迎接兩人，薩莉獨自走到大門口。

「歡迎蒞臨青樓『月白』。此地是艾麗黛唯一繼承神祕的神話，由娼妓選擇屬意恩客之處。」

聲音清脆的她，外貌可愛又清新，讓見到她的人忍不住正襟危坐。修長睫毛下，水靈的湛藍眼眸注視兩名男性。

「所以……若未能受到娼妓青睞，還請見諒。」

千年前受到神明的恩寵。繼承如今已然遺忘的傳統，少女動人的聲音響起。

「兩位請進。只要美酒與音樂不絕，此地永遠歡迎您的到來。」

☆

少女樓主用來接客的房間，寬廣得有點過了頭。

整個房間分成三間，還有一間浴場。每一間的設計之美都讓人心平氣和。原木浴槽相當長，連高個子的席修伸長腳都搆不到一半。泡起來是很舒服，卻很難靜下心來。由於始終坐立難安，洗好澡後席修放掉熱水，自行打掃浴場。

溼頭髮的席修換上浴衣後，回到有茶几的房間。房間這麼大，本來很好奇窗外的景色，但是席修見到剛才薩莉特地扣上紙窗的窗鉤；畢竟自己並非恩客，還是別隨便動手。

「話說正統神話啊……」

來到艾麗黛的第一天，席修便感覺到十分濃厚的神話氣息。

目前還沒見到神供三大家的米蒂利多斯族人。不過托馬說「城裡聽到的演奏，幾乎都是米蒂利多斯的樂師」。應該很快就會遇見吧。

問題在於自己實在不知道，國王究竟想要什麼樣的情資。既然不選專業特務，特地指派自己前來，肯定有原因，所以只能靠自己。

席修拿起自己的手冊，開始撰寫今天的見聞。之後打算謄寫一份，當成報告送回王城。國王沒有指定報告的格式與頻率，但應該至少一個月報告一次。

席修一瞧茶几，見到桌上放著小茶壺與茶碗。剛才薩莉帶自己來房間時，特地端來這三只小茶罐。年輕的樓主在花之間觀察後，似乎發現自己喜歡喝茶。席修打開茶罐一聞，每一罐都裝著香氣十足的茶葉。還附了一張便箋留言：「需要熱水敬請吩咐，會立刻為您奉上」。

「待在這裡似乎連感覺都快跟著改變了……」

或許有人會覺得這種無微不至的照顧很舒服，可是席修卻只覺得坐立難安。總覺得如果對這種服務感到理所當然，會變成什麼也不會的廢人。

為了避免這樣，席修試著告訴薩莉「不用這麼周到」，卻成效不彰。或許告訴剛見面的對象「不用太關心我」未免也太厚臉皮。既然巫女會協助化生獵人，那只要相敬如賓，同時尋找適當的距離感即可。因此得表示自己能做到的事情才行。

「去泡茶吧……」

喜歡喝茶的席修，自己就有十幾種茶葉，也熟悉泡茶的方法。他拿起一只茶罐走出房間，打算去廚房要點熱水，之後自己動手即可。

這時候——不知從何處傳來少女微弱的尖叫聲。

席修當場放下茶罐，迅速抓起軍刀衝到長廊上。

樓主的房間在主樓後方，不過自己還記得剛才的路線。剛才的尖叫聲是從外頭傳來的。中途與驚訝的娼妓和尋芳客擦身而過，席修衝向大門。來到寬闊的場所後，跟著衝下樓梯。樓下同樣聚集了聽到尖叫聲趕來的娼妓。

眾人都在窺看大門外頭，其中沒有見到薩莉的身影。一股不好的預感油然而生，席修撥開眾人後光腳來到外頭。隨即見到少女站在門外的背影。

巫女薩莉的銀髮在月光照耀下，發出銀白色的光芒。

「請住手。」

黑暗中響起薩莉的聲音，第一次聽起來如此冰冷。席修對她的冷淡嚇了一跳，順著她的視線望過去。

一名女性站在沒有燈火的黑暗中。她的個子頗高，一頭黑髮散亂，左臂強摟著另一名少女。少女在恐懼中嚇得身體僵硬，從服裝看來是月白的下女。薩莉向少女微微點頭，試圖讓她放心。

「放開她，妳的所作所為毫無意義。」

「住口！」

混濁的聲音聽起來既像男性，也像女性。紅色的雙眼在黑暗中發光。

「她的眼睛是怎麼回事……」

聽到席修忍不住嘀咕，薩莉回頭一瞧，然後忍不住苦笑。

「您聞訊趕來了嗎？既然您看得見她的眼睛，代表您的確具備化生獵人的資質。」

「化生……？」

聽她這麼一說，席修再次望向抓住下女的女性。

她是普通的女性，身上的深綠色和服凌亂不堪。除了性情凶暴與雙眼的紅光搖晃以外，看起來與常人無異。

「那就是化生？可是看起來像人類……而且好像所有人都看得見。」

化生以鳥獸的黑影呈現，普通人既看不見也摸不到。席修從未見過人類外型的化生。況且她如果真是化生，普通人應該看不見她。

可是在場所有人都提心吊膽，注視月下的女性。而且她還抓住一名下女。見到席修一頭霧水，薩莉僅嘴角露出微笑。

「這座城的化生具有實體，會借用人類的外型，而非鳥獸。」

「化生？有人類外型的實體？」

「是的，您能看見那隻化生的眼睛是紅色的吧。紅眼是化生的證明……因為您是化生獵人，看得見很正常。但如果不具備看見化生的力量，紅眼在常人眼中就只是單純的黑眼。」

薩莉說著，視線依然緊盯著化生。宛如被犀利的視線射穿，女性外型的化身頓時膽怯。薩莉抬頭一瞥站在身旁的席修。

「這件事情算是城裡的祕密，也難怪您不知道……難道沒有聽托馬提過嗎？」

「不……他說沒有親眼見過很難理解。」

「意思是您受他捉弄了呢。」

「原來這算捉弄啊……」

不過托馬說得對，沒看過的確很難接受。光是聽別人說，肯定無法相信化生有實體，還會變成人的外型。

「總之既然她是化生，代表可以攻擊她吧。」

「是的，即使具備人類的外型，但如果不消滅，城就無法繼續維持。」

聽到巫女斬釘截鐵地回答，席修拔出手中的軍刀。

「請妳退下，我會想辦法救人質。」

即使她是巫女，照理說也無法直接與化生戰鬥。

化生的鮮紅眼珠惡狠狠地扭曲，瞪著保護薩莉走上前的席修。

「可惡，是化生獵人嗎？」

「放開那女孩。」

被化生抓住的少女臉色發青，上氣不接下氣。但是化生可能知道，一旦放手會陷入更不利的處境，因此愈勒愈緊。並且以低沉的聲音嘲笑席修。

「沒見過你，是新來的嗎？乖乖待在其他城也就罷了。真以為一個看得見我的外地人殺得了我？」

在其他城擔任化生獵人，條件是「能看見化生」。劍技本身並不重要。

但是在艾麗黛，劍技是必要條件。也難怪她會瞧不起外地人。

當然席修可不會一直讓她狗眼看人低。

「等妳人頭落地再說也不遲。」

席修以低姿勢手持軍刀，跨出一步。

步法毫無破綻，化生似乎受到震懾，後退了幾步。遭到拖行的少女發出微弱的尖叫。

——要是讓她逃跑就麻煩了。

即使與她交鋒也有自信不會輸，但她如果一直逃跑就比較棘手。

就在席修猶豫之際，白皙嬌嫩的手觸碰他的手臂。銀髮少女站在他身邊。

「這或許是個好機會。」

「薩莉蒂？」

「讓您見識巫女的職責。」

在席修問她要做什麼之前，薩莉的右手便伸向他胸口。纖細柔軟的指尖，淡紅色的指甲接觸和服的領口縫。

——不，她的手指穿過和服，深入席修的體內。

「……！」

一股強大的力量震撼心臟。

難以言喻的衝擊力。

席修一瞬間全身顫慄，反射性往後一跳，與薩莉拉開距離。

但他的視線從一臉苦笑的薩莉轉向自己胸前，卻發現沒有任何傷口。

「剛才那是……？」

「還不習慣的時候，大家都討厭這一招。」

然後薩莉的視線回到化生身上。剛才伸向席修的右手，朝化生發光的紅眼高高舉起。

月光之下，薩莉的白皙右手彷彿一道光。動作優美宛如塑像。輕輕束起的銀髮搖曳，顯得超脫現實。眼前的光景美如畫，讓席修一瞬間看得入神。

薩莉外型姣好的手指指向化生，然後開口。

「以遠古之約命令……」

咒語很短。聽到咒語，席修感到心臟輕微麻木。

不過出現顯著變化的卻是化生。

「咿啊——！」

女性外型的化生突然放聲尖叫，甩開少女人質趴在地上。

席修還不明白發生了什麼。薩莉向試圖逃跑的化生嫣然開口。

「才正要開始呢。」

然後薩莉回頭，向保持距離的席修招手。

「她已經縫合在您身上了，跑不遠的。」

「……這就是巫女的力量嗎？」

「是的，一旦縫合，還可以透過晃動尋找。請試著口唸『縛』命令她。」

這可能也是咒語。即使猶豫，席修依然低聲唸出『縛』。結果化生頓時發出刺耳的尖叫聲。女性外型的身體當場縱身一躍。

不過隨著她的動作，席修也感覺到心臟刺痛。薩莉微微苦笑。

「是可以晃動目標，但也會對您造成負擔。」

「怎麼不先告訴我。」

「我認為讓您嘗試比較容易明白……」

「這座城裡的人都有這種觀念嗎？」

「並不是。下次我會注意的。」

「拜託局限在可行範圍內。如果我的理解能力不足，可以讓我吃點苦頭無妨。」

「我和托馬的做法不一樣。」

薩莉一本正經地斷言後，視線回到化生身上。

「不過如此一來，那隻化生就無法逃離您。剛才那道咒語的原理是將化生綁定在您的身上……如此化生便會受到您的咒語束縛。」

薩莉闔起眼睛微笑。她的模樣極為妖豔，有種想觸碰卻又忌憚的吸引力。

等待一生中唯一恩客的娼妓——這句話浮現在席修腦海中。心臟再度感受到剛才的衝擊，不規則地跳動。

可能發現席修沒有動靜，依然閉著雙眼的薩莉敦促。

「請動手吧。」

巫女的聲音既非溫柔也非殘酷，而是純粹表達事實。

她伶俐的口齒甚至讓人覺得她的立場並非中立。順著她的聲音，席修主動上前。

人質已經逃脫，化生試圖躲進路旁蔓延的樹叢。光腳的席修從化生身後步步進逼。薩莉的聲音在身後響起。

「——她逃不掉的。」

聽到清晰的宣告聲，化生的身體陡然一震。紅眼恨恨地回頭瞪向席修。

「化生獵人……要不是有你……」

接下來化生並未開口，而是動手。

頭髮散亂的女性以四肢為彈簧，使勁一躍。擋住月光，直撲手持軍刀的席修。然後瞄準席修的首級，伸手一抓。

但是席修毫不畏懼，抬頭仰望化生。

「原來如此，體能遠比人類更強嗎？」

他往右一步，躲過驚人速度的攻擊。電光石火間揮舞軍刀，朝上一砍。

刀刃傳來的觸感與斬人時無異。

「等一下，不要殺我。」

這一刻，乞求饒命的聲音彷彿孩童。從砍下的手臂流出的血，染汙了女性的和服。席修依序看著血跡，以及女性顫抖的身體。

就在這片刻猶豫間。

少女的話在腦海中響起。

「——不消滅它，這座城就會瓦解。」

蒼白的月光滑過染血的刀刃上頭。

席修輕輕吁了一口氣。

「化生就該回歸塵土。」

女性的表情在絕望中扭曲。

下一瞬間人頭落地，消散在夜晚的黑暗中。

隨著化生的死亡，血跡與手臂同樣無聲無息消失。

席修確認軍刀的刀刃後發現這一點，然後輕輕一甩刀，收回刀鞘。

回過頭一瞧，只見薩莉表情有些歉疚地看著自己。

「消滅化生後讓您感到不快嗎？」

「沒關係，這是工作。」

薩莉微微苦笑後低頭致意。不過注意到席修的腳邊後，回頭向青樓看了一眼。捧著客用木屐的下女隨即趕來。薩莉主動接過，走到席修面前，跟著跪在路面上。正準備接過木屐的席修頓時睜大眼睛。

「抱歉沒有注意到。」

「不，等等……」

薩莉不由分說，將席修的腳抬到自己腿上，撥掉塵土。白皙的手指仔細取下卡住的小石子，輕輕拍掉沙礫。豔麗的光景讓席修忍不住轉過頭去。最後讓薩莉穿上木屐，席修感到一股難以言喻的尷尬。

薩莉起身後，席修難為情地開口。

「我並不是恩客，不用這麼周到。這點小事我自己可以做。」

「……抱歉我生性如此。並非有意輕視您。」

「我可沒有讓巫女跪地服侍的興趣。我和妳是對等的關係，就和自家人一樣……希望妳正常地對待我。只要妳不嫌棄的話。」

「正常？」

薩莉歪頭陷入沉思。不知感到困惑還是猶豫，舉止天真地仰望席修。

「──正常就可以了嗎？」

「可以。」

席修點頭後，薩莉頓時笑出聲。

掩著嘴角笑開懷的她，正符合她的年齡──席修覺得她的笑容很可愛。

2. 變異

「真的可以搞定吧。」

男性貴族雇主的聲音透露出膽怯，同時還帶有強烈的慾望。

當成工作場所的寬廣倉庫內，男子忍耐劇烈頭痛回答貴族。

「我不是說會想辦法嗎……工作會確實完成啦。」

身為咒術師的他，之前任何工作都想辦法搞定。雖然差點遭到王國逮捕，但依然順利完成委託。只不過當時的委託者丟了性命。

為了轉移沒完沒了的頭痛，他緊緊握住黑水晶念珠。

兩具屍體堆放在角落，散發的屍臭瀰漫在泥土裸露的倉庫內。這是為了本次工作準備的「材料」。並非艾麗黛的居民或尋芳客，而是雇主特地從外地帶來的人。現階段如果從城裡籌措「材料」，有可能遭到城裡的人發現。這座城裡的化生會化為實體，至少在完成最低限度的實驗之前，必須謹慎行事。

雇主不斷偷瞄屍體一旁的籠子。

「那、那真的能控制嗎……？」

籠子內關著兩隻化生，光著腳，身穿和服。額頭和臉頰刻有紅色咒印，一看就知道與普通化生不同。咒術師瞥了一眼以「材料」製作的兩隻化生。

「可以啊，所以才要施加咒術。」

在創造、操縱化生的技術上，他有無比的自信。可能因為艾麗黛的化生具備實體，目前還不能完全控制，但是最後應該會成功。之前他依照委託人的要求，散布過許多混亂。

一旦城湧現大批化生，人的精神會扭曲，彼此開始猜疑爭鬥。普通化生能達到這種效果。而在艾麗黛，化生會化為實體，應該能產生更明顯的變化。

「但我只能讓化生活動。之後你能不能掌控艾麗黛，我沒辦法保證。」

「我、我知道！只要傲慢的神供三大家消失，我就可以搞定！月白的巫女只是區區小丫頭，我也想好了打擊她的手段。」

從聲音就聽得出委託人很膽小。但同時慾望強烈，「未達目的絕不罷休」。兩者互為表裡，難分難捨。這座美麗的城擁有深厚的傳統，如今委託人意圖破壞傳統，將城據為己有。要說誰比較傲慢，恐怕任何人都不會認為是三大家族。

但咒術師絲毫不以為意。畢竟工作就是工作。

只不過——自從來到這座城，自己就一直頭痛。

這股頭痛宛如從內側侵蝕腦部。而且每次使用咒術，似乎就更加嚴重，甚至覺得自己逐漸被拖進地底，彷彿不停有人在身後低喃「以血汙染這片土地」，還感到有東西逐漸蔓延到自己腳邊——

「……!?」

腳邊好像出現一條黑蛇，咒術師忍不住跳起來。

可是該處什麼也沒有，只有鮮血染黑的土。

片刻後，咒術師全身嚇出冷汗，他以顫抖的手一抹額頭。

「怎麼了嗎？」

「不、沒事……」

這座城不對勁——心中浮現這種想法，咒術師忍不住咂舌。頭痛愈來愈劇烈，很難靜下心思考。自己得集中精神才行。一旦施術者意識不堅，就無法控制產生的化生。他緊緊握住拳頭，將頭痛趕出腦海。

「如你所願，讓神話之城陷入混亂……多采多姿的花街一旦染血，肯定更容易化為你的囊中物。」

而他的報酬則是優渥的生活，可以好幾年不用靠咒術維生。

換句話說，這件事情原本很單純。

☆

席修在艾麗黛成為化生獵人後，轉眼間過了兩星期。

期間內出現三次化生。有兩次是接獲看得見紅眼的人通報後，趕往現場處理。一次是席修自己在巡邏過程中發現。外表與人類無異的化生擁有強大的體能，本來威脅性很強，席修卻不覺得有多棘手。

不過前提是像第一天一樣，正面一對一戰鬥。實際上，化生的個性五花八門。

「其實你可以吩咐我沒關係。」

年輕巫女睜大湛藍的眼眸表示。眼神中帶有驚訝與同情，因為席修像落湯雞一樣。

現在是艾麗黛的傍晚時分。剛從水渠爬上岸的席修，撥起溼漉漉的瀏海。

「因為女性外型的化生抱著小孩，跳下水渠……」

剛才巡邏途中，席修發現紅眼化生後追在後頭。結果化生一把抱起附近的小孩，突然跳進水渠內。席修急忙衝上前救人，結果被迫跳下水，追逐沿著水渠逃跑的化生。好不容易消滅化生，從水渠爬出來，正好碰見薩莉。她似乎採購完正要返回。由於之前一直沒有向她求援，讓她撞見顯得特別難為情。

薩莉以手帕擦拭席修臉上的水。

「艾麗黛的化生各式各樣。由於它們是『源於人類思想的人型』化為實體，因此會受到原始思想的影響而改變行動。」

「源於人類思想的人型？意思是反映某人想像的人類外表嗎？」

「是的，所以長相會與實際存在的人相同，或是化為某人理想的美女。根據紀錄，似乎還有冒充娼妓接客的化生。」

「真是不得了……」

化生化為實體已經夠讓人驚訝。難以想像居然會混在人群中生活。席修正準備脫掉溼透沉重的上衣，薩莉表示。

「要來月白嗎？我可以幫你準備洗澡水。」

「不、不用了……我回宿舍去。況且還得寫自衛隊的報告書。」

全身溼透還跑去月白，會造成人家的麻煩。直接從沒有遊客的後巷回去即可。席修正準備沿著水渠離去，薩莉跟著小跑步走在一旁。

「就算你穿著自衛隊的制服，看起來還是很可疑。有我陪在身邊就不會受人懷疑了，所以我陪你到宿舍附近吧。」

「我反而會懷疑巫女身旁渾身溼透的人……」

「席修你真是小心謹慎呢。」

薩莉開心地笑了笑。不過席修心想，她的確是這座城的公主。

這兩星期在街上遇見她好幾次。不愧是艾麗黛最特別的青樓樓主，城裡的人都對她畢恭畢敬，小心翼翼對待。實際上，若是她面露笑容待在身旁，不論外表多麼奇怪的人都不會遭到懷疑吧。由此可見她的地位之重。

之前也向國王稟報過，回信的內容只有一句話：「幫忙她。」真要說的話，應該是巫女要協助化生獵人才對。席修懷疑國王這句話的意思，但是擔心不敬而沒敢問。

薩莉捧著紅色的布袋，仰望黃昏時分的天空。

「開始習慣這座城了嗎？」

「大致上知道怎麼走，小巷子也記住了。」

這座城除了遊客走的大馬路，還有居民才會走的複雜小巷，而且錯綜複雜。席修低頭俯瞰只有小巷才有的寬廣水渠。

「這條水渠比我想像中更深……有普通壕溝的五倍以上吧？」

「喔，來自北方山脈的融雪會流經艾麗黛，所以水量很多。勒迪家的酒窖會選在此地，是因為他們以融雪水釀酒。」

「原來如此……」

水的確很清澈，可是太深了，看不見底部。這樣豈不是對孩童很危險嗎？但艾麗黛的孩童似乎早就習慣。正好道路前方有兩個孩子拿著樹枝跑過。聽到孩童開心的笑聲，席修頓時表情緩和。

「妳小時候也是那樣嗎？」

「不，我是在王城出生的。在王城有住處，當時就往返於月白。」

「在王城？」

這倒是出乎意料。她繼承了艾麗黛的巫女血脈，還以為她在這裡出生。

「其實應該要從小就在月白生活。可是小時候我偶然遇見化生，無法順利發揮巫女的力量。結果我害一名化生獵人退役，被迫回到王城的住處。後來在住處一邊念書，同時往返於月白。所以我很少在月白的外頭露面。」

薩莉修長的睫毛搖晃，面露微笑。

「如今已經成為樓主，自然在艾麗黛生活。而且這裡的風氣比較適合我。席修你覺得艾麗黛如何？會討厭嗎？」

「倒是沒碰上什麼困擾。身邊的人也對我很好。」

雖然有許多不成文的規矩，讓人摸不著頭緒。但不論自衛隊員或是巡邏時遇見的居民，大多都十分親切。後來與托馬見了好幾次面，彼此算是朋友。他可能關心自己新來，才經常來找自己吧。

聽到這裡，薩莉頓時開心地露出笑容。氣氛耀眼又無憂無慮的她，笑起來就像一大朵花燦爛綻放。身為巫女兼樓主的她，在不同場合會露出不同的面貌。不過她現在的笑容最純粹不做作，因此特別可愛。

碩大的眼眸就像透明的冰，炯炯有神地仰望席修。

「因為你認真為艾麗黛付出，大家才親切對待啊。而且你聽到化生會化為實體，也不怎麼慌張。」

「其實有驚訝過。可是為何會化為實體？我在艾麗黛以外沒聽過這種現象。」

「唔，席修你知道這座城是怎麼建立的吧。」

「據說是遠古的國王為了上供神明而建立？」

「沒錯，而且那是真正的歷史。艾麗黛如今依然還留有當時的力量。」

「啊？還有神明的力量？所以化生才會化為實體嗎？」

這簡直不可思議。剛才的孩子跑向水渠另一側的堤岸，同時向薩莉揮手喊「是月白的小姐耶！」薩莉笑著揮手回應兩人。

「另外花街的人氣旺盛，可能也有影響。如果化生對他人無害，其實也想置之不理。可惜即使化生性情溫和，一旦出現就會引發其他人的身心疾病。」

「這部分和普通的化生倒是一樣。」

「嗯，不過和其他城的化生不一樣，具備實體導致它們無法穿牆，或是改變型態。只要能鎖定外表，其實你可以找我幫忙。」

「喔，原來有實體就會這樣啊。原來如此。」

畢竟具備身體，導致化生也受到限制。有些化生一發現獵人就會逃跑，本來接獲報告的時候就該找薩莉同行。

「不過妳也有身為樓主的工作吧。」

「別擔心。即使你沒找我，其他化生獵人也會。昨天我也接獲要求後來到街上。因為有看得見紅眼的人通報，所以在附近搜索一番後，縫合在化生獵人身上。」

「……的確是。」

艾麗黛總共有五名化生獵人。席修目前只見過一人，但他們分別接獲通報後，同樣會出任務。即使席修不敢找薩莉，其他人也會。對她而言，巫女的工作早就安排在日常生活中吧。

「還有，艾麗黛畢竟是我的城。我得靠自己保護。」

她的視線注視前方，十分堅決。讓人聯想到年僅十六歲的她展現的人生態度。覺得她十分不自由的席修，其實還不了解她。

道路前方出現自衛隊總部後，席修向身旁的薩莉開口。

「可以稍微等我一下嗎？我馬上換衣服，送妳回月白。」

「啊，沒關係。反正是我送你來的。」

「太陽已經下山了，怎麼能讓妳獨自走夜路回去。」

「放心吧，我是屬於夜晚的人。」

「那也不行。」

席修反覆強調後，感到不解的薩莉略微瞇起眼睛。隨後湛藍的眼眸透露出意有所指的光芒，朱脣微微一揚。

「席修，你是不是還當我是小孩？」

「沒有……」

這個問題很難回答。至少席修不認為比自己小五歲的她是成人。可是又沒有瞧不起她，覺得她還沒長大。她介於兩者之間，距離成人還有幾步之遙。就像即將進入夜晚，夜幕低垂的黃昏一樣。

「不論妳是大人或小孩，我都會送妳回去。純粹是我自己的問題，覺得這樣比較放心。如果妳願意配合就更好了。」

即使這座城堪比她的庭園，依然有絡繹不絕的旅客造訪此地。見到席修堅持己見，薩莉的眼神就像見到神奇的事物一樣。她從頭到腳仔細端詳涇透的席修。就在席修準備開口時，薩莉噗哧一笑。

「我知道了，那就拜託你了。」

「可以嗎？」

老實說，原以為她會繼續推辭，結果她爽快地同意。

「嗯，再堅持下去，你可能就要感冒了，就讓你護送吧。喔，取而代之──」

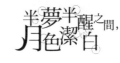

白皙的手指戳了戳席修的胸膛。正統神話的巫女嫣然開口。

「下次請確實委託我陪同喔。」

「……我知道了。」

這一點完全無法反駁，席修舉起雙手示意投降。

開心笑出聲音的薩莉上方，由弦轉盈的月亮高掛夜空。

☆

——月白樓主的工作幾乎都是不拋頭露面的雜務。

一邊注意娼妓的情況，同時監督下女的工作。還要向往來的商人訂購酒與食材並記帳。太陽下山後要幫燈籠點火，在營業時間內得在大門迎接尋芳客。有些尋芳客喜歡與薩莉聊天，所以她有時也會在大廳陪聊。

在各種工作中，外出詳細採購也是樓主的重要工作。這是一個晴朗的午後，走在笛音響起的街道上，薩莉拿著清單端詳店家。

「大家都好任性……」

月白的娼妓半數以上不愛出門，繭居在青樓內。所以薩莉的工作就是幫她們跑腿，添購妝白粉、胭脂與薰香。薩莉會從王城的宅邸定期收到自己的化妝品，並且依照指示化妝。不過月白的娼妓都相當講究，還會提出「想嘗試新款產品」這種模糊不清的委託，很難決定該買什麼。

今天同樣外出採購的薩莉，順著從未聞過的香氣窺看一間店鋪。門簾上以拔染印著來自南方的徽記，薩莉正準備進入店內。

——這時候，有人從後方抓住薩莉的肩膀。

「來買東西嗎？薩莉？」

「……嚇我一跳。」

回頭一瞧，是舊識出現在薩莉面前。他穿的並非自衛隊的深藍色制服，而是黑色的和服。金髮碧眼的外表屬於典型的南方容貌，但他是在艾麗黛出生的人。

男子和藹可親地微笑，同時將薩莉拉進懷裡。

「好久不見了，知道我多想見妳嗎？」

「這樣很熱，拜託放開好嗎……」

即使在艾麗黛，光天化日下摟摟抱抱也只會引人側目。薩莉扭動身體，逃出男子的懷抱。白皙的手碰到男子配戴的刀，飾繩前端的黃水晶發出清脆的聲音。

眼前的男子如果正經一點，看起來就像貴族公子。薩莉目不轉睛仰望對方。

「我以為你還沒回來。」

「剛回來不久。因為想見妳，才會跑來找妳。」

「明明可以再出差久一點。」

薩莉不小心說出真心話，結果對方再度伸出手。薩莉急忙往後退，躲過摟抱。

埃德．魯克多——在席修抵達之前，他是與薩莉年齡最接近的化生獵人。見到薩莉的反應，埃德發出不平之聲。

「真冷淡啊。明明是妳開口，我才特地到遙遠的城出任務耶。」

「我才沒開口。況且月白根本沒在聯名名單上。」

薩莉指出事實後，埃德的嘴噘得更高。由於他的面貌俊秀，露出這種表情顯得更稚齡。

不過薩莉知道，他在自衛隊可是屈指可數的優秀劍客。所以艾麗黛的老字號商鋪才會接受熟悉富商的委託，派他前往南方遠征。

由於該富商並非月白的恩客，薩莉本來沒參與聯名委託書。但薩莉當初考慮過，一旦對方開口就簽字同意。因為埃德待在城裡，會經常對自己糾纏不休。

「難得回來一趟，何不稍微休息一下？」

「那我今晚就去月白吧。」

「我幫你寫介紹函去其他青樓，現在就寫。」

如果埃德跑來，他會纏著薩莉無法工作。不過還好化生獵人基本上都很忙，他沒辦法待太久。

想到這裡，薩莉想起席修。

「話說埃德。」

「怎樣？終於願意接受我了嗎？」

「想得美——欸，你見過新來的化生獵人了嗎？」

「啊？」

埃德的聲音聽起來明顯不悅。薩莉發現自己說錯話，正準備開口。埃德卻搶先掐住她的下巴，強硬抬起她的頭，然後從近距離盯著薩莉。

「妳已經見過他了嗎？」

「當、當然啊，他是化生獵人嘛。沒見過面之後很麻煩。」

「少給我找麻煩。別去找可疑分子。」

「他才不可疑呢，是托馬帶他來的。」

以前住在王城的時候就與托馬相識。對薩莉而言，托馬是少數可以完全信任的對象。所以他不可能帶有問題的人來找自己。而且薩莉也已經知道，席修的耿直個性超乎尋常。

可是埃德瞇起淡藍色眼眸，回了一眼薩莉。

「薩莉，不要對任何人放下戒心。妳不知道王城最近流傳不太平靜的傳聞嗎？」

「傳聞？」

最近一直住在月白的薩莉，一個多月沒回王城。托馬應該也沒提過類似的消息。從薩莉的表情看出她一無所知，埃德嘆了一口氣。

「這裡不是說話的地方。薩莉，跟我來。」

「去哪裡？」

掐住下巴的手鬆開後，薩莉拉開與埃德的距離。

薩莉環顧四周，發現有些路人對容貌姣好的兩人爭執投以好奇的視線。不過艾麗黛的居民表面上似乎始終漠不關心。不知道是不希罕男女之間的爭執，還是假裝不關心卻豎起耳朵偷聽。

薩莉原本想趁機落跑，埃德卻伸出手。

「去茶館吧。找間有包廂的。」

「咦……可是有人叫我別和你獨處。」

「誰這麼說的？」

「托馬。」

一聽到這個名字，埃德的眉頭皺得更緊。對薩莉有意思的他，從以前就和托馬處得不好。雖然準確來說，托馬根本不太理埃德。但是薩莉毫不避諱宣稱托馬就像自己的大哥，埃德自然視托馬為眼中釘。在薩莉看來，當然選擇站在托馬這一邊，況且也不希望埃德妨礙工作。

埃德比薩莉大九歲，兩人是青梅竹馬，從小就很了解對方。對薩莉而言，他就像自己人一樣，順位排在很後面。除了身為巫女的工作以外，薩莉大多對埃德十分冷淡。

見到薩莉正好保持自己搆不到的距離，埃德露出不滿的表情。

「薩莉……」

「拜託，啊，對了。我還得去買茶點。你要陪我來嗎？」

要是繼續缺乏交集，他可能免不了又摟摟抱抱。雖然擺明了討好他，但薩莉雙手合十拜託後，埃德的表情才緩和下來。

「真拿妳沒辦法。」

「謝謝你，埃德。」

兩人轉過附近的街角，離開大馬路。沿著小巷走向茶點鋪的時候，薩莉仰望身旁的埃德。

「話說傳聞是什麼？」

「陛下似乎考慮夷平艾麗黛。」

「咦？」

薩莉一臉茫然地回答，就像晴天霹靂一樣不知如何反應。

「夷平，為什麼？」

「你知道去年登基的新國王，正如火如荼地四處改革吧？」

「我知道，陛下年紀輕輕，很有本事。記得才三十三歲。」

「別說得事不關己，薩莉。新國王下一個目標就是這座城。」

「不會吧……？」

薩莉這句話的語氣比剛才還驚訝，歪著臉仰望埃德。

「可是這座城——」

「從神話時代就與王國有互不侵犯的默契，可是沒有明文規定。當初建國的時候，同樣僅因為不成文的規定才保留自古以來的權利。」

艾麗黛以稅金換得檯面下的自治權。不過與其說討好國王，更像是投資擁有自己的國家。事實上保護艾麗黛的國家，在大陸上同樣大名鼎鼎，而且大多得以在高額稅金以及艾麗黛的人脈下嘗到甜頭。

神話之城與國家建立半對等的關係，維持繁榮至今。

當今陛下居然想打破這種狀態。對住在這座城裡的薩莉而言實在太突然了，難以理解。見到薩莉難以釋懷，埃德一臉苦澀地補充。

「我知道妳難以接受，但是陛下的考量肯定不是我們能想像的。其他的改革方案同樣針對既有的不成文規定，讓安於現狀的人感到措手不及。艾麗黛自然也不例外。」

「可是再怎麼說，夷平這座城——」

——實在太沒道理了。薩莉正要說這句話，又硬生生吞回去。取而代之微微嘆了口氣。

可能覺得低下頭的薩莉心情沮喪，埃德輕輕撫摸她的頭。

「畢竟只要巧妙掌控艾麗黛，就能獲得金錢與權力。身為國王，肯定會想打壓這些人。例如勒迪家族，即使改朝換代依然維持貴族身分。以及米蒂利多斯劇團，透過藝樂師建立了龐大的人脈。想攀龍附鳳的人多如過江之鯽，連陛下都無法忽視傳承自神話時代的正統力量。也難怪陛下會提高警覺。」

「這……」

埃德這番話是事實。神話中的神明要求三項報酬，其中兩項是美酒與藝樂。傳承這兩者的家族如今依然勢力龐大，肯定有不少人想攀關係獲利。但是即便如此，艾麗黛依然是不可侵犯之城。

發現薩莉的表情快快不樂，埃德苦笑。

「同樣是神供三大家，低調的月白肯定覺得是飛來橫禍。但這些傳聞都是實際存在的，小心為上。」

「……我知道了。」

「所以別相信王城的人，尤其像是托馬。」

「你該不會就想說這句話吧？」

總覺得最後一句話破壞了原本嚴肅的話題。聽到埃德對私怨口無遮攔，薩莉冷冷地望向他。但埃德僅瞇起藍色眼眸，面露笑容。

兩人在七拐八彎的巷子裡往右轉。就在即將抵達常光顧的茶點店，埃德牽起薩莉的手。薩莉停下腳步後，埃德親了一下她柔嫩的手掌。

「我得先走了，薩莉，別忘記剛剛說的話。」

「嗯。」

「尤其要小心來自王城的化生獵人，他很有可能是陛下的眼線。」

僅留下這句話後，埃德便消失在轉角另一端。留在原地的薩莉喃喃自語。

「說席修是陛下的眼線，可是我覺得他不像那種人……」

真要說的話，他既有能力又勤勞，卻會過度遭到埋沒，難以受到重用。化生獵人又沒有佣金可抽，但他卻自動自發巡邏，消滅化生。反而該擔心他會不會遭到壞人利用。

話說薩莉在意的是——

「夷平艾麗黛？」

到底有多少可信度？埃德的個性彆扭，本來就很難纏。所以有可能出於對托馬的厭惡而誇大其詞。問題是這麼一來，又怎麼會突然提到「夷平這座城」呢？

感到不解的薩莉，依然前往茶點鋪採購。逛完其他店鋪後，已經接近傍晚時分。眼看快到點燈的時候。發現天色不早，薩莉加快回程的腳步。夜幕低垂下，遠離大馬路，順著水渠的小徑一個人也沒有。薩莉注視映照在漆黑水面的紅色燈籠火光。

——自從她出生以來，這座城始終沒有改變過。

當然有人來來去去，建築物也有變化，但城的風格與氣氛始終不變。薩莉一直以為這是理所當然的。可是如果國王打算夷平這裡，難道艾麗黛會在她這一代結束嗎？

「如果成真，屆時我該怎麼辦呢。」

即使思考城與月白沒了該何去何從，薩莉依然無法想像。或許可以回到王城，但這樣無法根本解決問題。

薩莉輕輕嘆一口氣。不過就在此時，她抬頭一瞧。

幾名人影跑出剛才的街角。前頭的男子左顧右盼，觀察四周的動靜，發現薩莉後嚇了一跳。但是四周陰暗，看不清他的長相。那幾人迅速扛起一大包東西，消失在黑夜之中。

「怎麼回事……？」

薩莉來到他們跑出來的巷子轉角。發現該處有一灘混濁的水窪。還散發刺鼻的腥味。薩莉走近水窪仔細端詳，然後啞口無言。

——那是一灘不知從誰身上流出的大量血跡。

☆

白天的小巷子裡，有些地方幾乎整片建築物都緊閉百葉門。這些商家正為了夜晚營業，爭分奪秒休息。斑駁牆壁上的油漆快要剝落。石牆的黑影落在複雜巷弄內，薩莉跟在青年身後穿梭其中。

跑在前頭的席修略為回頭望向她。一身白色和服的薩莉，額頭與脖子都汗水涔涔，奔跑速度也開始放緩。席修伸手示意上氣不接下氣的薩莉停下。

「我去阻止它們。妳可以慢慢來。」

「可、可是……」

薩莉話還沒說完，席修便加快腳步奔跑。之前因為自己跟著，他才放慢腳步吧。見到席修轉眼便消失在巷子彼端，薩莉才終於放棄追逐。

「好、好難受……」

之前經常與化生獵人同行，這還是頭一次這麼辛苦。感覺心臟比中了咒術的化生獵人更快先破裂。

但這並非席修的錯。純粹只是化生的數量增加了。

今天第一次通報的化生已經消滅，結果又接連出現其他化生。目前在追蹤的是第四隻，由於外表是小孩，動作相當靈敏，很難捕捉。

薩莉邊走邊調整呼吸，追在席修後頭。這次的化生沒有縫合在席修身上，但已經烙上追蹤用的印記。就是散落在曲折巷道裡的一顆顆紅色顆粒，只有薩莉才看得見。順著顆粒轉過第三個轉角後，薩莉終於發現席修的背影。

「啊……」

從她的角度看不見，不過席修對準腳下的某種東西劈下軍刀。

伴隨沉鈍的聲響，地面的紅色顆粒如融化般消失。這代表化生已經消滅，薩莉輕輕吁了一口氣。席修轉頭一瞧，發現薩莉後眉毛一揚。

「沒事吧？」

「完……」

「完？」

「完全沒幫上忙……」

剛才只是追在他後頭，扯他的後腿而已。見到薩莉垂頭喪氣，席修睜大眼睛。

「沒這回事。前三人妳都確實縫合在我身上了啊。」

「啊嗚。」

他的誇獎很窩心，但自己剛才應該再努力一點。薩莉跑到席修身旁，準備解除剛才施加到一半的咒術。正準備伸手碰觸隔著制服的胸膛時，頭頂上傳來尷尬的「呃」一聲。薩莉一抬頭，只見席修皺眉轉過頭去。

「還不習慣咒術嗎？」

「不……妳先整理一下自己的衣著吧。」

「咦？」

聽席修這麼說，薩莉低頭一瞧，只見白色和服早就走樣，酥胸大敞。即使是廉價的娼妓都不會穿得這麼隨便，薩莉急忙揪住襟口拉緊。

「剛、剛才我竟然穿成這樣奔跑。」

「應該沒有別人看見。」

「那你呢？」

「我沒看見。」

「是嗎？」

他說的話應該可以相信。薩莉從散亂的頭髮上取下髮簪，急忙整理凌亂的和服。長長的銀髮滑落背部，緊貼在溼透的後頸上。

薩莉解除席修身上的咒術後，與席修並肩走在巷子裡。

「話說我頭一次一天對付四人呢。」

「是嗎？我以為在艾麗黛很普通。」

「沒有這麼誇張……一般而言大約半個月五到十人。」

依照過往人數來看，今天的遭遇率高得嚇人。薩莉抬頭注視身旁的席修。

「難道席修你的體質特別吸引化生嗎？」

「我沒聽過這種事。」

「也對……」

雖然薩莉是開玩笑，但要是有誰具備這種體質，那可太麻煩了。這種人實在不適合待在艾麗黛。席修一臉錯愕地回答薩莉。

「話說妳要小心自己的安危，畢竟發生過之前那件事。」

「嗯……」

前幾天薩莉發現的血跡，最後沒查明究竟是誰流的血。只知道可能是人血，以及某間青樓的下女外出採購，從此人間蒸發。血窪附近有拖行某物的痕跡，推測可能是流血的人被帶走。多半是薩莉看到的一夥人所作所為。目前自衛隊持續巡邏調查，但始終沒有進展。

「我有不好的預感。不只是可能有人死亡，也包括始終找不到失蹤者。感覺到一股惡意。」

「也對，從出血量看來，那人可能已經無力行動。多半被人裹起來帶走了吧。四周留下好幾雙足跡，妳看到的那些人不是也扛著一大包貨物？」

「嗯，雖然沒有看清楚。但如果是人的話，差不多就那麼大。」

當時如果早一點行經該處，或許有機會在傷患被擄走之前阻止。薩莉美麗的臉龐浮現憂鬱，一旁的席修喃喃自語。

「混雜的足跡中，只有一人光著腳……要說可疑的話，就是這號人物吧。」

「為何可疑？」

聽到薩莉的疑問，席修露出「糟糕」的表情。他的視線明顯從薩莉身上移開。

「不，沒什麼。目前依然在調查，還沒弄明白。」

「但是你剛才說可疑吧。」

「那只是我的感想，不該隨便亂說。」

「亂猜也沒關係嘛！說說看！」

薩莉揪住席修的袖口，央求他「我想聽聽看」。席修默默走了一段路，但薩莉始終沒有放棄的模樣。最後席修終於認輸。

「血窪旁邊不遠有幾個赤腳的足跡。可是與其他足跡不一樣，沒有離開現場的跡象。可是從位置來看，也不像流血的本人。我個人的推測是，這一號赤腳人物是攻擊受害者的人，可能和受害者一同回收了。」

「回收？攻擊者與受害者一起？為什麼？」

「可能想拖延我們調查的速度吧。赤腳人物攻擊他人是突發狀況，而且有好幾人認為這件事情一旦曝光會很麻煩。差不多是這個意思。」

說到這裡，席修強調「這些都是我自己的推測，聽一半就好」。

叮囑過後，席修詢問。

「附帶一提，化生殺人的案例大約有多少起？」

「……其實不多，一年大概幾起吧。這座城裡的化生差異相當大，而且都有思考能力。所以即使有害人之意，過於凶暴的化生倒是很少見。反倒是鬧出人命前大多遭到阻止。」

薩莉湛藍的眼眸閃過一抹寒光。

「而且……就算化生真的殺了人，試圖隱瞞也非常愚蠢。」

薩莉的聲音比平時略顯低沉。發現席修的驚訝視線後，她急忙微微苦笑。

「抱歉，畢竟還在調查。不過希望能盡快解決，況且也快沒時間了。」

說著薩莉仰望天空。白晝的白月高掛在天上，見到日漸膨脹的月亮，席修皺起眉頭。

「……原來如此。妳還能再使用巫女的能力幾天？」

「大約三天左右。」

再過三天就是上弦月。之後薩莉便暫時無法發揮巫女的能力。雖然不太方便，但這是她受到的束縛。薩莉仰望席修的側顏。

「暫時會比較麻煩，不過到了滿月就沒事了。」

「不是說在下一次弦月之前，力量不會恢復嗎？」

「巫女的力量是這樣沒錯。不過接近滿月，化生也會減少出沒。其實隨著月亮變圓，照理說化生應該會減少才對……怎麼反而增加了呢……」

以前祖母的時代應該沒發生過這種事。說真的，感覺有點詭異。難道有什麼原因嗎？薩莉陷入沉思。席修則發表單純的看法。

「其他城理論上是滿月時的化生最多……」

「艾麗黛正好相反。新月時化生最多，取而代之滿月時較少。」

所以即使她無法發揮巫女的力量，只要熬過幾天，城就會趨於平靜。之前一直持續這種週期循環。

「週期設計得真巧妙，簡直像為巫女量身打造一樣。」

「咦……」

嚇得薩莉身子一縮，但席修的視線望向道路彼端。他剛才這句話應該只是單純的感想，並非懷疑與普通城鎮不一樣的艾麗黛。

薩莉在內心鬆了口氣。自己可不希望他打聽這方面的事情。因為這座城的真相，她只會告訴生涯中的唯一對象。

「可是我……」

——會選擇他成為一生唯一的恩客嗎？

薩莉偷偷一瞄高個子的席修。

選擇化生獵人為恩客本身沒有問題。雖然他的個性有點死心眼，但是耿直又誠實。即使知道自己的實情，他肯定也會認真以對。

可是說起來，自己對他的經歷卻一無所知。只聽說他來自王城，但薩莉不知道他以前在王城做什麼，以及家族的情況。仔細想想，發現席修充滿了謎團，薩莉緊緊注視他。

在薩莉端詳一段時間後，察覺到視線的席修有點慌。

「……怎麼了？」

「我對你幾乎一無所知。」

「不知道也沒差吧。」

「你幾歲？」

「二十一。」

那麼他應該不是貴族公子。這個國家的貴族幾乎都在十幾歲結婚。即使大多屬於政治婚姻，但結婚後的確無法繼續當化生獵人。其中也有托馬這種二十七歲依然單身的怪人。但是勒迪家族原本就刻意特立獨行。加上薩莉知道，托馬其實想娶月白的伊希雅為妻。王城肯定沒有這種貴族。

「王城嗎……」

埃德提過的王城傳聞究竟是否屬實呢？國王正考慮夷平艾麗黛，可是薩莉目前完全不明白國王的目的，以及如何執行。後來薩莉也問過托馬，但他的回答是「從來沒聽過」。另一方面，仔細聆聽街頭巷尾的八卦後發現，有好幾人同樣提到這件事。檯面上沒人敢聊這種危險的話題，但是卻參雜在黃昏的暮色中，逐漸傳遍全城。

席修一直認真執行化生獵人的任務。薩莉完全不覺得「來自王城的他是陛下的眼線」。不過可以的話，還是確認一下比較放心。薩莉思考該如何詢問才有機會探口風時，席修一拍她的肩膀。

「哪，我們到了。好好休息吧。」

抬頭一瞧，只見已經抵達月白。瞄了一眼尚未點燈的大門後，薩莉轉過身，情急下拉住即將離去的席修衣襬。

「你也休息一下比較好。」

「我還得寫報告書才行。」

「昨天我們進了靈猿茶。」

薩莉說出難得買到的稀有名茶後，席修頓時表情緩和。

「……知道了，那就稍微打擾一下。」

「好的。」

他的喜好非常容易掌握。薩莉忍住笑意，同時帶領他來到空無一人的花之間。這時候月白的娼妓大多還在睡覺，薩莉吩咐下女送來熱水，然後親手泡茶。

透過門路買到的靈猿茶，呈現清澈的琥珀色。顏色與來自西國的薄白瓷杯十分搭配。然後薩莉取出老字號的茶點，搭配散發宜人香氣的茶。

「來，請用。」

「那我不客氣了。」

雖然席修面無表情，依然開心地端起茶杯飲用。見到他的表情，就不枉自己辛苦弄到好茶與茶點了。薩莉也幫自己沏茶，隔著桌子與席修對坐。本來應該先入浴沖洗汗水，但如果離開片刻，席修就會回去。依照他的個性，滿月這段期間多半不會前來月白，所以不能錯過這次機會。

看準席修放下茶杯的時機，薩莉開口。

「席修你以前是什麼樣的人？」

「什麼叫是什麼樣的人？」

「因為你都不笑，又特別耿直。」

薩莉原以為自己的提問很自然，結果席修一聽，頓時露出無比苦澀的表情。心想可能問錯了問題，同時薩莉試著等他開口。

「……的確，以前一直有人說我很冷淡。」

「從小嗎？」

「不確定，我不記得了。進入士官學校就讀時，就有人這樣說我。」

「士官學校。」

薩莉重複這個詞後，席修難為情地繼續開口。

「都是往事了，和現在無關。」

「總覺得……好像明白你為何個性這麼固執了……」

「等一下，這是誤會……個性與學校無關，是天生的。」

「是嗎？我覺得你的個性很有趣，而且很好呢。」

「有趣啊……」

看著表情複雜的席修，薩莉煩惱於更猜不透他的出身。

士官學校是培養效忠國王的士官所設立的機構。只有上流社會的人，或是成績極為優異的平民才能進入。而他究竟是屬於哪一種呢？雖然他的言談舉止不粗魯，卻與多數上流社會的優美完全不同，讓人完全搞不懂。總覺得似乎稍微接近「是否為陛下的眼線」，但薩莉還是沒有頭緒。

「士官學校畢業後成為化生獵人嗎？總覺得好可惜。」

「托馬也這樣說過，但我並不是自願的。因為我從以前就看得見化生，算是被迫成為獵人的吧。」

「是嗎？所以才來到艾麗黛？」

「似乎是自衛隊向王城申請，希望增加化生獵人。我才會碰巧收到要求前來。不過這座城裡的化生獵人似乎看不見化生也無妨。」

「喔，看得見當然更好。只有看得見化生的人能分辨是否紅眼。不過身手優秀是必要條件，你不是也接受過入隊測驗？」

「有，當時和化生獵人『鐵刃』交手過，結果三戰兩勝才打了一場。」

「一場就通過了啊，真是厲害。」

鐵刃是老資格的化生獵人。只和他交手一次就獲得飾繩，代表席修的本領相當高強。聽到薩莉發出讚嘆，席修露出疲憊的眼神。

「問這些問題有什麼意義嗎？」

「因為我對你有興趣。」

「為何啊……」

「欸，你見過陛下嗎？」

薩莉邊問邊倒茶，然後望向席修，只見他明顯「呃」一聲愣住。出乎意料的反應讓薩莉驚訝地睜眼。

「怎麼了，為何露出微妙的厭惡？」

「倒也不是厭惡……」

「難道你是陛下的眼線嗎？」

聽到薩莉單刀直入的問題，席修噴出口中的茶。薩莉急忙站起來。

「咦，抱歉！我剛才說了不該說的話。」

「不……是我不對……失禮了。」

席修從她手中接過抹布後，主動擦拭桌子。他端正的容貌明顯十分尷尬，不像是在演戲。但即使不像，提到國王時的劇烈反應卻讓薩莉更摸不著頭腦。重新疊好借來的抹布後，席修嘆了一口氣。

「竟然聽到有人這麼說。意思是我嚴重違反了城裡的規矩吧。」

「不、不是的！我不是這個意思！只不過王城有傳聞——」

「傳聞？」

席修略為皺眉望向薩莉。

他的眼神看得薩莉一瞬間屏息。

黑色的眼眸筆直注視對方。毫無疑問，光明正大的人才會有這種眼神。

花街的人都會避免眼神透露內心想法。但他和花街的人不一樣，願意與對方真誠以待。

薩莉覺得他的眼神很漂亮，想再靠近一點窺看。

「薩莉蒂？怎麼了嗎？」

「……啊。」

他喊的不是別人常用的俗名，而是自己的巫名。第一次見面時，自己曾自我介紹過。如今他禮貌地說出口，薩莉反而覺得難為情。回過神的薩莉面露微笑。

「抱歉，我只是覺得你很有趣。」

「怎麼會啊……」

見到席修無精打采，薩莉即將笑出來——就在此時，有人粗魯地推開大廳的門。年輕的下女衝了進來。

「樓、樓主！不好了！」

「什麼事？」

「化生殺人了！獵人要求召集！」

聽到下女的呼喊，兩人同時起身。

凶案現場在大馬路南方城郊，靠近城入口。位置在城的另一端，與月白相反。席修與薩莉再度奔跑趕往現場。

與化生有關的緊急召集要滿足兩項條件：「一次殺傷三人以上，或是連續殺傷五人以上」。上一次滿足此條件已經相隔十五年。

八人在特殊召集下集合，包括自衛隊隊長、所有化生獵人、巫女，以及艾麗黛大半數商家的商會會長。除了會長以外的五人在薩莉與席修抵達前，就聚集在現場討論中。

負責驗屍的化生獵人埃德一見到兩人，頓時怒目橫眉。

「你們怎麼會一起來？」

「我們來晚了，抱歉。目前情況如何？」

「不要不理我，薩莉！」

眼看他氣得要衝過來，薩莉急忙躲到後方。席修見狀略為皺眉。

埃德即將衝出去追逐薩莉，但年長的化生獵人立刻從後方架住他。其他自衛隊員都對這名魁梧男性又敬又怕，稱呼他為「鐵刃」。他無視氣壞的埃德，回答薩莉。

「死了四人。化生目前正在逃竄。」

「四人？為什麼會死這麼多……」

「不知道，似乎是突然拔刀砍人。其中一名目擊者證實凶手有紅眼，才發現是化生。」

席修與薩莉面面相覷。剛剛才提到「化生很少殺人」，結果立刻被打臉。感覺一股看不見的危機山雨欲來，薩莉倒抽一口涼氣。

遺體維持遇害時的模樣，上頭僅蓋著黑布。大量鮮血滲入地面，顯示現場情況的悽慘。

席修蹲下翻開黑布，薩莉從他身旁窺看遺體。遇害的是中年男性，正面挨了一記俐落的袈裟斬，傷口從左肩到右腰。跟著席修調查其他遺體的薩莉，見到最後一塊黑布翻開時嚇得顫抖。因為年輕死者是她認識的對象。

「這人是托馬的……」

「嗯，在勒迪家族酒窖工作的男性。」

死不瞑目的男性，是歷代在勒迪家族工作的酒匠之子。他也是托馬的好友，經常送瓶裝酒來月白。見到熟人遇害，薩莉噙住眼中的淚水。一想到托馬得知噩耗會說什麼，就感到心痛。

蓋回黑布的席修抬起頭。

「查明另外三名受害者的身分了嗎？」

「似乎是正好在場的人。一人好像是勒迪家族的客人。」

「這下子傷腦筋了。」

柔和的語氣中帶有憂慮，最後抵達的人是會長。他同時是艾麗黛知名酒樓的樓主，環顧四周後向眾人打招呼。薩莉向年長的會長深深低頭致意。

全員到齊後，壯年的自衛隊隊長語氣沉重地開口。

「雖然發生了嚴重的非常事態，但我們只能沉著應對。化生的行為實在太過特殊，不過這麼一來，最好認為與前幾天發現血窪的事件有關。無論如何，不能再置之不理。」

說到這裡，自衛隊隊長望向薩莉。

「妳還能再出動幾天？」

「還剩三天。」

「是嗎……鄰近期限竟然冒出這麼多化生，以前從來沒有這種現象。無論如何都要在三天內解決。」

隊長環顧所有化生獵人，表情各異的眾人點頭。依然從後方被架住的埃德也一臉老實。

「自衛隊強化巡邏，一旦發現可疑人物就通知附近的化生獵人。在解決這起事件之前，化生獵人要四處搜索化生。至於巫女——」

「這三天內我也會盡可能四處搜尋。」

「知道了，護衛就隨妳挑選。」

隊長下結論後，看向會長。老字號酒樓的樓主一臉苦笑。

「畢竟事關城的風評，希望能避免大張旗鼓警告遊客。聯絡各店鋪，直接提醒顧客提高警覺，小心安全吧。」

「——還沒問最關鍵的問題，化生大約幾歲？」

眼看討論即將告一段落，席修插嘴一問，隊長頓時深深皺眉。早到一步的化生獵人似乎已經得知。隊長僅看向席修與後方的薩莉後回答。

「聽說外表是年輕男子。可是戴著面具，容貌不得而知。只看得到紅眼，所以才判斷是化生。」

「面具……？」

第一次有化生這麼做。與啞口無言的薩莉不同，席修剛來到艾麗黛不久，似乎很乾脆地接受。他舉起手表示「知道了」，然後走出人群。

「過了上弦月後，妳盡量避免外出。雖然化生不至於專門攻擊妳，但是發生萬一就太遲了。」

大家應該都注意到，情況與平時不太一樣。

即使接近滿月，化生依然增加。還有夷平這座城的傳聞，加上這次事件。感覺危險的洶湧暗潮漫過居民的腳踝，而且水位似乎不知不覺間升高。

薩莉轉念一想，試圖回憶祖母碰到這時候會怎麼做。如今自己身處這種情況，也只有自己才能想辦法解決。她轉身望向會長，面露微笑。

「三天之內會逮捕囟嫌。」

為了證明這句話不是隨口一說，薩莉轉身背對血跡，邁開腳步。

其實應該追上席修，再打聽一下王城的傳聞。但是薩莉與會長說完話時，席修已經上街巡邏。路上的遊客還不知道這起事件，一如既往地熱鬧。薩莉注視馬路，同時將亂糟糟的頭髮隨便盤在後方。

「總之得先回去洗個澡……」

「洗澡？為什麼？」

「還問為什麼——哇！」

薩莉嚇得差點跳起來。有人伸手一把抓住她的手，然後直接抱住腰一把摟過薩莉。一半被迫踮起腳尖的薩莉，抬頭仰望身後的埃德。

「可以放開我嗎？」

「為什麼要鬆開頭髮？和他來之前到底做了什麼？」

「鬆開是因為髮型散掉了。剛剛一路跑過來，髮型才會散開又流汗。而且我是中途遇到他，才會一起抵達。所以我想回去一趟換衣服。」

「我送妳回去。不要落單。」

鬆開薩莉的手腕後，埃德走在她身旁，再次試圖牽手。放棄抵抗的薩莉讓他牽著，指示要走的路。

還以為剛才埃德被架著拖離現場，看來他甩掉鐵刃後又跑了回來。薩莉心想早知道就該先行離去，才不會被他逮到。但埃德說得沒錯，非常時期的確「不該落單」。

瞥了一眼在廣場上表演節目的劇團，兩人同時小聲交談。

「埃德你對剛才的事件有什麼感想？很可疑吧。」

「妳是指沒有化生會那樣嗎？」

「因為以前從來沒有化生會戴面具，手持凶器啊。你真的覺得凶手是化生嗎？」

「難道妳覺得不是？」

「我不知道，可是……我懷疑與某人有關。」

為何化生會隱藏面目？以前沒有化生會主動殺人，還試圖巧妙地隱瞞身分。害人的化生往往出於衝動，不會考慮後果。另一方面，混在人群中的化生討厭事情鬧大或環境變化。

可是——這次的凶嫌不屬於以上兩者。所以薩莉才有種討厭的感覺。和之前留下血跡逃離現場的那些人一樣，感覺到有惡意躲在暗處。

薩莉懷疑有人在檯面下鬧事。可是埃德果斷地搖頭反對。

「紅眼是無法偽裝的，這次的凶嫌應該是化生。反而是這次的化生前所未有地狡猾，最好提高警覺。」

「是嗎？」

「應該是吧。如果遮住臉，普通人就看不出是否紅眼，可以混入人群逃跑。」

「……化生跑不出這座城的。」

艾麗黛布有結界，讓化生無法逃脫。當初創立這座城就布下了結界，封閉在此地產生的化生。所以化生根本無法離開艾麗黛，只能在這座城裡消滅。

薩莉尋找目前可能還躲在某處的化生，回頭一瞧夕陽西斜的馬路。街景照理說與平時無異，如今卻看起來有點像未知事物。

埃德牽著薩莉嬌小的手。

「不要離開化生獵人，薩莉。妳要是落單，就無法將化生縫合在他人身上了。」

「嗯……」

「如果今天妳也想巡邏，我就陪妳一起去。」

「嗯……那就拜託你了。」

雖然想避免與埃德獨處，但現在不是計較這些的時候。在他的護送下回到月白所在的馬路後，薩莉仰望夜幕低垂的天空。

高聳的樹枝在門前形成詭異的黑影。有件事情薩莉從未告訴他人，其實小時候的她偷偷害怕月白外圍的雜樹林。當時薩莉還以為自己是普通的小孩。懷念的際遇與如今的自己產生落差。

「很久以前，埃德你也送我回到月白呢。」

「以前？喔，妳是指迷路那一次嗎？」

「沒錯，當時的你好可怕。」

「別亂說，我一直對妳很好。」

聽到埃德裝傻，薩莉呵呵一笑。

以前的埃德會頂撞任何人，所有人都拿他沒轍，惡名遠揚。他的娼妓生母不知道孩子的父親是誰，似乎會對埃德又打又罵。導致他對外宣洩情緒，別人避他唯恐不及。不過當時的薩莉當然不知道這些。

年幼的薩莉只覺得他很冷淡。牽著迷路的自己，邊抱怨邊帶自己回月白。之後他即使一邊嫌麻煩，依然願意陪自己玩。

幾年後，聽說城裡出名的問題兒童成為化生獵人，大人都感到詫異。薩莉倒是很開心。自己將來成為巫女時，與認識的對象共事，會感到很放心。

「可是你怎麼不知不覺中變成這樣啊。」

「妳對我有什麼不滿？」

「真要說的話，就是獨占欲特別強。」

只要接獲要求，巫女就會與任何化生獵人同行。要是他每次都表達不滿，自己根本無法行動。但埃德卻厚臉皮地宣稱「只准跟我一個人行動」。

還不只這樣。連薩莉接待前來月白的尋芳客，埃德都沒給好臉色看。薩莉比埃德小九歲，不知道他對薩莉究竟有幾分認真。但不論身為巫女或樓主，他的態度都讓人無法恭維。以前態度冷淡的他反而比較容易接觸。

在門口停下腳步的薩莉，向不滿的埃德揮揮手。

「我去點個火，你可以兩小時後再來嗎？」

「嗯，那我在妳房間等。」

「少來，你別想。」

要是讓他在房間等，難保不會節外生枝。為了避免他繼續糾纏，薩莉一喊「等會見！」便衝進大門。

快到了點火的時間，大門已經開啟。打掃入口的少女發現薩莉後，低頭致意。

「樓主，歡迎回來。」

「不好意思，開門營業後我還要出門。幫我向大家吩咐——對了，這段期間盡可能避免外出。還有小心陌生的尋芳客。」

照理說化生不會入侵月白，但這一次很難說。所以小心為上。

薩莉吩咐下女端水來，僅清潔雙手後便點亮燈籠。接著思索了一會，站在入口取出便箋振筆疾書。寫好後裝進信封，隨即前往伊希雅的房間。她似乎正好要去花之間，見到薩莉後「哦」一聲微笑。

「怎麼這個模樣？」

「剛才稍微到處奔波……話說這個給妳。」

「信？」

率。

「如果托馬來了，希望妳交給他。」

其實當面說明是最好的。但是尋找化生的過程中可能與他錯過。而且就算他對朋友的死感到難過，也不會在自己面前展現。他和伊希雅獨處的時候，應該比較坦率。

見到薩莉遞過的信，伊希雅一瞬間露出訝異的神情，但隨即微笑後收下。

「知道了，還有什麼要吩咐的嗎？」

「不只是托馬，最近外頭不太平靜。所以委婉告訴尋芳客，在外頭要小心安全。」

「我會告訴大家。」

「謝謝妳。等一下我還要外出。」

「現在要外出？獨自一人嗎？」

「有埃德在，別擔心。」

聽到這個名字，伊希雅的表情依然沒有完全放心。多半是托馬對她講了不少埃德的是非。伊希雅還想勸阻，薩莉再一次保證「別擔心」。

「凌晨前我會回來。」

「……路上小心。」

「嗯。」

月白的事情暫且交代完畢。

薩莉回到自己房間後，終於進浴池沖洗汗水。重新紮好洗淨的秀髮，並且再次化妝。

本來不想拖這麼久，結果整裝完畢後，已經接近剛才約好的兩小時。一瞧窗外，太陽早已下山。

端詳穿衣鏡的薩莉，確認便於奔跑而略為撩起的衣襬。雖然看起來像小孩，但碰到非跑不可的情況下，這樣比較輕鬆。和服也不是平時的白色，而是可以混入黑夜中的淡墨色。

最後左手戴上銀手鐲，薩莉拿起長靴前往門口。就在行經穿廊進入主樓時，遇見兩位年長熟客。

「樓主小姐，這麼晚了還要出門嗎？」

兩位驚訝的長者應該是來花之間飲茶的。薩莉向兩人深深低頭致意。

「抱歉無法陪伴兩位。小女子得陪同化生獵人在城裡巡邏，敬請兩位在此地放鬆。」

「巡邏？」

兩位客人面面相覷。其中一人對年輕的樓主露出擔憂的神情。

「巫女啊，為這座城盡心盡力是好事，可是別太勉強啊。化生獵人是軍隊，但妳卻是獨一無二的，所以務必要小心。」

這兩位客人從祖母擔任樓主時就是常客，十分誠摯地提醒。化生獵人的生命當然寶貴，但她的存在更加重要。即使薩莉想否定，事實就是如此。要是分不清孰輕孰重，會造成城的麻煩。

薩莉向兩位客人再度低頭致意。一直肩負的重擔彷彿已經化為身體的一部分。

目送客人進入花之間為止後，薩莉在門口穿上靴子。

前來目送薩莉的伊希雅，忽然看向外頭，露出不解的神情。

「那一位是客人嗎？」

「咦？」

聽到她這麼說，薩莉才發現站在門外的人物。

是一名黑衣男子。站在大門正面，可是沒有要進入月白的跡象。

但是男子看著薩莉，掛在臉上的笑容像人偶一樣僵硬。脖子戴的黑色念珠在月光下反射出沉鈍的光芒。眼神深處散發討厭的感覺，看得薩莉美麗的容貌差點皺眉。

但是樓主不能在大門前露出這種表情。薩莉擠出笑容面對伊希雅。

「我出門了，埃德可能已經來了。」

「……路上請小心。」

然後薩莉走出門口，隱藏心裡的緊張，接近大門。

男子始終盯著薩莉。毫無反應的笑容看得薩莉心裡發毛，正要放緩腳步，結果男子突然向她死角的方向招手。緊接著從該處出現一人，站在男子身邊。薩莉一見到他，頓時忍不住驚呼。

「……！」

——是以面具遮臉的男性。

他佩掛刀具，像野獸一樣駝背，而且光著腳。由於隔一段距離，看不見面具下方的眼睛顏色。

眼看兩名男子正待轉身，薩莉立刻往前衝。

「站住！」

血窪旁邊留下赤腳的足跡。加上這次事件，有人目擊到化生戴著面具。這兩人不可能跟最近的變異無關。可是兩人直接在門外左轉，隨即消失無蹤。薩莉追著兩人衝出大門，正準備尋找可疑的二人組——

「哇！」

「危險啊，薩莉。」

差點與正好抵達的埃德撞上。薩莉對抱住自己的埃德說。

「剛、剛才跑出去的那兩人！其中一人光腳還戴面具！」

「剛才？」

聽薩莉這麼說，埃德回頭一瞧。薩莉也隔著他的身體望向道路彼端。可是通往竹林的平緩小徑沒有任何人。

「奇怪……？埃德，你剛才有和兩人組擦身而過嗎？」

「沒有啊？剛才沒有任何人，我也是剛到。」

「怎麼會，我明明有看見……」

從大門到竹林小徑之間沒有岔路。難道兩人憑空消失了嗎？

目前只知道對方存心挑釁薩莉。薩莉以左手掩住嬌小的臉龐，不甘心地嘆了口氣。

「怎麼了，薩莉？」

「……我似乎被狠狠瞧扁了呢。」

對方可能瞧不起自己年紀小。明知會遭到懷疑，還特地跑來露臉，擺明了輕視人。知道自己只能再活動三天，特地來挑釁的嗎？

薩莉拉了拉埃德的袖子。

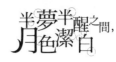

「走吧！絕對不能輸給他們！」

「我不知道發生了什麼事，但是鼓起幹勁的妳很可愛。」

「別管那些了，快走吧！」

巫女偕同化生獵人穿過月光灑落的小徑，來到城裡。

夜晚的艾麗黛展現有別於白天的熱鬧。日正當中時關閉的百葉門都開啟，慵懶地垂下白皙手臂的娼妓們探出頭來。不知從何處瀰漫的甘甜香氣就像想不起來的花名，喚起神祕的鄉愁。

與平時無異的景色中，薩莉提高警覺環顧四周，同時進入一座廣場。小燈籠像吊掛在繩子上的鈴鐺般連成一串。正統神供的米蒂利多斯樂師們，正在演奏古老慶典的歌曲。在中央彈撥四弦琴的男性，發現走在擁擠人群中的薩莉後低頭致意。薩莉同樣點頭回禮，一旁望向前方的埃德開口。

「發現什麼了嗎？」

「只是和認識的人打招呼。沒發現化生與剛才的人，或許不在人潮洶湧的地方吧。」

「要繞到後巷看看嗎？」

「嗯。」

由於白天發生的事件，街上自衛隊員比平時更多。如果附近有可疑人物，應該早就受到盤問了。於是兩人離開廣場，前往巷子裡搜索。

「就算化生再怎麼厲害，也無法在這種大街上突然消失。剛才那兩人應該也躲進了路旁的雜樹林。埃德，你真的沒看到任何人？」

「沒有，我準時在兩小時後抵達大門。」

「真難得……平時不是沒找你的時候，你反而一直等待嗎？」

「我剛才去巡邏，妳想到哪裡去了。妳當我是什麼了啊，薩莉。」

「本領高強卻情緒多變的人。」

聽到薩莉直指事實，埃德抓住她的手。正想著他要做什麼，結果他輕輕一吻指尖。雖然與平時的惡作劇相同，卻感到他略為壓抑心中的不悅。

心裡這麼想的薩莉抬頭看埃德，卻見到他面露溫柔的微笑。

「怎麼了，薩莉？」

「……沒什麼。只是覺得有點奇怪。」

「因為妳尋找我以外的男人才會這樣。覺得累的話，我送妳回月白吧。」

「我又不是感到疲勞……」

總覺得一切都很不痛快。薩莉沉重地嘆了口氣，埃德隨即輕撫她的頭。

「不要想太多，很快就會全部搞定。」

「看到你這麼正經，反而有點可怕。」

「妳到底要我怎樣啊。」

「正常一點？」

薩莉大方嗆他後，埃德伸長手臂，緊緊摟住薩莉。即使薩莉推開他反抗，卻對他一如往常的反應感到放心。

「我們在巡邏，可以放開我嗎？」

雖然彼此親近，可是薩莉還是不知道埃德在想什麼。

他放開薩莉後，嘆了一口氣。

「不要玩弄我。」

「我才想說這句話……」

「薩莉，難道妳以為我都在開玩笑？」

「大致上都是吧？」

嘴上這麼說的同時，薩莉往後跳以防埃德反擊。結果出乎意料，他僅瞇起眼睛凝視自己。

「咦……？難道你不舒服？」

該不會他發燒了吧。擔心他的薩莉回到埃德面前。踮起腳尖摸他的額頭，結果並沒有發熱。

另一方面，埃德露出又像真摯，又像冷靜的視線，低頭看著一臉困惑的薩莉。

「薩莉，妳要選誰成為妳的恩客？」

「什麼選誰……為何突然問這個？我哪知道啊，我又沒有認真想過。」

「要不要選我？」

「埃德……？」

——選他成為恩客。他以前開玩笑講過好幾次。

可是薩莉始終以為他不是當真的。就像小時候迷路時，他牽著自己的手一樣。畢竟薩莉年紀輕輕就成為月白的樓主。自己一直以為，他這句話算是某種意義上的「逃避現實」。

但如果只有自己這麼想，那就完全不一樣了。薩莉按捺心中輕微的慌張，再度抬頭看向埃德。

通透的金髮在附近的燈籠火光照耀下，帶有紅色的光澤。修長睫毛形成眼影的瞳眸讓人聯想到薄冰。彷彿能見到眼神深處，卻又難以分辨。

薩莉面對他宛如會吸人的視線，據實以告。

「我還不知道。也許會選擇你，也許不會。」
「不能現在就決定嗎？」
「沒辦法。光是樓主與巫女的工作就忙不過來，而且我才十六歲。」
「在妳這個年紀就接客的娼妓，可是多如過江之鯽。」
「問題是我——」
薩莉正想辯解自己不一樣，卻又縮了回去。這句話不該這時候對他說。於是薩莉搖搖頭，甩掉鬱悶的心情。
「我現在無法決定。等我再長大一些，你的心胸寬廣一點再考慮。」
「什麼叫我的心胸寬廣一點啊。」
「你現在心胸狹窄啊。我如果是普通的娼妓，或許還無所謂，但我又不是。」
男性若要成為月白巫女的恩客，某方面來說必須足夠果斷。所以如果埃德真的對自己有意思，這一點不妥協就無從談起。他現在就不符合這項條件……而且薩莉忙自己的事情就分身乏術。
見到薩莉恰如其分的誠實，埃德皺起眉頭。苦澀的表情讓薩莉想起黑髮的化生獵人，但薩莉覺得埃德與他又不一樣。
遠處的音樂讓沉默更加明顯。從轉角傳來水流動的清晰聲響。

水流聲似乎讓兩人沒有交集的感情依然是一筆糊塗帳。

埃德闔起眼睛，以手指抹平皺起的眉頭。

「……我知道了。」

這是他唯一的回答。

所以薩莉只能點頭以對。

即使話題變得十分尷尬，依然有正事要辦。

兩人不約而同邁開腳步後，若無其事地聊起其他話題。順著水渠前進，薩莉聊起最近新開的青樓，目光忽然停留在走出巷道彼端的人物。

他戴著一串黑色念珠，一瞬間露出側顏。表情像人偶一樣木然，毫無疑問是剛才在月白大門前的男子。薩莉差點忍不住驚呼，急忙摀住自己的嘴。

「埃德，就是他。他是剛才戴面具的可疑人物。」

「可是他現在獨自一人，確定沒認錯嗎？」

「就說沒錯了。」

薩莉加速準備追上該男子，但埃德伸手制止她。

「我去追。否則萬一認錯人，妳會很尷尬。」

「喔，有道理。」

「遠遠跟著我來。別跟著其他男人跑了。」

「知道了，你要小心點。」

沒理會分不清是認真還是開玩笑的部分，薩莉點頭。埃德隨即無聲無息奔跑。他維持距離男子十幾步的距離開始跟蹤，自己則跟在他的後方，沿著水渠邊行走。並且壓低氣息，留意四周是否有戴面具的化生潛伏。

不知道是身旁少了男性，還是水就在旁邊流動，薩莉頓時感到幾分涼意。如今薩莉有點後悔，剛才應該披件外套才對。

「話說回來……他突然嚇了我一跳。」

總有一天薩莉必須面對「究竟要選誰」的問題，剛才還是第一次有人這麼直接詢問自己。薩莉低頭看向自己白皙的雙手。

——妳是獨一無二的，要小心點。大人們都這樣告訴自己。

因為只有自己繼承正統神話，擁有特殊的地位。

勒迪家族釀的酒，米蒂利多斯演奏的音樂相當於供品。當家一代傳一代，供品隨之代代相傳。

可是只有月白不一樣。重點不是出自人手的「產品」，而是「巫女」本人。

這不只是薩莉肩負的責任，更是在她的體內，與自己化為一體的重擔。而且這與戀愛或情感無關。至少薩莉不認為找個對象，這件事就能當成情感問題解決。

「還是得等稍微塵埃落定再說……」

至少目前得先解決這起事件。轉換心情的薩莉再度望向走在前方的埃德。

這時候，原本一直走在前方的埃德突然拔腿狂奔。

「咦？什麼？」

不知發生何事的薩莉衝上前一瞧，發現剛才跟蹤的男子似乎跑了。

他可能發現有人在跟蹤。一瞬間薩莉猶豫該怎麼做，但隨即決定跟在兩人後頭。幸好和白天不一樣，做好了奔跑的準備。薩莉的視線始終盯著埃德的背影，奔跑在鋪設的石板路上。

跑在最前頭的男子拐彎後，隨即不見蹤影。薩莉定睛凝神，記住縮短距離的埃德轉過相同轉角。她捲起袖子，加快速度以免追丟。

——結果下一瞬間，冷不防有人從旁衝出，輕易撞飛了她。

不知發生何事的薩莉摔倒在地上，發出呻吟聲。

「唔……啊……？」

感受不到疼痛，可是身體卻不聽使喚。

紅色的雙眼接近分不清上下左右、視野模糊的薩莉。

看不出對方長什麼模樣。不只因為薩莉眼前朦朧一片，對方還戴了白色面具。戴面具的化生朝薩莉伸出雙手。她在意識朦朧下豎起手指，嘴裡輕唸。

「縛……」

白皙的指尖發出的力量，讓化生的身體猛然一震。但是現在的薩莉只做得到這樣。既然沒有化生獵人，就只能暫時麻痺化生。

薩莉利用短暫時間在石板路上爬行，試圖盡量遠離化生。模糊視線中，見到不遠處就是水渠。之前跳下水的席修說過「比想像中深得多」，這是情急之下唯一能爭取時間的方式。

化生的手指勾住逃跑的薩莉身上的腰帶。不過在化生拉住腰帶前，薩莉主動縱身往水渠一跳。隨即發出響亮的水聲，水花在黑夜中濺起。如同淺墨色和服混入夜色般，她的意識也逐漸沉入冰冷的黑暗中。

戴面具的化生茫然注視漣漪晃動的水面。隨即在某人呼喚下回頭，跟著離開現場。

就這樣，巫女不為人知地失去了蹤影。

3. 祕密

御前巫女擁有十分準確的預知能力。但是關於艾麗黛，不知道國王究竟看穿了多少。比方說已經知道會發生前所未有的情況，才派自己來到艾麗黛嗎？

接獲緊急召集後，席修首先想起這件事。他向國王稟報事件的同時，又詢問了另一個問題，就是「聖旨一事能否告知巫女」。

不知道薩莉對什麼事情起疑，但她卻問席修「是不是陛下的眼線」。這句話某方面來說的確是事實，可是如果胡亂隱瞞，會產生多餘的誤會。既然國王的回覆是「幫忙她」，希望國王能開示相關的情報。畢竟國王並非派自己來艾麗黛執行見不得光的任務。

就在席修寄信至王城，正在等待回信時。

「——巫女從三天前失蹤了？該不會離家出走吧？」

受邀前往月白的席修一臉錯愕地反問。

以前從沒聽過這種事。自從接獲緊急召集，自己就十分仔細巡邏街道。那一天的確是最後一次見到薩莉。

在四下無人的花之間，坐在桌子對面的托馬一臉苦澀地回答。

「她不可能無故離開月白。三天前的晚上她與埃德外出巡邏，就此不見蹤影。你不知道這件事？」

「聽你說才知道。話說當時和她在一起的不是犯人嗎？我不知道那人是誰。」

「好歹該記住同為化生獵人的名字吧——根據埃德的說法，似乎是在追逐可疑男子時，視線離開的短暫期間內走散。」

「可疑男子？不是化生嗎？」

這也是第一次聽說。席修伸手推辭泡得發苦的茶。托馬跟著沉重地點頭。

「似乎是三天前來到月白大門前的人。他沒有進入，一直站在該處。」

「該不會是不敢鼓起勇氣的尋芳客？」

「誰曉得。薩莉好像說過，那人和貌似化生的傢伙在一起……可是只有她看到。埃德也沒逮到關鍵的可疑男子，他在搞什麼鬼啊。」

忍不住咒罵的托馬似乎相當焦躁。第一次見到托馬這麼急，席修有點意外。提到勒迪家族的下屆當家，他在王城的風評也是「難以捉摸的聰明人」。薩莉就像他的妹妹一樣，由此可知薩莉在他心中的分量，讓他無法維持平時的冷靜。托馬以指尖敲了敲桌子。

「我已經派出我們所有酒匠去尋找。但老實說，我不知道盲目尋找是不是最佳選擇。」

「可是只能找下去了吧。有沒有可能跑出城外？」

「進出城都有自衛隊隊員盯著。如果運人出去，應該看得出來。」

「意思是還在城裡嗎？」

席修看了一眼牆上裝飾的時鐘。在太陽下山前不久，一封信送到自己房間，他才知道托馬找他過去。這四天內，席修只回房間睡覺，其他時間都在巡邏。期間完全沒發現巫女出了意外。

——薩莉失聯已經過了很長一段時間。

如果她被捲入這起事件，等於陷入絕望。

一股逐漸膨脹的不安，驅使席修站起身。

「知道了。我會巡邏時順便尋找她。」

「就這樣？」

「啊？」

不然還有什麼事？托馬的視線筆直注視皺眉的席修。

「我問你還有沒有什麼值得留意的事。」

「值得留意的事……沒有啊。為何這麼問？」

簡直在懷疑自己就是犯人。見到席修提高警覺，托馬搖搖頭。

「我不是在懷疑你。只是在問你，知不知道有誰覺得薩莉很礙事。」

「礙事？哪個人會覺得她那普通小女孩礙事啊。」

就算她是擁有特殊力量的巫女，還是正統青樓的樓主，也僅止於此。除了化生以外，想不到還有誰希望她消失。

如此心想的席修，聽到的卻是出乎意料的答案。

「如果沒了薩莉，艾麗黛就失去意義。」

「啊？這是什麼意思……」

「就是這個意思。即使還剩下神酒與藝樂也沒有用。她才是這座城的關鍵。」

——根據神話，神明向國王要求的三項供品是美酒與藝樂，最後則是聖體。

一旦失去最後一項聖體，似乎關係到這座城的存在意義。得知這件事的席修，低頭看向托馬鐵青的嚴肅表情。

「可是我真的不知道她的行蹤，為何問我？」

「因為你是當今國王的異母兄弟。奇里斯・拉席修・扎克・托羅尼亞。」

「……」

好久沒聽別人喊出這個名字，就像有人從身後潑了一盆冷水一樣。

見到一時之間無法反應的席修，托馬露出苦笑。

「別問我為何知道。誰叫你向薩莉說溜嘴。」

「我哪有說溜嘴……喔。」

聽他這麼說，席修倒是心裡有底。之前不經意閒聊時，自己說「曾經待過士官學校。」

「因為已經知道你的年齡，我弄到畢業名單調查了一番。你當時似乎挺優秀，提早畢業，所以找起來費了點功夫。但的確發現可能是你的名字，當時你還是平民呢。」

「……我又不是自願成為王族的。」

席修的母親在宮裡當宮女，懷了席修便離開王宮。

因此席修出生後不知生父是誰，但席修也不在意。

母親離開王宮時，王妃給了不少錢，所以回娘家後並未為生活所困。進入士官學校後，席修才得知自己的身世。但他的感想是「只要別惹出麻煩就行」。

實際上如果維持下去，席修應該終其一生都是非常普通的士官。

改變席修立場的不是先王生父，而是他的同父異母哥哥。

當今國王得知席修後，對席修感興趣，親自前來找他。一段時間後，賜予席修身為王族的權利與義務。雖然席修覺得國王多事，卻不敢說出口。不論國王承認自己是王弟之前，或是之後，對席修而言國王就是國王。

席修要求授予王族身分「盡可能低調」。所以手續只有辦理證書，王城內的貴族也大多不認識他。國王表示「等你回到王城後，該公諸於世了」，但席修希望這一天永遠別來。

總之席修奉旨擔任化生獵人，來到艾麗黛。

但自己只有隱瞞這件事。沒有人命令自己綁架薩莉。

席修正想糾正這件事，但托馬搶先輕輕舉起手。

「最近艾麗黛流傳著奇怪的傳聞。」

「傳聞？」

「傳聞陛下想夷平這座城。」

「啊？」

自己從未聽過這件事。國王只說「希望你親眼見識那座城」，另外就是「幫助巫女」。可是回想起來，國王完全沒透露這道旨意究竟有什麼意圖。

「看你的表情似乎沒聽過，這倒無妨。我想知道的是，有沒有人奉陛下的旨意行動。假設有人不知道薩莉的重要性，但也應該知道要夷平這座城，就得毀掉神供三大家。你知不知道有誰符合這種條件？」

「不知道。」

席修脫口而出的回答並未撒謊。國王對艾麗黛的興趣屬於私人範疇，所以找自己而不找其他臣子。席修連啟程都保密，應該沒有別人知道這件事。

托馬毫不客氣地注視態度果決的席修。算不上互瞪的沉默持續了幾秒……最後也是他主動中斷。略為舉起雙手的他，露出難以辨別真意的微笑。

「我知道了，抱歉懷疑你。」

「無所謂，畢竟我也有點嫌疑。抱歉之前隱瞞自己的身分。」

「沒關係。要是知道王弟殿下駕臨，我們也多少得招待一下。」

「拜託不要……」

就算有王族身分，自己可對宮廷禮儀一竅不通。見到打從心底嘆氣的席修，托馬微微一笑。

「那如果你知道些什麼，就告訴我吧。再不趕快找到她就麻煩了。」

「知道了——喔，可以問你一個問題嗎？」

其實不是什麼大不了的事，只是有點在意。

「我在緊急召集前不久，和她聊起自己的事情。如果當晚她就失蹤，代表她失蹤前和你見過面？」

那麼他可能掌握一些尋找薩莉的線索。

可是托馬卻僅語帶自嘲地聳聳肩。

「我只是收到信而已。上頭寫著你的事情，她希望我調查一下。」

「原來如此……她探我的口風的時候，就已經懷疑我了嗎？」

一股莫名的消沉讓席修的表情蒙上陰影，但托馬很乾脆地否認。

「反了，是因為不想懷疑你，才拜託我調查吧。畢竟有之前的傳聞。而且我早就調查過你了，不然怎麼可能這麼快收到結果。」

從艾麗黛寄普通信件，要三天才能抵達王城。快馬加鞭的話需要一天多，但如果加上調查期間，也未免太快了。席修重複之前告訴過薩莉的話。

「我有嚴重違反過城裡的規矩嗎……」

「就說不是了啦。她好像中意你，我才會調查。你第一天來的時候，不是打掃過樓主房間的浴場嗎？聽到這件事的時候，我差點笑死呢。」

「借用別人的房間，打掃一下很正常吧……」

「以前從來沒有男人在那房間裡這麼做。」

托馬一臉認真斷定後，忽然露出嚴肅的笑容。

「畢竟一生只能選擇一位恩客，當然要事先篩選一下囉？」

「到底在說什麼啊……」

關鍵的薩莉有可能面臨危險，拜託別開這種糟糕的玩笑。席修正準備辯解……但總覺得不論說什麼都是白搭。所以最後選擇不開口，離開大廳。

——席修覺得這座城很奇怪。

自從來到艾麗黛後，逐漸摸清楚各種規矩。但即使對城裡的常識「習慣成自然」，對這座城的印象依然不變。還是一樣讓人摸不著頭緒，而且怪異。

化生會化為人類外型，還具備實體。以及不可思議的巫女，這些都很奇怪。

不過這座城的氣氛更加詭異。總覺得華麗的外表下隱藏了某些事物。

離開月白，走在黃昏的馬路上，席修在腦海中回味剛才聽到的話。

薩莉目前行蹤不明。她對這座城極為重要，以及據說國王考慮夷平艾麗黛。三件事情都是第一次聽到，而且總覺得有點怪異。彷彿缺少了銜接片段的關鍵一角。

「要不要先回王城一趟……？」

別等陛下回信，乾脆親自詢問陛下對艾麗黛的真正想法。這樣應該可以確認夷平艾麗黛的傳聞真假。可是以目前的情況來說，不太方便離開此地。畢竟還不知道薩莉的安危。

邊想邊走的席修，與迎面而來的自衛隊隊員四目相接。這條路上人不多，對方似乎也立刻發現自己。但對方一瞬間表情扭曲，隨即無視席修在附近的轉角拐彎。態度十分露骨，席修反而心如明鏡。

「因為那個傳聞的關係嗎？」

況且薩莉三天前就失蹤，結果今天才從托馬口中得知，本身就不對勁。明明說過「發現依然在逃的化生就會聯絡」，照理說不可能隱瞞巫女失蹤。換句話說，相關人物對她的失蹤下了封口令。而且自己並不受信任，才沒有第一時間得知。

當然，因為自己是來自王城的新人，也難怪他們懷疑自己。

可是席修卻對此一無所知——要是早點知道就好了。

如果知道的話，之前搜尋化生的同時，就能嘗試搜尋她可能遭到監禁的場所。晚了三天實在太久了，這段期間要是發生無法挽回的遺憾也不足為奇。

想到這裡，席修發現自己十分焦躁。

「怎麼回事啊……」

在與托馬聊過之前可沒這樣。雖然希望盡快逮到化生，卻不曾如此焦急又坐立難安。席修難得微微咂了一聲舌。

「——總之找找看吧。」

現在沒有其他選擇。席修一邊提高警覺，走在逐漸變暗的馬路上。

同時他想巡邏這三天內發現的空屋。說不定薩莉就被關在其中一間空屋內。而且席修沒忘記今晚就是上弦月。

「難道……今晚是關鍵？」

一旦過了上弦月，巫女就無法出動。亦即薩莉會失去巫女的能力。不知道她目前的情況，難道這算是分水嶺嗎？

如果今晚就是期限，那就必須快點。席修選擇抄捷徑前往最近的空屋。進入小巷後，橫越其中一條水渠。

不過走出沿著水渠的小徑時，眼前的異狀讓席修皺眉。

「蛇？」

有五條細小的黑蛇並排在水渠邊緣。即使伸直，長度頂多只相當於孩童的手臂。這五條黑蛇似乎一起窺視水渠內。其中一條的頭還伸入水中，但隨即縮回來。滑稽的光景讓席修看得目不轉睛。

「難道水裡有東西？」

好奇的席修自己也跨出一步，窺看水渠。結果五條蛇一下子發出咻咻的聲音，消失在附近的草叢中。目睹此一光景的席修，感到幾分顫慄。

「紅色的眼睛……」

如果沒看錯的話，這幾條黑蛇的眼睛都發出紅光。

若是其他城，這種顏色的眼睛就可以斷定是化生無誤。可是在艾麗黛，化生應該不會化為鳥獸的外型。席修手搭著軍刀刀柄，嘗試接近蛇消失的草叢。

但該處已經空無一物。席修轉過身後，窺看剛才蛇注視的水渠。

「沒有東西……」

席修即將如此下結論，但是想起剛才有條蛇的頭伸進水裡。牠們在找的東西可能在水中。於是席修跪在原地，解開左袖口的釦子捲到手肘上。提高警覺，隨時做好拔刀的準備，同時手伸進水裡。

只有一開始傳來冰涼的感覺，一下子就適應了水溫。然後席修攪了攪什麼也看不見的水，可是手指沒有碰到任何東西。於是他抽起沾溼的手臂。

「總不會要潛入水中吧？」

無法保證會發生什麼事的情況下，下水實在讓人猶豫。

可是席修實在無法忽視剛才可疑的蛇，決定將手再伸進水中一次。伸得比剛才更深，連手肘上方都泡在水裡。

照理說什麼也沒有，手指也碰不到水底。

但就在席修如此心想時，類似布的觸感卻纏住自己的手。驚訝地差點抽回手的席修轉念一想，抓住不知名的物體，輕輕拉到水面一瞧。

「這是……腰帶？」

深藍色腰帶上拔染著一輪弦月。知道這個記號是什麼意思的席修立刻起身。

然後他脫掉上衣，跳進水裡。

燈火照不到夜晚水渠的底部。只看到黑漆漆的水搖晃。

席修在伸手不見五指的漆黑中，順著漂流的腰帶往下潛。

深藍色腰帶搖搖晃晃，似乎延伸至水底。席修撥開水定睛凝視前方，發現漆黑混濁的水底出現隱約發出白光的事物。感覺沉重的雙腿使勁一蹬，席修游向該處。

——然後席修大吃一驚。

熟識的少女橫躺在水底。

修長的銀髮飄散，隨波逐流。臉色十分蒼白。

由於腰帶幾乎解開，淡墨色和服也鬆開，細長的雙腿裸露在外。

不過讓席修驚訝的不是她的模樣，而是包覆她肌膚的薄膜。

這層薄膜讓她看起來發出白光，仔細一瞧似乎裹著一層空氣。證據是薄膜外的秀髮與和服都在水中漂動，但她本身卻幾乎沒有溼。滑嫩的肌膚雖然缺乏血色，卻也沒有泡水發脹的跡象。

出乎意料的光景讓席修略為膽怯。

很漂亮，但是有點詭異。讓人離不開視線，卻又覺得不該直視。

可是她的胸口的確在上下起伏。這讓席修放下心中大石，連他都感到驚訝。

問題是現在該不該碰觸她。難以下定決心的席修，判斷自己快憋不住氣，於是下定決心朝她伸出手。準備雙手抱住她的身體。

——指尖碰到她的瞬間，包覆她的薄膜頓時消失。

可能被突然湧入的水嗆到，少女弓起身體十分痛苦。席修急忙緊緊抱住她，一蹬水底往上浮。冒出水面後，首先將她推到岸上。自己也跟著立刻出水，注視劇烈嗆咳的薩莉。

「吐出來！妳可以的！」

「呃……啊……」

碰到水只有短短幾秒，沒有生命危險。席修原本如此心想，結果一碰到她的肩膀，發現她冷得像冰塊一樣。顫抖的白皙雙手在空中亂抓。

「好冷……凍死我了……」

「等等，我立刻帶妳回月白！」

席修撿起制服上衣，裹住衣不蔽體的她。冷得全身發抖的薩莉，在席修的懷抱中再度暈了過去。

她沒有外傷。但是必須立刻就醫，溫暖凍僵的身體才行。

席修裹住她輕盈的身體，拔腿狂奔。

躲在草叢裡的紅眼蛇露出刺探的眼神，緊緊盯著他。

☆

——彷彿做了個悲傷的夢。

夢中一片漆黑，一個人站在冰冷的石室內。

四下無人，全身赤裸的她光著腳，來回繞行石室。什麼也沒有，好冷。

感覺好寂寞，想呼喊某人的名字。

原本想喊家人的名字，可是薩莉連一句話都發不出聲音。

只能一直反覆繞行，到處尋找。

連自己都不知道在找什麼，最後薩莉精疲力竭，抱著腿蹲在地上。

☆

睜開眼睛後，映入薩莉眼簾的是柔嫩的女性肌膚。一股溫暖的感覺，彷彿浸泡在微溫的熱水中。知道暖意是來自摟住自己的女性後，薩莉轉動眼珠環顧四周。

原木色天花板與紙窗十分熟悉。這裡是月白的伊希雅房間。

薩莉輕輕撥開睡著的伊希雅手臂，坐起上半身。

「咦？我也光著身子？」

不只摟著自己的伊希雅，連薩莉都赤身裸體。只有銀色手鐲一如往常戴在左手。小時候偶爾發高燒，也像這樣在月白的娼妓提供溫暖下睡著。難道自己的身體又出了狀況了？

記憶模糊不清的薩莉，起身離開床鋪。然後披上疊好放在附近的薄襯衣。雖然想詢問伊希雅原委，但不好意思吵醒她。薩莉想借件衣服穿，問清楚到底發生了什麼事。於是從寢室探頭望向相鄰的房間。

房間內有名男性，在茶几上攤開文件閱讀。

「托馬……」

「薩莉！妳醒了嗎！身體如何？」

「還好，只覺得有點恍惚。」

「妳還沒完全恢復，繼續睡吧。不用擔心青樓的情況。」

「可是我對情況一無所知——」

此時銜接走廊的門開啟。從另一側開門的席修發現站著的薩莉，頓時愣在原地。不知為何他露出抽筋的表情，薩莉感到不解。

「席修？」

「穿好衣服，薩莉。」

聽到托馬聲音苦澀地開口，薩莉才想起自己的模樣。低頭見到幾乎赤裸的自己後，薩莉發出尖叫。

「咦？為、為什麼，等等——」

「抱歉，席修。你到外面等一下。」

唯一保持冷靜的托馬開口，指示愣在原地的席修離開。他默默關上門後，薩莉朝他嚷嚷。

「為什麼嘛！」

「我會向妳解釋，總之先穿上衣服。來。」

托馬手指的衣箱裡裝著她的和服。薩莉急忙穿上，胡亂繫好腰帶後，托馬才朝

走廊開口「可以進來了」。

不久後席修再度進入房間，但薩莉根本不敢直視他。急著跪坐在托馬身旁後，薩莉一直低著頭。聽到席修說「不好意思」反而更讓她難為情。

可能因為臉紅到耳根的薩莉不敢抬頭，席修向托馬抱怨。

「剛才那種情況應該先提醒我吧……別置之不理行不行。」

「抱歉抱歉。啊，我先聲明，我和她可是親人。」

「啊？你之前不是說情同兄妹嗎？」

「因為有不少問題，才如此對外宣稱。但我和她有血緣關係，是親兄妹。看來先向你說清楚比較好。」

不知道發笑的托馬心裡在想什麼，似乎心情很好。薩莉對哥哥的態度感到不可思議。但是自己對情況一頭霧水，只能保持沉默。畢竟這件事情不可對外人透露，托馬卻主動告知，代表兩人之間肯定不單純。即使在艾麗黛，也幾乎無人知道他們是兄妹。除了伊希雅或米蒂利多斯的當家以外。

如今多了一個例外，就是席修。他像是中了幻術一樣，難以釋懷地比對兩人的長相。

「你們這對兄妹長得真不像。」

「因為我長得像父親，薩莉像母親。但薩莉和母親的容貌如出一轍，所以我母親沒有在公開場合露過面。」

「因為不希望別人知道神供兩大家族聯姻嗎？」

「差不多。我們的母親放棄了月白巫女的身分，嫁給父親。雖然娘家大力反對，但母親依然力排眾議。條件則是如果母親生下女兒，就必須送回娘家。所以薩莉依照說好的條件，出生後就在娘家撫養下長大。」

薩莉同樣一臉老實的表情聽托馬解釋。自己十歲的時候，也聽祖母說過相同的內容。當時祖母的話中透露出「對於放棄義務的女兒，感到既生氣又失望」。

實際上祖母似乎相當驚訝，母親生下的頭胎竟然是男孩。月白的樓主受到出身影響，屬於母系家族。結果母親不僅外嫁，甚至生下男孩，因此勢必遭到無情的批判。薩莉以前沒見過母親幾面，但純粹覺得「母親肯定相當辛苦」。

只不過對薩莉而言，個中辛酸與自己無關也是不爭的事實。自己不理解母親為何拋棄自己的責任，逃出月白。

聽到托馬的解釋後，席修略為皺眉。

「記得聽她說，前任巫女是她祖母。我還在想她母親怎麼了。」

「薩莉的母親體弱多病，在病故之前幾乎沒離開過王城的宅邸。其實她本應成為勒迪家族的當家主母。」

「那何必告訴我。」

「因為覺得告訴你應該無妨。之前不是說過要篩選對象嗎？」

聽到托馬哈哈大笑，席修一臉錯愕。薩莉偷偷窺視席修的表情。結果席修與她四目相接後，她隨即尷尬地轉過頭。

——雖然搞不懂究竟發生了什麼，但也該說明情況了吧。

薩莉抬頭仰望哥哥，寬大的手掌跟著摸了摸她的頭。

「所以薩莉，妳還記得多少？知道是誰攻擊妳嗎？」

「誰……？」

「席修可是從水渠底部將妳撈上來的。有人推妳下水嗎？還是妳自己潛下去的？」

「水渠，啊！」

記憶宛如鬆開枷鎖，一口氣回到腦海中。

當時好像與埃德一起巡邏，那隻化生可能看準兩人分開之際突襲。記得自己被撞了一下摔倒，為了逃離追殺才跳進水渠。薩莉以手指按著太陽穴。

「戴著面具的化生撞了我一下……眼看快被他抓住，我才跳進水渠逃脫。」

「戴面具的化生？確定嗎？」

「嗯。」

自己不可能看錯發紅光的眼睛。而且明顯與以前的化生不一樣，以前化生從未直接攻擊巫女。

此時薩莉想起以前說過的話，向席修深深低頭致意。

「感謝你救了我一命。」

「……不必言謝，這是當然的。」

「請問後來化生怎麼樣了？」

回答問題的人是托馬。他拿起桌上的一張文件交給薩莉。

「我們完全陷入被動。從昨天開始，突然出現數名戴面具的化生攻擊人。目前已經有十二人傷亡，而且似乎專門攻擊神供三大家的相關人物。所以目前月白和我們都暫時關店。」

「咦……不會吧？」

這可能是艾麗黛前所未有的緊急情況。薩莉急著想站起來，托馬卻制止了她。

「妳別出馬，薩莉。已經開始月圓了。」

「咦？但不是還有三天嗎……」

「拜託，妳還不明白嗎？妳失蹤已經過了五天，早就過了上弦月。」

「不會吧？」

過了五天這麼久啊。薩莉望向伊希雅還在睡覺的臥房。

「我足足睡了五天嗎？」

「睡了兩天，之前妳失蹤了三天。」

「奇怪……」

既然席修在水底發現，代表自己在水裡足足躺了三天。幸好現在已經月圓，不過竟然被席修看見躺在水底的一幕。這該怎麼解釋才好呢，薩莉笑得有點抽筋地仰望席修。

「請問……之前你救我的時候，感到很驚訝嗎？」

「難免，原來這座城的巫女這麼奇特啊。」

「因為有許多原因……」

不過他對自己伸出援手，代表他果然不是這座城的敵人。放下心中大石的薩莉，對自己如此放鬆感到不可思議。但是看過托馬給的文件後，隨即又倒抽一口涼氣。

上頭記載了這兩天發生事件的地點，犧牲者姓名，以及目擊的化生特徵。由於目標是神供三大家，多達六起襲擊事件中，遇害者都是自己認識的對象。包括勒迪家的酒匠，米蒂利多斯的樂師與歌手，其中甚至有月白的常客。至於名單中沒有月白的娼妓，應該是因為她們很少外出。薩莉慶幸娼妓倖免於難的同時，也對化生的惡行感到氣憤。

「既然有好幾名化生，有抓到所有人嗎？」

「只有一人碰上鐵刃後，死在鐵刃的刀下。其他人還沒抓到。他們攻擊人後，轉眼間便消失無蹤。」

「是嗎……」

根據目擊情報，化生有男有女，共通點都是戴著白面具。之後又同時出現在城裡各處，反覆傷人。

「這樣看來，攻擊薩莉的原因應該認定妳是妨礙吧。只要讓妳三天內無法行動就好。」

薩莉點頭同意哥哥，但也知道這番話半真半假。其實化生的目的是捉住，或是除掉自己。當時薩莉的確感到化生有這種意圖，不過後來躲進水裡純粹是失算。

但從結果而言，薩莉暫時失去了巫女的力量。所以目前我方陷入劣勢。

席修沉重地開口。

「如此一來，可以認定有人在背後操縱化生吧。」

「操縱化生……有可能嗎？」

「不知道，話說我先確認一下——這座城裡有人為製造化生的法術嗎？」

「人為製造？」

薩莉與托馬互望一眼，然後托馬開口回答。

「不，沒聽過。」

「我聽過，當然不是在這裡。」

然後席修告訴驚訝的兄妹二人，這是兩年前的事。

當時他獲派前往南方城時，發生一件化生糾纏富商的詭異事件。不論怎麼斬殺化生，都會再次冒出新的。席修等人到處尋找原因，結果發現有人怨恨富商，僱用了可疑的咒術師操縱化生。

「咒術師嗎……咦，這種事情有可能？」

「我不知道詳細方法，但似乎是殺害動物後，以意念為基礎製作。我踏進那男人的家中，發現他家到處都散落遭到割喉的動物屍體。」

「哇……」

第一次聽過這種事情。沒理會摀著嘴的薩莉，席修繼續說明。

「問題在於，其實當時沒抓到咒術師。」

「讓他跑了嗎？」

一股讓人背脊發涼的惡寒流竄，薩莉下意識抓住哥哥的袖子。雖然已經料到席修接下來會說什麼，薩莉卻嚇得無法開口。

席修正面注視薩莉並解釋。

「之前追查咒術師的人都死於非命，後來咒術師一直隱瞞行蹤。所以——如果他來到這座城，妳覺得他能以人為手段製造化生嗎？」

——並非不可能。

薩莉直覺這麼想。艾麗黛的化生是人類外型的實體，但本質與其他城的化生無異，所以肯定有可能。

「我、我認為有可能，可是……」

「意思是為了製造化生，有人因此遇害嗎……」

聽到托馬這麼說，薩莉嚇得身體一抖。一旁的托馬露出薩莉從未見過的嚴肅表情。席修則一如既往地冷靜，讓薩莉想起「他並非出身自艾麗黛」。

「我只是說出可能性。薩莉蒂妳發現的血窪，以及究竟是誰流的血，不是至今不明嗎？所以可能是『抓去當成製造化生的材料』，或是『操縱化生不慎導致攻擊人』。也有可能兩者皆是。」

薩莉想起那幫人僅留下血窪後逃離現場，還有慌張離去的黑影。

「如果當時負責隱瞞的人也與這一連串事件有關，就能解釋為何完全抓不到化生。因為有人在暗中包庇。」

「但究竟是誰……」

「可以肯定不是我，也不是陛下。」

聽到席修突然提起國王，薩莉睜大眼睛。但托馬補充了一句「等一下我再解釋」，看來在她昏迷之際發生了不少事。總覺得兩人之間的氣氛有些起伏，薩莉歪頭表示不解，但她隨即想起別的事情。

「對了！抓到當時與化生在一起的人了嗎？之前埃德追在他身後。」

「埃德說讓他跑了。」

「不會吧……」

埃德沒抓到嫌犯很罕見，但可能是薩莉遇襲才阻礙了他。不過埃德沒事讓薩莉放下心。取而代之，下次見面可能會狠狠挨他一頓罵，現在就讓薩莉頭疼了。

「那人的印象挺顯眼的，有幫忙找找看嗎？」

「沒有，光憑妳模稜兩可的證詞，怎麼可能發布通緝呢。」

「是沒錯……」

薩莉覺得他肯定很可疑。但當初唯一這麼想的薩莉獨自待在水渠旁，才會讓他跑走。薩莉鼓起白皙的臉頰。

「不過他給人的第一印象與眾不同，我應該認得出來。表情好像假的一樣。雖然不像席修這麼俊美，但卻特別像人偶。」

「別扯到我好嗎……」

「啊！還有他戴著黑色念珠！看，很可疑吧！」

「薩莉……老大不小了，這話妳可別到處亂講。」

「黑色念珠？」

托馬責備薩莉。但席修的聲音卻透露出訝異，伸手摸了摸下巴。

「我可能有印象。我想知道那人的長相，能畫肖像畫嗎？」

「肖像畫……？」

托馬將文件翻過來，並且遞過一支筆。無可奈何的薩莉收下後，一邊煩惱一邊努力畫出該人的肖像畫。畫出臉部輪廓，正要填上眼鼻口的時候，聽到席修笑出來的聲音。

「……好過分喔，席修。」

「沒、沒啦，抱歉，我不知道妳不會畫畫。」

「我就知道會這樣。畢竟她從以前到現在一直沒成長。」

「那席修你試著畫畫看啊！我看過後再來判斷究竟像不像！」

「我來畫？」

見到席修狼狽的模樣，薩莉稍微出了口氣。見到薩莉將紙筆同時推給自己，席修才不情不願開始畫肖像。兄妹二人饒富興趣地注視他的手。

「……和我畫的沒差多少嘛。」

「我可不記得說過自己會畫畫……」

這樣就無法判斷是不是同一人了。就在薩莉即將放棄時，身旁的哥哥站起來。

「伊希雅之前也有見過那人嗎？」

「啊，對喔！應該有吧。」

「知道了，等我一下。」

托馬拿起紙和筆，同時捧起裝著和服的衣箱消失在隔壁房間。他大概要叫醒在睡覺的情人詢問。雖然對伊希雅過意不去，但薩莉決定乖乖等待。

可是和席修獨處，無論如何都會想起剛才他撞見自己衣衫不整。薩莉提醒自己別紅著臉，同時起身。

「我去泡茶吧。」

「沒關係。妳剛睡醒，應該還很累吧。」

「不要緊，已經休息過了。」

擅自沖泡伊希雅房間的茶不太好。薩莉準備去廚房準備，即將經過席修的身旁。結果席修一把抓住她的手。

「不要隨便離開房間。」

「可是這裡是月白耶，就像我家一樣。」

「但是在托馬回來之前，還是待著別亂跑。」

他的表情很認真，看起來不像是開玩笑或刁難人，代表目前情況已經相當嚴重。於是薩莉乖乖坐回原本的地方，沉默再度籠罩兩人。

席修的聲音比沉默更平靜，率先打破寂靜。

「——妳有沒有討厭過？」

「討厭什麼？」

「自己的命運打從出生那一刻就決定。妳有討厭過自己身為巫女嗎？」

「沒有啊。」

她生來就成為月白的樓主，成為巫女。從懂事的時候，大人就一直這樣告訴她。所以她從未感到不滿，也理所當然認為只有自己才辦得到。

可是聽到她的回答後，席修皺起眉頭。

「見到別人後，妳有羨慕過別人嗎？」

「幾乎沒有……以前在王城的時候，我幾乎沒離開過宅邸，而且只知道艾麗黛。」

所以薩莉認識的對象除了家人以外，只有艾麗黛的居民與尋芳客。自己從未羨慕過這些人。反而覺得自己應該盡責，讓他們得以過平穩的生活。

「怎麼突然提起這個？因為聽到我母親的事情嗎？」

「聽到那些事情後，就覺得妳是身為巫女，才被迫承擔不利的責任。」

「是嗎……」

見過外面的世界，或許會這麼想也說不定。

薩莉的雙手在茶几上十指交纏。淡紅色的指甲因為長時間臥床而有些乾燥。

「我之前有說過，我一生只會選擇一位恩客吧？」

「嗯。」

然後薩莉會生出下一屆巫女。這是儼然不變的事實，無法違抗。

正統月白就是艾麗黛的核心。

「說真的，當初我聽說母親的事情時，心裡是這麼想的：『既然這麼喜歡對方，為何不選擇對方成為恩客呢』。」

「喔……原來如此。」

「可是根據托馬的說法，兩者是不一樣的。母親希望能和父親結為連理，而不是身為肩負義務的樓主，以及幫忙生下巫女的恩客。希望彼此可以白頭偕老……聽得懂嗎？」

沒有自信能完整表達的薩莉，視線緊盯席修。

席修黑色的眼眸中潛藏著不明顯的情感。

「也不是不能理解，但只是單純的想像。」

「嗯，其實我也不完全理解。但我認為這就是母親的想法。每個人的想法都不一樣，例如祖母就說過『母親的想法是錯誤的』。祖母說，巫女同樣也會愛上別人。不只是巫女，月白的娼妓也會。因為愛上對方，才會讓對方成為恩客並獻上自己。」

也有娼妓像伊希雅一樣，只選擇一名恩客。有些娼妓十分專一，在感情結束前鍾情於同一人。也有娼妓只要看對眼就輕易點頭。但是一般而言，她們都是憑自己選擇對象，沒有人強迫她們。所以祖母才會說，月白屬於「正統」。

「可是我還不明白這些事情。雖然心想將來必須選擇恩客，但完全不知道該以什麼為基準，也不知道該和對方建立什麼樣的關係。我畢竟沒那麼成熟……因為我對自己不了解，才不會羨慕其他人。」

只要保持無知，肯定就能幸福。

而且薩莉覺得這並非壞事。

來自外地的尋芳客，在這座城短暫忘卻日常的辛苦與疲憊，休養身心。這並非逃避麻煩，只是每個人都有面對問題的最佳時機。

薩莉肯定也是這樣。過去她一直專注於自己的責任，但她還沒完全長大。如果現在就開始焦急，肯定無法處理好樓主與巫女的職責。她對席修微微露出苦笑。

「就像這樣。」

「……是嗎？」

「嗯，明明已經成為樓主，必須認真一點。但我始終無法選擇恩客，肯定是自己太天真吧。」

祖母已經不在人世，而母親對月白一無所知。由於只能依靠自己，其實薩莉知道必須早點成熟，挑選恩客。可是自己的心智卻跟不上。

不過聽到這裡，席修略為揚起眉梢。他注視薩莉的湛藍眼眸，果斷地開口。

「其實妳沒必要勉強自己。妳的選擇權當然掌握在自己手上，和別人說什麼都無關。多花一點時間，直到自己能接受為止。」

「咦？」

「那可是妳要共度一生的對象。不論要花五年還是十年，都沒必要感到內疚。我知道妳很重視月白與這座城，但還是謹慎選擇恩客吧。」

說著席修拿起文件。他只是說出理所當然的話，肯定沒有弦外之音。

但薩莉卻感到不小的衝擊，眼睛睜得大大地注視席修。

他說「不論花多少時間選擇恩客都無妨」。這座城裡肯定不會有人這麼說。對艾麗黛的居民而言，薩莉的月白巫女身分比她自己更重要。

但是更關鍵的是——

「因為『一生』是妳說的啊。」

一生只會選擇一名恩客，以及一生與一人攜手相伴。兩者的意義肯定不同。月白的巫女選擇的恩客終究是恩客。大多數男性在小孩誕生後，甚至在巫女有了身孕就會離去。艾麗黛終究是讓尋芳客短暫做夢的地方，尋芳客在外頭還有屬於自己的人生。

但是席修認為，「巫女一輩子選擇一人」就是「白頭偕老的對象」。而且語氣很自然，甚至沒經過思考。肯定因為他就是這樣的人。

見到薩莉的視線，席修露出狐疑的神情。

「有什麼好笑的嗎？」

「不是啦。」

臉頰微微帶有熱意。薩莉隱藏即將擴散至全身的暖流，面露微笑。

「我就知道你會這麼想。謝謝你。」

一股酥麻的情感十分舒服，讓人心情雀躍，難以冷靜。薩莉心神不定地調整坐姿。原本還想再問他些問題，但在薩莉想到之前，席修率先開口。

「……妳說以前在王城，幾乎沒離開過宅邸吧。」

「喔，對。如果有機會的話，或許能早點遇見你。雖然我不方便在外拋頭露面，所以那時候無法出門。」

「因為很多地方對小孩而言很危險吧。現在是不是只要遮住面孔，小心一點的話，即使出門也無妨？」

「或許是這樣。」

自己對王城幾乎一無所知。只知道從宅邸的窗戶或門口縫隙窺見的景色。就算真的能離開宅邸，也不知道在寬廣過頭的王城內該做什麼。

見到薩莉略為歪著頭，席修一臉認真地表示。

「那如果妳願意的話，下次我帶妳逛王城吧。」

「咦。」

或許他覺得自己打從出生就缺乏自由，才會出於同情而開口。

但自己依然純粹地感到高興……薩莉就像普通的少女一樣點點頭。

過了一段時間後，托馬拿著一張肖像畫返回。放在茶几上後，席修與薩莉湊過來端詳。

「哦，畫得不錯。差不多就像這樣。」

「──果然是這傢伙嗎？」

席修似乎有頭緒，懊悔地抓了抓自己的頭髮。

「他就是我剛才提到的咒術師，製作並操縱化生的人。」

「咦……」

這是最糟糕的回答。席修一臉苦澀地瞪著肖像畫。

「既然和這傢伙有關，就知道為何化生會戴面具了。人造化生的臉上會浮現咒印。但是一看到咒印，就會發現咒術師在背後搞鬼，才讓化生戴面具吧。」

薩莉深深嘆了口氣後，抬起頭來，站在一旁的托馬收拾好桌上的其他文件。

「知道了，我會通知其他人擬定對策。現在我要去自衛隊那裡，薩莉妳待在月白。」

「不、不行啦！神供家族的人是攻擊目標耶！你肯定很危險吧！」

「但如果閉門不出，只會讓他們更隨心所欲。既然化生是人造的，只要抓到他就能解決事件。」

「那我也去……」

「不行，妳要是再出事，我會縮短壽命——席修，別讓她離開青樓。還有你也別出去，由於之前傳聞的影響，難保殺氣騰騰的人不會對你不利。」

「拜託，我可是化生獵人啊。」

「也不行，你們兩人都待在月白。去離樓待著。」

「我、我的房間怎麼好意思讓別人進來啊！」

「收拾一下。」

托馬說得毫不留情，然後離開房間，薩莉急忙追上去。跟在後頭的席修還仔細關上門，但薩莉完全沒注意，摟住托馬的手。

「托馬！等一下！」

使勁以體重拖住後，托馬這才停下腳步。薩莉堅決地抬頭仰望他。

——哥哥從小就一直陪在身邊，關心自己。

他是唯一還留在艾麗黛的家人。即使王城有自己的血親，但他們都不肯來到艾麗黛。

「我也要去……我會幫上忙的。因為我……」

「薩莉蒂。」

托馬的聲音並不嚴肅。但是聽到哥哥喊這個名字，她就不再是單純的少女。身為樓主的薩莉挺直腰桿。托馬露出穩重的視線低頭看著她。

「妳要待在這裡。想起自己的責任，不要亂來。難道妳忘記小時候的事了嗎？」

「……我還記得。」

這是薩莉勉強說得出口的話。托馬輕撫她的頭，親了一下白皙的臉頰。

「我愛妳，薩莉。」

聽到托馬的溫柔聲音，薩莉才放開手。直到托馬的身影消失在走廊彼端，薩莉一動也不動，仔細思索自己還是小孩的事實。在她低下頭嘆氣時，身後傳來聲音。

「告訴我後門在哪裡。」

「席修，可是哥哥也吩咐你不可以出門……」

「誰會乖乖地聽話啊。」

席修說完後可能發現有語病，又補充了一句「妳就另當別論」。

「而且只有我才知道那名咒術師，我出馬比較容易抓到他。」

「或許是吧……」

讓席修面臨險境的「傳聞」，應該是指國王要夷平艾麗黛。面臨前所未有的情況，城裡的居民可能有些反應過度。

薩莉的視線停留在席修手中軍刀的朱紅色飾繩，頓時心生一計。

「對了！不是還有那個嗎？」

「嗯？」

「過來一下。」

薩莉拉著席修的袖子，走在月白的走廊上。因為關門歇業，沒有娼妓待在房間外。然後薩莉直接帶著席修，來到離樓二樓的自己房間，抵達房門前才終於鬆手。

「抱歉，在這裡等一下。」

「這裡是？」

「這是我的房間，所以等一下。我先聲明，房間不亂喔！只是擺了很多東西……」

雖然有整理，卻沒有設想到有人會來。讓人看到房間這樣，總覺得不好意思。

幸好席修爽快地答應。

「知道了，我等著。」

「我馬上回來！」

衝進房間後，薩莉開始在裝小東西的櫥櫃裡尋找。拉開幾個小抽屜，翻找所有內容物。

「奇怪……究竟放到哪去了？」

之前覺得短時間應該用不到，不知道收哪去了。焦急的薩莉拉出最大的抽屜時用力過猛，結果掉在地上。內容物伴隨誇張的聲響散落一地。

「哇，糟糕了……」

等一下收拾可麻煩了。不過取而代之，薩莉在飛散的小東西中發現薄原木的盒子。

「找到了。」

上一次拿這東西，應該是參加祖母葬禮時。沒理會滿地的凌亂，薩莉直接回到走廊上。然後給席修看原木盒子。

「這應該足以應付城裡的人。」

「這是什麼啊。」

「刀給我一下。」

從盒子裡取出的是白色與黑色的飾繩。由兩根以高級絲絹製作的繩子搓合而成，尖端分別繫著黑石與白石製成的弦月。

薩莉蹲下去，重複綁在原本軍刀上佩掛的朱紅色飾繩上。

「這究竟是什麼？」

「是月白樓主持有的飾繩。繫在刀上的話，艾麗黛的居民應該就不會敵視你……不過新來的人可能不知情。」

「我可以拿著嗎？別人不會懷疑我偷來的吧？」

「不會啦，偷這個又沒有意義。大家應該會認為是我給你的。」

「那就好。」

確認飾繩牢牢綁緊後，薩莉站起身。抬頭一瞧——發現席修的視線望向房間。話說剛才情急之下，好像沒關好房門。一股不好的預感油然而生，薩莉跟著轉頭。眼前是東西散落一地的地板。

「的確需要整理呢。」

「不、不是啦！是剛剛才變亂的！」

「後門呢？」

「……我帶你去。」

再度關上房門後，薩莉帶領席修前往月白的後門。連月白的娼妓都幾乎不知道雜樹林庭園的後方有這扇小鐵門。然後薩莉以陳舊的鑰匙開門。

「如果我說我也想去，你願意帶我嗎？」

「不行，我可不想再跳下水渠。」

「再下水就是第三次了……」

連親哥哥都對自己的任性不買單，自然無法要求別人接受。薩莉惋惜地微笑後，席修可能感到尷尬，一臉正經地回答。

「別這麼擔心，至少這起事件與陛下無關。夷平艾麗黛應該只是單純的謠言，我保證。」

「喔，對喔……嗯，謝謝你。」

薩莉目送走出門外的席修，語氣帶著不安與希望。

「你要小心點。喔，還有，盡量別讓埃德看到那條飾繩。」

「有什麼問題嗎？」

「只有他很難保證。」

「知道了。」

轉過頭的席修緊盯薩莉。薩莉已經習慣他有些苦澀的表情，見到席修沒反應，歪著頭仰望他。

「席修？」

「不，沒什麼。妳要躲好。」

化生獵人席修留下這句話便轉過身去，隨即消失在轉角。

剩下薩莉獨自關上門，重新鎖好。然後仰望白天依然陰暗的雜樹林。

製造化生的人究竟有什麼企圖，這個問題目前沒有答案。難道此人不知道，一旦神供三大家全部瓦解，這座城也會失去存在意義？

「總之得先抓到這個人，否則我們一無所知。」

若此人殺人製造化生，再利用化生殺人，就不能坐視不理。

薩莉湛藍的眼眸黯淡無光，瞪向天空。

無人可侵的眼神深處，燃燒著冰冷的熊熊戰意。

4. 歧路

「──她似乎回到月白了。」

聽到咒術師嘴裡嘀咕，布楠侯嚇得身體一震。視線在沒有其他人的書齋內游移。

這幾天艾麗黛陷入一片混亂。雖然一如布楠侯的委託，結果卻也出乎預期。布楠侯有一次差點不滿地表示「我可沒要求你鬧得這麼大」。但是咒術師散發奇妙的氣氛，嚇得他不敢開口。事後布楠侯心想，還好當時沒講出來。

他在南方找到的這名咒術師，能製造並操縱化生。讓目標陷入化生糾纏，精神不穩定，徒生爭端後自我毀滅。咒術師靠這項本領維生。

當時布楠侯心想，找這人對付艾麗黛實在太合適了。他當然知道艾麗黛是神話之城。二十幾年前第一次來此地尋歡時，就聽過不少傳聞。

不過更重要的是，這座城擁有特殊的既得利益。與外國掌權者和富商都有人脈，還能向國家主張一定程度的對等立場，堪稱國中之國。

布楠侯想在這裡成為「特殊人物」。受到眾人尊敬景仰，獲得優越感，一開始他只是心裡這麼想。畢竟他身為貴族，在任何地方都能當人上人，原以為在艾麗黛也吃得開。於是他開了一間店。

後來才知道……他在這座城裡一點也不「特別」。

不論是擁有一間大店鋪，還是身為貴族，都沒人理他。這些無法讓他在這座城裡獲得特別地位。其實在這裡沒有人是特別的——除了神話時代流傳至今的神供三大家以外。

所以布楠侯原本想讓城稍微陷入混亂。打擊神供三大家的聲望，剝奪他們的優越感，然後一點一點擴張自己的勢力。原先的計畫中，在擴展自己的勢力後，才會贏得居民的敬佩。因此布楠侯擬定了幾項拙劣的計謀。

結果沒料到，計謀之一僱用的咒術師與艾麗黛實在太『相襯』了。

咒術師在這座城製造的化生，行凶的效果好得出乎意料。原本只想減少尋芳客，讓神供三大家陷入低迷。結果這三家目前死了好幾人，整座城籠罩在沉重的氣氛中。雖然覺得「其實不用做得這麼絕」，但的確也是絕佳的好機會。

況且……他似乎沒有任何收手的跡象。咒術師一開始做實驗製造化生時，似乎還有溝通的餘地。可是過了當晚，他就像變了一個人。

「要、要怎麼處理月白的丫頭……？」

咒術師揚起嘴角兩端一笑。

——就是這副笑容。

他以前經常露出為頭痛所苦的表情。結果他當晚突然放聲尖叫後昏倒，後來臉上就一直皮笑肉不笑。布楠侯一直感覺到某種不明的事物，嚇得他身子發抖。

咒術師昏倒的當晚，失去控制的化生跟著逃跑，陷入混亂。僕人們好不容易找到時，化生已經殺了人。布楠侯才急忙命令僕人回收遺體與化生。

不過總覺得，目前的情況遠比當晚更加嚴重。

咒術師瞇起深不見底的眼睛。

「那正好。之前以那種方式困住她幾天純屬幸運。但她如果一直躲在殼裡，我們也沒辦法出手。」

「那、那女孩早就確定要交給誰了！」

這也是布楠侯的計謀之一。月白的樓主薩莉是整座城最高價的娼妓。據說上一任巫女的花代可以媲美一間豪宅，現任巫女肯定也不遑多讓。

而且更重要的是，薩莉是特殊的娼妓。她是唯一繼承神話的聖妓，只要成為她的恩客，就是下任巫女的父親。要控制這座城，她的利用價值很高。當初聽到「本來要活捉她，結果讓她逃了」，布楠侯還臉色鐵青。如今咒術師又想做什麼？

咒術師對慌張的布楠侯露出更深的笑容。

「我比你更了解她的價值。」

這句話在布楠侯耳際縈繞許久，始終揮之不去。

☆

走出月白的後門後，席修一瞬間差點迷路，但隨即來到自己熟知的路線。

首先要回自己的宿舍房間，他選擇在巷子裡奔跑。

國王看過報告後的回信可能已經送達。其實不該過度期待，不過席修想先確認。

下午的巷子內，許多店家都門窗緊閉，可能是為了提防最近的事件，但似乎也有不少店鋪照常營業。從轉角瞥見的大馬路上有許多外地遊客，十分熱鬧。

其中同樣有大白天就開門的青樓。見到店家的心臟這麼大顆，席修感到錯愕。也許他們認為化生的目標是正統神供三大家，與自己無關。

想著想著，席修抵達了宿舍。確認幾乎所有人都出動，同時回到自己的房間內。

化生獵人屬於自衛隊隊員之一，只分到一間房間。不過以前在士官學校的宿舍都住通鋪，所以席修並未感到拘束。甚至覺得房間再小一點也無妨。

在私人物品不多的房間內，一開門便見到擺著一個盒子，的確十分顯眼。

「盒子……？」

木盒子不大，雙手可以輕易捧起。但是釘上椿子的盒蓋寫著歪七扭八的「給弟弟」，看起來特別顯眼。

其實也不可能光靠這三個字就送到自己手上。下方的女性字體規矩地補註，這是要給席修的。這種惡搞也太過頭了，但席修現在更在乎內容物。期望裡面的東西對這次事件有幫助，席修開啟盒子，拔掉椿子後，掀開頂蓋。

放在上頭的是國王的來信。不過內容很簡潔：「如果你覺得有必要，可以向她表明身分。在不熟悉的土地應該很辛苦，要留意健康好好努力。」不過托馬已經調查過自己，這項建議自然失去意義。然後席修再仔細看內容物。

裡面擺放著以黑布包裹的物體，約有嬰兒頭部大小。一張紙以針別在一旁，上頭以女性字體寫著「可能對您有幫助」。從筆跡來看，應該是御前巫女放的。席修謹慎取出黑色包裹，窺看包裹成袋狀的黑布內。

「……！」

內容物嚇了席修一跳，忍不住喊出聲音。

——是白色的動物頭骨。

形狀看起來應該是狗。從黑布中取出後，席修發現頭骨的額頭與臉頰畫有朱紅色的咒印。這才想起此物從何而來。

「是那起事件中使用過的嗎……」

上一起事件中，關鍵人物咒術師會製造化生。他砍下遭到利用的動物頭顱，以頭骨當作觸媒。頭骨上殘留的咒印就是證據。席修在呈給國王的報告中，還附了一個狗的頭骨。

現在這個頭骨應該是御前巫女送回來的。見到它莫名其妙回到自己手上，席修迅速重新包好，夾在腋下。再看一眼盒內，發現已經沒有東西。席修將國王的書信放回信盒內，迅速離開房間。

「可是這該怎麼使用啊……？」

化生獵人既非巫女，也不是咒術師。一時之間不知道狗的頭骨該如何發揮作用。席修本來想去問薩莉，可是她目前沒有巫女的力量。如果隨便去找她，她再度要求「希望跟著自己走」可就麻煩了。

再加上……和她在一起倒不是感到不開心，席修卻莫名感到坐立難安。即使肩負重責大任，她依然不悲觀，堅強地積極面對。最重要的是，她的湛藍色眼眸擁有不可思議的力量。在她的注視下，席修會反射性想轉過頭去。

「……我真傻。」

差點陷入毫無意義的思考中，席修轉念一想，決定暫時先帶著頭骨在城裡巡邏。離開宿舍後——卻碰上意想不到的人物。

「哦，原來你在這裡啊。」

在所有化生獵人中，他的個子最魁梧，威嚴穩如泰山。綽號「鐵刃」的他瞠目結舌，低頭看向席修。他可能剛剛巡邏回來，席修瞄一眼他手上繫著藍水晶的軍刀。

——可以的話，席修不希望和他起衝突。

席修知道自己現在很容易遭到懷疑。而且身上還帶著狗的頭骨這種可疑至極的東西。萬一別人看見，可能立刻會以為席修就是犯人。於是席修保持平靜回答。

「我回來稍微休息，等一下還要出去。」

「哦，又要躲在哪裡了嗎？剛才好像一陣子沒看到你。」

「我在月白和托馬聊了一會。」

「喔……」

說到這裡，鐵刃頓了半晌。還以為他接受這番說詞，結果看來又不像。他的視線望向席修的軍刀，席修這才想起上頭的飾繩——同時發現自己犯下致命的錯誤。

發現薩莉平安無事是機密，並未向月白以外的人透露。但薩莉並不知情，因為托馬在她清醒前指示過「不知道哪裡可能洩漏情報」。可是軍刀上綁著飾繩，別人就知道她已經回到月白。席修猶豫該如何保護無法發揮力量的她。

但是在席修開口前，鐵刃深深一點頭。

「原來如此，巫女沒事嗎？喔，這件事無須多言，以免她再度成為目標。」

即使不明就裡，但他似乎沒有往壞的方面想。席修保持沉默，鐵刃便繼續開口。

「以年紀而言，她當巫女略嫌太早。但是上一任巫女的女兒早逝，這樣應該比較好。」

應該是指托馬與薩莉的母親。其實如果她還活著，席修有點好奇她是什麼樣的人。或許因為她為了男人拋棄一切，與自己的母親正好相反。當年席修的母親對男人沒有絲毫留戀，離開了王城。席修借轉變話題之便，向鐵刃開口。

「提到母親，你知道托馬的母親是什麼樣的人嗎？我雖然出身王城，卻從未聽過。」

「喔，勒迪家族的夫人嗎？記得出自古老的名門。」

「古老的名門？」

——該不會就是月白的家族吧。

薩莉沒有透露家世。以前她住在王城時，也幾乎沒出過門。可能是她祖母不希望薩莉見識外界。後來薩莉成為月白樓主時，還叮囑她不可以說出家世。

席修有種預感。托馬想強調的可能不是與薩莉有血緣關係，而是這件事。見到席修陷入沉思，鐵刃苦笑著開口。

「或許現在的王城沒多少人聽過，不過對艾麗黛而言是名門。這個家族名稱你有沒有聽過？」

鐵刃說出的家名，席修也知道。的確很古老，是歷史悠久的家族。知道月白與該家族關係的席修，脫口說出心中的疑問。

「這是怎麼回事……？」

一問之下，該家族的確來頭顯赫，足以管理月白，但席修總覺得不對勁。席修正想思考為何會覺得不對勁，卻被鐵刃的聲音打斷。

「不過這次的事件不趕快落幕，就無法恢復平靜……對了，暫時別讓埃德見到那條飾繩。他如果在這種非常時期心情不爽，可就麻煩了。拜託，到底誰年紀比較小啊。」

「薩莉蒂也提醒過相同的事情。」

看來這條飾繩象徵不小的特權。埃德對薩莉如此執著，他肯定很火大。席修心想「埃德一直對年紀較小的薩莉表露感情，誰曉得他在想什麼」。但又覺得這句話是在騙自己。

「不過如此一來，艾麗黛的居民應該也會接受你。畢竟巫女的恩客就等於丈夫了。」

「…………」

現在終於明白，為何不能讓埃德看見飾繩了。席修表示理解的同時，內心對薩莉嘀咕：「難道就沒有其他方法嗎……」

——這條飾繩就像一柄雙刃劍。

席修知道這件事情的時候已經晚了。

成為巫女的恩客，就等於獲得正統的認可。但同時也代表兩人共度過春宵，即使實際上並沒有。

自從與鐵刃道別後，路上不斷有人注意到飾繩，充滿興趣地打聽。疲憊不堪的席修只好躲進巷子裡。

之後勢必得費很大一番功夫解開誤會，想到這裡席修就頭痛。傷腦筋的是，席修目前在別人眼中「已經對美麗少女出手」。甚至有人一臉賊笑，擺明了揶揄自己。弄得席修好想踹附近的牆壁繞圈圈。

「為了解決問題，怎麼會弄出更多問題啊……」

感覺好像在原地踏步。不過先解決這起事件的話，或許能減緩目前的膠著狀態。

抵達巷子裡的一個角落後，席修環顧四周。確認四下無人，才打開夾在腋下的包裹，取出狗的頭骨，然後放在地面的黑色痕跡上。

這痕跡是昨天的事件中留下的血跡。席修對咒術一無所知，但透過南方的事件，得知化生是在鮮血汙染的場所製造。所以席修才有樣學樣，如果錯了就錯了，再想想其他方法。

——不過很快就有了變化。

湧出與地面的黑色痕跡相同顏色的液體。然後隨即包覆在頭骨上，化為血肉，轉眼間就掩蓋了白骨。

不久後形成一隻狗，緩緩抬起頭來。

「……白眼嗎？」

鑲嵌在狗眼窩的眼珠就像混濁的白色水晶。外型類似其他城鎮出現的化身，不過卻更接近實體。大概受到艾麗黛的性質，以及咒術師烙下的咒印影響。

不過主要施術者是御前巫女。席修知道，狗的白色眼珠就是證明。

狗甩了甩頭，有氣無力地邁開腳步。毫無生氣的模樣似乎要人跟著牠走，席修決定乖乖跟著牠。

就這樣，一人一狗走在艾麗黛的巷子內。

☆

薩莉如今依然經常作夢。

那是超過十年前的記憶。當時薩莉年紀還小，而且笨得可以。

當時以為自己很懂，其實根本一無所知。所以甚至沒注意到，月亮的盈缺會影響自己的力量。當時始終毫無根據地以為肯定沒問題。

愚蠢的代價是，害了當時保護自己的一名化生獵人。

他倒在呆若木雞的薩莉面前。自己已經不記得那名年輕男子的面貌，他就這樣從薩莉的眼前消失。

但是依然會夢到他。

在滿月之下，倒臥在路上的化生獵人背影——以及年幼的自己愣在原地，低頭俯瞰。

沒有人會乖乖地聽話。這是席修說的話，薩莉也完全同意。

可是哥哥再三叮囑過，一開始薩莉也想乖乖待著。但是聽席修說「此事與陛下無關」，幾經推測之後，薩莉改變了主意。

回到房間收拾的她，從收拾整齊的抽屜中取出一塊疊好的白布。

薩莉先將白布置於梳妝臺前，然後迅速換好衣服。考慮到要四處奔波，和之前一樣穿裙襬略短的和服。

其實很想穿淡墨色那一件。但可能之前掉進水渠裡弄壞了，至少在房間裡沒找到。於是薩莉穿上平時的白色和服，繫上深藍色腰帶。

不過今天這條腰帶拔染的圖案不是弦月，而是完整的白色圓形。她站在穿衣鏡前確認自己的模樣。

「——好。」

沒有任何問題，肯定會順利。

回到梳妝臺前，薩莉打開白布。白布內包著銀色的細手鐲，和平常自己戴的一樣。薩莉將第二支銀手鐲戴在左手，兩隻手鐲在袖子裡相碰，發出微弱的聲響。

「借我用一下，媽媽。」

這句話感到有幾分空虛。是因為自己幾乎沒有這樣喊過母親嗎？

但她依然是自己與托馬的母親。薩莉向鏡中的自己點頭後，離開房間。開啟先前帶領席修來到的後門，自己跟著離開。

為了證實推測，薩莉躲避他人耳目，準備前往大馬路。可是剛過第一個轉角，就突然遇見熟人。對方一見到薩莉，驚訝地睜大眼睛。

「薩莉……妳沒事嗎！」

「埃德。」

結果一下子就碰見熟人。薩莉身子一縮，以為埃德會帶自己回去。但埃德跑過來緊緊摟住她，在耳邊低喃的聲音聽起來鬆了口氣。

「我好擔心妳，妳之前在哪裡啊。」

「水渠裡。」

「是嗎？水渠啊。總之還好妳沒事。」

其實不太好，但是看到埃德的模樣，薩莉也無意反駁。原本和他一起行動，結果自己卻失蹤，他肯定也忍耐很久。緊緊摟住自己的手臂一反常態地用力。薩莉伸手摟住埃德的背，輕輕拍了拍。

「抱歉讓你擔心了。」

「沒關係，都怪我離開妳身邊。」

然後埃德終於放開薩莉，改牽起她的手。問了和小時候薩莉迷路時相同的問題。

「所以妳想去哪裡？」

「你不會因為有危險而叫我回去嗎？」

「難道妳想回去？」

「不想。」

「那就不帶妳回去。」

「嗯，好。」

薩莉想設法改變現狀，才會偷溜出來，一開始就沒打算回去。見到埃德無意帶自己回去後才放下心。

「其實我想到某件事情，想去確認一下。」

「某件事情？」

自從聽到咒術師的事情，就一直掛在心上。席修說之前的事件中，有人僱用咒術師。代表這次可能同樣有人僱用他。

雖然不知道幕後黑手是誰，但是薩莉懷疑與夷平艾麗黛的傳聞有關。否則時機也未免太巧了。

「我認為到頭來，這次的所有事件可能都是針對艾麗黛的惡意。」

「針對艾麗黛？意思是陛下想夷平這座城，才僱用咒術師？」

「唔，我也想過這個可能性。可是針對正統神供三大家讓我很在意。」

畢竟「與陛下無關」是席修說的，薩莉無法說出口。埃德多半無法接受，對自己而言充其量也只是思考的契機。

見到試圖整理思緒的薩莉，埃德進一步推測。

「陛下該不會認為，神供三大家會妨礙夷平這座城吧？不論勢力或來歷，都只是純粹的絆腳石。」

「或許是這樣。可是正常來說，不覺得光針對神供三大家下手還不夠嗎？城裡還有不少大規模的商家。」

「誰曉得……住在王城的話，或許不會了解這麼多。」

兩人逐漸接近大馬路。薩莉躲到埃德後方，緊貼在他背後。

「悄悄前進吧。」

「前進要做什麼啊，薩莉。」

「我想看看哪些店還在營業。」

埃德轉過頭，對躲著觀察的薩莉說「我來看吧」。但如果再度走散，可能會重蹈前幾天的覆轍。薩莉一直貼著他，從街道轉角窺看大馬路。路上往來的行人比平時少，但還是有不少店鋪照常營業。

這些開門的店鋪都大張旗鼓招攬生意。大有趁其他店鋪關門、提防事件之際搶生意的派頭。艾麗黛的氣氛和平時有些許不同，顯得有些粗獷。

薩莉確認掛在屋簷下的店鋪印記後，縮回埃德身後。

「……似乎果然是這樣。」

「怎麼回事，我完全不明白。」

「我們邊走邊說吧。」

在這裡要是讓人發現就麻煩了。兩人回到巷子後，這次朝不同方向前進。薩莉走在埃德前方半步距離，前往下一個目的地。

「關於剛才的話題，我打個比方。如果要打擊艾麗黛，埃德你會以哪裡為目標？」

「哪裡啊……應該還是神供三大家吧。他們是艾麗黛的象徵，在城裡也有很大的實質影響力。就算攻擊其他地方，也不會對艾麗黛造成影響。」

「果然會這麼想呢，嗯。」

埃德的回答一如薩莉的想法。住在這座城裡的人多半會這麼想——而薩莉認為，這就是關鍵。

「可是，住在王城的人應該不會這麼想。因為從實質的納稅來看，神供三大家的影響力沒這麼大吧？若是接近陛下的人，應該會知道這些內容。就算毀掉三大家，對其他勢力置之不理，也只會讓別人填補三大家的權力真空。」

「是嗎？像是勒迪家族在王城也很有名。覺得他們礙眼很正常。」

「若以這種角度的話，應該不會攻擊月白。況且月白在王城幾乎沒沒無聞。」

「算是其他兩大家的附屬吧。」

「好過分……」

或許是事實，可是說出來挺傷人。薩莉嘆了一口氣，說出還沒有整理完畢的思緒。

「我總覺得這次的事件不太對勁。感覺在背地裡操縱的人很了解艾麗黛，卻又一知半解。」

「到底是一知半解，還是很了解啊。」

「皆有。」

這條曖昧的線索很難解釋。但如果幕後黑手是王城的人，會想到利用化生攻擊人嗎？因為一般人不知道化生在艾麗黛會化為實體。薩莉想到席修一開始的反應。

「唔……缺乏關鍵的證據……但應該是這樣吧。」

見到小聲嘀咕的薩莉，埃德一臉訝異。

「那麼薩莉妳認為，這次的幕後黑手不是陛下？」

「應該……不是。在這座城裡的人才會想到攻擊我，藏匿化生的應該也是這裡的人。」

「也有可能是某人獻計，避免讓別人發現陛下才是元凶。比方說那個新來的化生獵人，或是與托馬・勒迪有關。」

冷不防聽到哥哥的名字，薩莉感到不解。仰望埃德的湛藍眼眸帶有幾分責備。

「為什麼是托馬？」

「那男人不是想娶月白的娼妓為妻，遭到家族反對嗎？他該不會心想，如果這座城毀了，就能實現願望了吧？」

「你錯了。」

情急之下薩莉脫口反對埃德。托馬不是凶手，自己最清楚這一點。他是自己重要的哥哥，也是知道艾麗黛實情的人物之一。

而且哥哥肯定知道，這座城的核心是薩莉。

如果想毀掉艾麗黛，根本沒必要攻擊其他兩大家族，只要針對自己足矣。另外一大家的米蒂利多斯族長也知道這件事。

可是這件事不可以輕易告訴他人。聽到薩莉堅持「總之不是哥哥」，埃德嘆了一口氣。

「要是太相信別人，小心吃虧啊。」

「有什麼關係！更重要的是這裡！」

薩莉指向道路另一側出現的白色圍牆。這是艾麗黛最大的宅邸後方，併購附近原有的小型住宅與店家後建成。

高聳的圍牆比魁梧男性更高，埃德瞇起眼睛仰望。

「這裡又怎樣，不是布楠侯的宅邸嗎？」

「我想調查這裡。埃德，幫我一下。」

「調查？怎麼調查啊。」

「偷溜進去。」

「啊？」

薩莉左右張望，確認沒有警衛後，跑到圍牆邊跳起來。以她的身高當然搆不到圍牆頂端。蹦蹦跳跳一會後，薩莉才轉過頭來。

「埃德，抱我上去。」

「搆不到的模樣真可愛。」

「別鬧了，快點！」

埃德可不想在這種地方胡鬧。薩莉喊了好幾聲，埃德才從腰帶下方托起薩莉，將她推上圍牆。然後自己跟著蹬牆跳到她身旁。隨後兩人迅速跳下中庭，以免被人抓包。

寬廣的庭院與月白的雜樹林不一樣，修剪得很漂亮。環視有許多華麗雕像的庭園後，薩莉沿著樹叢小跑步。埃德則大跨步跟在她身後。

「到底是怎麼了？萬一在這裡被發現，即使是妳都會惹出麻煩啊。」

「所以我才想趕快調查後離開嘛。」

「妳要調查什麼？布楠侯做了什麼嗎？」

「剛才我不是說過嗎？犯人可能是對艾麗黛一知半解，卻又十分了解的人。」

她要尋找的目標可能不在主屋。只見她朝剛才環視庭園時發現的小型別館跑過去。即使現在是白天，該處的所有百葉門都緊緊關閉。

幸好庭園內沒有警衛。薩莉認為可能是不希望有人隨便跑進去，發現見不得光的祕密。一邊窺視主屋的窗子，抵達別館後，薩莉躲在陰影中。從屋內傳出微微的焚香氣味。跟來的埃德靠在她身旁的牆邊。

「而且之前說，王城流傳著夷平艾麗黛的謠言。可是實際上，王城好像根本沒有這種傳聞。之前我問過托馬，他說沒聽過。可是卻在艾麗黛流傳開來，這不是很奇怪嗎？埃德你是聽誰說的？」

「我嗎？我在艾麗黛聽尋芳客說的。」

「就是這樣。換句話說，這項傳聞可能是有人刻意在艾麗黛散布的。」

「刻意？為了什麼目的？」

「為了讓人對王城起疑。」

薩莉沿著別館的外牆繞到後門。雖然上了鎖，但是從門口下方到圍牆後門留下好幾人來回的腳印。其中有大人的，也有小孩的。

「剛才不是在大馬路觀察過嗎？有沒有發現？目前還在營業的店鋪中，所有大張旗鼓攬客的店都有來自南方的印記。」

聽到薩莉的疑問，埃德瞠目結舌。他的視線在空中游移，試圖想起剛剛才看到的光景，但隨即搖搖頭。

「不……我沒發現。」

「就是這樣。不過仔細一瞧，這些店鋪幾乎都是近兩年新開張的，而且後臺全都是布楠侯……許多店鋪擔心事件影響安危而關門，這些店卻比平時更賣力攬客。而且通通與同一人物有關，不覺得很可疑嗎？」

仔細一想，其實這件事很單純。誰對艾麗黛還算了解，卻又不了解正統三大家？不就是之後才來到艾麗黛，還想將此地據為己有的布楠侯嗎？

南方出身的伊希雅對布楠侯的評價是「膽子小，卻有病態占有欲」。這種人不可能對目前的事件毫不設防，畢竟無法保證最近聲勢看漲的南方店鋪不會成為下一個目標。如果布楠侯在這次事件的背地裡牽線，要硬拗成妨礙生意有點說不過去，但他有可能與真正的犯人勾結。

薩莉伸手推門，但是門似乎上了鎖，文風不動。

「不行嗎……我想看看裡面呢。」

「等一下，我來開鎖。」

埃德代替薩莉坐在門前，然後從懷裡掏出薄刮刀般的金屬片，插進細小的縫隙內。另外他還掏出類似長針的工具，似乎在撥弄內側的鎖扣。

一段時間後，門鎖伴隨輕微金屬聲響開啟。薩莉佩服地吁了一口氣。

「不愧曾經是問題兒童，真厲害。」

「這不算誇獎吧。要以實際態度表達感謝才行。」

「下次我帶便當探望你。」

「期待妳的手藝啊。」

埃德輕輕開啟別館後門。頓時從室內傳出一股強烈焚香的氣味。其中混著一股腐敗的血腥味，略為感到作嘔的薩莉摀住口鼻。埃德一腳跨進陰暗的通道中。

「這是什麼地方啊。」

「小心點，可能有化生。」

「有化生？」

聽到這句話，埃德拔出刀來。兩人緩緩在狹窄走廊上走向後方。

別館內沒有照明，後門縫隙透出的光線是唯一的光源。不久後，埃德在一扇大型雙開門前停下腳步。

「前方傳出腥臭味。」

「有上鎖嗎？」

「沒有。」

說著埃德推開門。

房間內一片漆黑，但血腥味更加強烈。

眼睛大致上習慣黑暗的薩莉，從埃德身後探頭一瞧——嚇得倒抽一口涼氣。

「這是什麼地方啊……」

裡面沒有屍體，也沒有化生。不過寬廣的泥土地房間留有大量血跡。變色發黑的地面有反覆挖掘的痕跡，可知某人曾經在這裡工作過。角落有一個巨大的鐵籠，但裡面空無一物。見到右邊牆壁的埃德，拉了拉薩莉的手。

「薩莉，妳看那裡。」

白色面具掛在牆上的木框內，就是攻擊自己的化生戴的面具。薩莉充滿厭惡地嘆了一口氣。

「我為何懷疑布楠侯，其實是因為之前讓你追蹤的那男人。」

「喔，那個可疑的傢伙嗎？他怎麼了？」

「他好像是能製造化生的咒術師，之前曾經在南方城鎮作亂。我猜他可能當時結識了布楠侯。」

所以布楠侯才會找咒術師來艾麗黛。

薩莉環顧漆黑的泥土地房間。掛著面具的牆壁另一側，掛了幾把大型長刀，刀上染有血汙。可以肯定這裡曾經有過某些禁忌儀式。難忍惡劣空氣的薩莉後退了幾步。

「埃德，我們走吧，去找人來。」

「……那男人真的是咒術師嗎？」

視線依然停留在房間的埃德似乎在思索。聽到他再次確認的苦澀聲音，薩莉點頭肯定。

「是啊，怎麼了？」

「我見到他與托馬交談。」

「咦？」

——沒聽過這種事。

可能是埃德弄錯了，薩莉反問他。

「那是何時的事？在我失蹤之前吧。」

「在妳失蹤後不久。他們在水渠旁交談。感覺他們似乎在避人耳目，所以我沒上前。」

「是不是認錯人了？托馬說他不認識那名咒術師。」

「肯定沒錯，就是他們。我之所以沒派人搜查那名可疑咒術師，就是因為想到他認識托馬。否則自衛隊早就採取行動，搜索妳的行蹤了。」

「咦……」

——不可能。

如果托馬說謊，就會推翻自己之前推理的前提。

連謠言在王城沒有傳開這件事，唯一的來源都是哥哥托馬。布楠侯肯定與這起事件有關，但是咒術師與托馬究竟有何關係？如果哥哥真的牽涉其中，難道是因為伊希雅才與家族鬧翻？

輕微的暈眩讓薩莉站不穩腳步。埃德急忙扶著她。

「妳沒事吧，薩莉。」

「……托馬他不會這樣。」

這是她唯一說得出口的辯解，埃德露出憐憫的眼神注視她。

「總之先出去吧，在這裡讓人很不舒服。」

然後埃德準備抱起薩莉，前往後門。

可是就在此時，走廊另一側傳來開門聲。有人來了。

如果現在出去，對方就會發現。貌似如此判斷的埃德，迅速帶著薩莉進入泥土地房間，然後關好門，再拉著呆站在一片漆黑之中的薩莉，躲到後方的櫥櫃。薩莉緊緊摟住埃德的手，同時仔細傾聽由遠而近的腳步聲。

來者似乎不只一人，還有人說話的聲音。泥土地房間的門開啟，蠟燭的火光從縫隙透進兩人躲藏的狹窄櫥櫃中，然後傳來焦躁的男性聲。

「還，還沒結束啊？化生不是已經足夠了嗎？」

——是布楠侯。

薩莉緊緊摟著埃德的手。

布楠侯的聲音聽起來很可怕，而且糾纏不休。另一名男子回答他。

「差不多快結束了。氣已經累積得相當多了。」

從滑膩的高亢嗓音可以輕易想像，此人正在微笑。照理說沒聽過他的聲音，薩莉卻想起咒術師的笑容。

此人以凶惡的方法製造化生，如今他就在近距離，心中湧現的緊張更勝於厭惡的感覺。薩莉身體一顫抖，一旁發覺的埃德便緊緊摟著她。

「什、什麼叫氣累積得相當多啊。你的任務不是排除三大家族嗎？」

「我的意思是，為了此一目標的布局已經完畢。」

兩人的其中一人似乎緩緩在房間內繞行。時遠時近的腳步聲，讓口乾舌燥的薩莉緊張不已。消除血腥味的焚香壓迫腦袋，薩莉拚命忍耐湧上心頭的嘔吐感。

「布局？什麼布局？」

「就是讓神供三大家的相關人物流血。必須以這種方法累積氣，才能獲得足夠的力量。知道嗎？要獲得艾麗黛，就必須搞定巫女才行。可是普通的化生力量不足以傷害她。」

——此人究竟知道多少內情？

埃德的手臂支撐差點癱軟在地的薩莉。她拚命克制自己，以免發出聲音。結果關鍵性的一句話卻傳入她耳中。

「因此無論如何都需要勒迪家的兒子協助。將他——」

「不要扯到托馬！」

兩名男子驚訝地看著衝出櫥櫃的薩莉。

此二人分別為布楠侯與咒術師。薩莉眼睛充滿怒意，瞪著站在血跡正上方，像人偶一樣的咒術師。他的容貌讓人聯想到精緻的面具，聲音滑膩地一笑。

「看看是誰來了，原來妳竟然在這裡啊。」

「我說不准牽扯托馬。」

不知道他對托馬灌了什麼迷魂湯。但自己可不想和這種人有任何瓜葛。見到薩莉緊咬牙根，毅然站立，貌似回神的布楠侯才拉高嗓門。

「無、無法發揮力量的妳還這麼狂妄……」

「住口。」

薩莉舉起戴著手鐲的左手，白皙的指尖指向咒術師。

「請你滾出艾麗黛。」

然後薩莉集中意識。

她沒有忘記小時候發生的事，不過現在手上戴著兩只手鐲。自己的，還有母親的。

這次肯定能成功。如此相信的薩莉正待吁一口氣。

可是就在此時——冰涼的事物抵住自己的脖子。

不知道究竟發生了什麼事。可是薩莉很清楚，近在眼前的這柄刀究竟是誰的。

她開口喊身後之人的名字。

「埃德……？」

「原、原來是你帶她來的啊！還以為你只會旁觀，根本不幫忙，你到底想怎樣！」

「關我什麼事。是你得意忘形大肆攬客，才會讓她察覺蹊蹺。」

「就算是這樣……！難道你連父親說的話都不聽嗎！」

「父親？」

薩莉回頭望向埃德。雖然刀刃抵著脖子的皮膚，傳來犀利的刺痛，但現在無暇顧及。

埃德面露平穩的微笑。如此一來，原本長相甜美的他的確有幾分貴族的神韻。

薩莉一臉茫然仰望認識超過十年的他。

「為什麼，埃德？」

「話說我好像沒有提過這件事。」

他伸出左手撫摸薩莉的臉頰。大大的手掌和以前一樣溫暖，卻帶有幾分孤獨。

埃德的手指將薩莉散落的銀髮撥到耳邊。

「告訴妳，薩莉——我恨透了這座城。」

下一瞬間，薩莉的身體像斷了線一樣，倒在埃德的懷中。

☆

白眼黑狗緩緩在巷子裡行走，但似乎有明確的目的地。

遠離店鋪較多的區域，接近全是住宅與豪宅的區域後，席修感到不解。

「那名咒術師就在這裡嗎？」

就算開口詢問，狗也不會回答。尚未掌握艾麗黛地理環境的席修，就像大海撈針一樣漫無目標，只好跟在緩慢行走的狗後頭。

見到白色圍牆的時候，席修發現幾名眼熟的對象從前方的街角出現。其中一人是剛才叮囑自己待在月白的托馬，席修一瞬間猶豫要不要躲藏。

但是黑狗當然不明白席修心中的猶豫，速度不變往前進。托馬發現黑狗後回頭一瞧，一眼就發現了席修。

「你怎麼會在這裡？」

「我不是說過，我是化生獵人嗎？」

席修裝傻以對後，托馬故作姿態地聳了聳肩。

「薩莉呢？你不會帶她一起來了吧。」

「她在月白，沒事。」

確認妹妹沒事後，托馬似乎也放了心。然後向席修招手表示「我正好需要化生獵人幫忙，你來就能放心了」。

另外三人是自衛隊隊員，還有一名以紗巾掩面的年長女性。托馬表示「這位朱紅色衣服的女性是米蒂利多斯的族長」。向席修打招呼後，女性望向走在路上的狗。

「這隻狗是？」

「請其他城的巫女幫忙施術過，好像正在追蹤咒術師。」

「那條飾繩呢？」

「這是──」

正要回答『是薩莉給我的』，席修卻發現托馬的視線。彷彿要射穿人的犀利視線還帶有幾分殺氣。席修這才發現托馬目前身上佩刀。

「……可以告訴我，在我離開之後，你和她做了什麼嗎？」

「什麼也沒做……」

「你也終於成為神供了嗎？這倒是無妨，但她才十六歲啊。」

「我不是說過什麼也沒做嗎！我說我要出去，她就給了我飾繩，就這樣！」

「原來如此。」

見到托馬輕易接受說詞，席修只覺得自己被耍了。強忍疲勞後，席修加入五人的隊伍一起前進。黑狗在眾人前方維持等速行走，難道要去的是相同的地方嗎？席修詢問走在身旁的托馬。

「你們要去哪裡？」

「我以那張肖像畫為基礎，蒐集雇主的情報。結果得到一可疑人物的名字。」

「是什麼人？」

「是最近在艾麗黛擴大地盤的南方貴族。他肯定覺得我們很礙眼。不論增加多少店鋪，城裡依然覺得正統比較高級。」

托馬的口氣帶有幾分自嘲。他可能覺得眾口皆碑的正統沒什麼價值，可是另一大家的女族長卻冷冷地補充。

「那種卑鄙小人根本不配待在艾麗黛。我早料到他總有一天會露出馬腳，想不到竟然幹出這種破事。」

「雖然尚未確定，但一旦確認無誤，大概難逃放逐吧。對薩莉不利的人是無法在這裡容身的。」

兩人的對話似乎早就有了結論。

實際上對兩人而言，那人等於已經完蛋了。席修實際感受到，這才是國王想知道的艾麗黛另一面。這座城以美酒、藝樂與聖妓聞名，可是在華麗花街的外表下，有一處絕對不容任何人侵犯的聖域。

席修忍著內心的嘆氣，開口詢問。

「意思是我只要去找那人，解決掉咒術師與化生就行了嗎？」

「嗯，但是他們兩人未必在一起，你優先讓狗帶路。聽說咒術師相當厲害，本來想再召集一些人手。可是我們當中似乎有內應。」

「內應？」

「再怎麼說，抓到的化生也太少了。除非敵人掌握了我們巡邏的路線，或是有人刻意縱放。而且內應似乎就是化生獵人之一。」

席修以為自己遭到懷疑而皺眉。但托馬似乎一開始就排除自己的嫌疑，開頭就說了一句「是你和我在一起的時候發生的事情」。

「其實就在昨天，米蒂利多斯的樂師住宿的宅邸遭到化生襲擊。聽說其中一人逃到外面求救，說夥伴有危險，快去救人。」

「……然後呢？」

「然後他立刻返回，告訴眾人『已經遇見化生獵人並且求救了，別擔心』。」

「遇見巡邏中的化生獵人了嗎？」

「應該吧。可是他找到的化生獵人最後並未出現在宅邸內。有幾人躲在地板下倖免於難，可是外出求救的男子沒有……結果我們不知道是哪個化生獵人見死不救。」

「那人……真的是化生獵人嗎？」

如果化生獵人之間有叛徒，事情就棘手了。畢竟化生獵人個個身手了得。若是咒術師與化生之外還多了麻煩的敵人，真可謂疲於奔命。即使要找人幫忙，也不知道誰可以信任，情況相當嚴苛。

托馬似乎也知道問題的嚴重性，有氣無力地搖頭。

「不知道。也有可能是某人喬裝成化生獵人，存心騙人。」

「還真麻煩。」

「只要來個釜底抽薪，就知道誰是內應了。你的優先任務是對付咒術師，喔，如果打不贏的話就跑吧。」

「誰會逃跑啊。」

自己可不想讓同一名敵人再有機會逃脫。當初在南方追查事件時，他殺害追兵逃跑。如今要跟他好好算舊帳，國王肯定也希望這樣。

席修的視線回到走在前方的狗。牠在不知不覺中沿著白色圍牆前進，似乎不時停下腳步聞空中的氣味。托馬似乎也注意到這一點，指了指圍牆另一側。

「我們的目標是這座宅邸的主人。」

「目標果然相同嗎？」
「那就沒什麼問題了，可以不用分散戰力。」
「萬一化生多得嚇人該怎麼辦？」
「這還用說，先撤退啊。」
只要能鎖定犯人就是一大進展。席修也點頭同意。
——就在此時，狗的模樣突然不對勁。
「怎麼了？」
突然停下腳步後，狗瞪著圍牆上方，然後無聲無息一跳。只見牠跳上圍牆，隨即跳進庭院內消失無蹤。看得托馬目瞪口呆地嘀咕。
「啊？還有這種的？」
「快追。」
如果就此追丟，向國王討救兵就失去了意義。席修一蹬圍牆爬上去，不管其他人制止，跟著跳進庭院。
幸好狗還沒跑走。只見黑狗抬頭，注視位於庭院角落的別館。
原以為該處就是目的地，結果黑狗突然衝向主屋。席修隨即跟在後頭。
席修一瞬間思考，是否該獨自行動，還是要等待托馬。可是這種想法隨即消失無蹤，因為狗一跳進主屋的窗戶——

「啊————！」

頓時從裡面傳來熟悉的少女尖叫聲。

5. 無知

遭到母親毆打只不過是家常便飯。

包括言語辱罵，以及被轟出家門。

他在這種環境下長大。對自身處境的怒火，直接轉化成暴力傾瀉在他人身上。因此他從小就被自衛隊逮過無數次。

母親很漂亮。如果穿戴整齊再化妝，看起來就像正經的娼妓。可是她的情緒不穩定，始終找不到好的恩客，才會在兒子身上發洩生活中的所有不如意。

他既蔑視又厭惡母親，認為母親是披著美麗女性外皮的醜陋生物。

同時他對艾麗黛也有相同看法。覺得這裡假惺惺地歌頌正統神話，重視傳統，卻以春色掩蓋人類的汙穢感情。明明思想扭曲，卻只有表面光鮮亮麗，私底下排斥異己。就像在尋芳客不為人知之處，斬殺吸收人類的想法產生的化生一樣。

少年毫不掩飾對這座城的厭惡與敵意，身邊的人自然疏離他，還故意大聲中傷他「誰叫他是那女人的小孩」、「他不配留在這座城裡」。

直到他學會臉上掛著笑容，才緩和來自他人的敵意。但他覺得連別人的變化都是傲慢。只有住在北邊青樓裡的少女，對他的態度始終如一。

在神話之城艾麗黛誕生、長大的他，從懂事以來到現在——始終痛恨這座城。

☆

到底是誰覺得自己遭到了背叛？

至少薩莉醒來的時候不這麼想。雖然身處陌生的宅邸，但自己好端端躺在床上，埃德則盤腿坐在身旁。

他發現薩莉醒來後，露出一如往常的笑容。

「醒了嗎？覺得怎樣？」

「還好……我可能做了奇怪的夢。」

「什麼夢？」

「夢見你——」

薩莉說到這裡打住，坐起身體環顧房間。

「埃德，這裡是哪裡？」

——還以為這是一場夢。

因為埃德背叛自己實在太不真實了，簡直就像做夢一樣。

薩莉背著手確認手鐲。確認兩隻手鐲都還在自己左手上，這才鬆了口氣。

可是目前的情況不容樂觀。見到薩莉露出提防的表情，埃德出言安慰。

「這裡是主屋的客房，畢竟別館的空氣很糟。」

「……為什麼？」

「嗯？什麼為什麼？難道將妳丟在那裡比較好？」

「不是！你為什麼要幫助布楠侯啊？」

「因為有血緣關係。那男人大概會用這種藉口吧。」

埃德說這句話的聲音簡直就像唾棄。見到薩莉差點嚇得一縮，埃德面露微笑。

「你知道我前一陣子去過南方的城吧？」

「……知道。」

「當時那男人找我去，還宣稱他是我父親。真是噁心到讓我想吐。」

「埃德……」

薩莉知道他從小沒有父親。也知道這是他少年時期惹是生非的原因。

埃德的金髮碧眼在南方十分常見。忿忿不平的他表情扭曲。

「怪不得這時候才跑來認我這個兒子，原來他似乎看上我成為化生獵人。他說他想扳倒艾麗黛的正統三大家，叫我和他合作。」

「那你接受了嗎？」

「當然拒絕，我沒理由接受。可是他卻向拒絕的我開出報酬。」

「報酬？」

「就是妳，薩莉。」

埃德朝薩莉伸手，猛然抓住薩莉的手腕，連同身體拉向自己。薩莉被迫坐在盤坐的埃德雙腿間，雙手遭到反扣。他對待自己簡直像玩物，薩莉忍不住開口抗議。

「我是報酬？怎麼會有這種事……」

「難道妳沒有自覺嗎？薩莉。只要得到月白樓主，在這座城裡就形同人上人。這是我一直追求的地位。那些曾經侮蔑、疏遠、瞧不起我的人，我要狠狠打他們的臉。」

「埃、埃德……」

「得知妳這一號人物後，我就一直思考。身為娼妓，一生卻只選擇一位恩客。如果我就是那位恩客，城裡的人會露出什麼表情？畢竟我可是公認的問題兒童。那些尊重艾麗黛的由來與正統的人看到這一幕，肯定會顏面掃地。神供的聖妓選擇的恩客，竟然是遭到這座城排擠的人，足以讓他們臉上無光了。」

昏暗的復仇心似乎在藍色眼眸中搖晃。童年陰影在以前的冷淡少年身上，留下揮之不去的傷痕。薩莉面對抓住自己的埃德，不知道該說什麼才好。

埃德粗魯地拔掉薩莉的髮簪，然後一把抓起失去支撐後滑落的銀髮。

「薩莉，我是為了接近妳才當化生獵人的——結果所謂的巫女和娼妓也沒兩樣。只要任何化生獵人指名，妳就跟在對方身邊。知道這件事情後，我很失望。」

而且埃德邊說邊親吻手裡抓住的銀髮。他的眼神帶有難以抹滅的侮蔑，讓薩莉忍不住緊咬嘴唇。發現薩莉的反應後，埃德露出平穩的微笑。

「總之我打算靜靜等待，等待妳選擇我之後。」

「……之後你想怎樣？」

「誰曉得。我原本沒打算留下自己的種，丟下妳和這座城離開。喔，在那之前我要先趕走另外兩大家族。看我將這座城搞得天翻地覆。」

「那是不可能的。」

「不可能就算了。我只想看到那些拘泥於傳統的人氣得臉紅脖子粗而已。」

——簡直像小孩子耍賴打鬧。

而且他說的可能是實話。埃德的精神還停留在少年時期，絲毫沒有成長。只不過因為冷漠的旁人對他抱持敵意，才讓他假裝成熟。

自己在他的眼中，就是用來報復的完美工具。怪不得他以前對自己如此執著，如今才知道真正的原因。可是比起輕視，薩莉更有種強烈的悵然若失。

「……如果你想報復艾麗黛，針對我一人不就好了。何必搞出這麼大的事件呢。」

「妳要知道，每個人的價值觀都不一樣，薩莉。而且這一次有個好機會。有個麻煩人物妨礙我得到妳，我早就想除掉了。」

「麻煩人物？」

「就是托馬．勒迪。他是唯一對妳另眼相看的人……不過只要在月白買過春，就不能再碰其他娼妓。所以以妳的立場，無法再選擇他了吧。但礙眼就是礙眼，他三不五時就讓妳疏遠我。我就算問妳，妳也從不回答。在妳的眼裡，他始終比我更重要。」

「托馬他……」

是自己的親哥哥，當然比埃德重要。對自己而言，還是唯一能無話不談的家人。可是埃德不知道這件事。只見他笑得一臉開心，撥開自己的頭髮，順著耳朵撫摸。

「是妳不好，薩莉。妳早點選擇我就沒事了。否則我就能殺了我父親，幫妳的忙。」

「埃德……」

「不過一切都太遲了。」

只有這句充滿疲憊的嘀咕，聽起來像是他真正的心裡話。

他的表情看起來像受傷的少年。薩莉朝失去笑容的埃德臉龐伸出手。碰到他的臉頰後，他並未甩開薩莉的手。薩莉凝視映照在他藍色眼眸中的自己。

孩提時期，第一次抬頭仰望他。難道他當時就討厭艾麗黛這座城市了嗎？

薩莉想起少年手中的溫暖。自己始終被蒙在鼓裡，感受他的手。

「埃德，我——」

此時埃德身後的紙門無聲無息開啟，宛如人偶的咒術師站在該處。一身黑色和服的他，低頭看著依偎在一起的兩人，面露微笑。

「準備就緒了。方便帶她來嗎？」

「嗯。」

「什麼準備好了……」

薩莉正待質問，埃德卻一把抱起她。然後在咒術師的帶路下，走在走廊上。不知道究竟要去哪裡，心中感到不妙的薩莉敲了敲埃德的胸膛。

「放我下來，埃德。」

「不行，我已經受夠了和妳玩捉迷藏的遊戲。」

「你要殺我嗎？」

「妳去問咒術師吧。」

埃德將話題拋向咒術師。但他僅回頭一笑，一句話也不說。

不久後咒術師在長長的走廊中途停下腳步，此處有一扇很不自然的木門。

「在這裡。」

咒術師打開門後，出現一條通往地下的階梯。然後他像滑溜般，迅速走下在陡坡鋪設木板的簡陋階梯，並且邊前進邊點亮插在牆上的幾根蠟燭，片刻後埃德也跟在他後頭。

「請小心腳邊，畢竟搭得有些倉促。」

「我知道。」

「你要去哪裡？」

「就在前面。看，已經到了。」

咒術師說得沒錯，沒多久就來到階梯的盡頭。前方是相當寬廣的地下室，與別館相同，土壤地表裸露在外。

牆壁與天花板似乎還呈現剛挖好的模樣。四處架起柱子，撐住搖搖欲墜的泥土。總共將近上百根蠟燭，以不規則的間隔釘在支柱上。在朦朧的燭光照耀下，見到房間中央有個大洞穴，不知道究竟有多深。

這裡充滿讓人作嘔的屍臭。薩莉環視陰暗的大空間，看見化生蹲在四處。這些化生有成人有小孩，沒戴面具。而且一如席修的描述，臉上浮現咒印。他們發出細微呻吟聲，抱腿屈膝，絲毫沒有抬頭的跡象，簡直就像精巧的泥偶。

「第一次見到這種化生……」

「因為這是我製作的。而且它們會聽我的命令。」

「怎麼製作的？」

「妳應該已經察覺了吧？」

意思是在別館殺人後製作的。氣得薩莉緊咬牙根。

「你這邪魔歪道……給我記著，我一定會讓你嘗到報應。」

「請便，我很期待——不過妳的時間已經所剩無幾了。」

然後咒術師拿下掛在牆上的東西，丟向埃德。依然抱著薩莉的埃德靈巧地接住。仔細一瞧，是收納在黑色刀鞘裡的匕首。

「這是？」

「這是注入詛咒製作的匕首。請用匕首傷害她，再丟進洞穴裡。」

「將匕首丟進去嗎？」

「是將她丟下去。其實原本要由你的父親執行，但他怕得不敢動手。」

話說的確沒看到布楠侯的蹤影。埃德對父親的膽小嗤之以鼻後，望向咒術師。

「那你為何不動手，是在測試我嗎？」

「當然不是。我何嘗不想親自動手，可是我擔心碰到她之後，對『現在的我』產生奇怪的影響。之前她躲在水渠底部時，我也說明過。當時她的力量已經顯現，不可隨意碰觸，所以才會置之不理。」

「我影響你……？」

薩莉反而對這句話感到疑問。碰到自己會受到奇怪影響究竟是什麼意思？即使是化生，只要有實體都可以碰觸自己。

——那麼這名咒術師究竟是什麼來頭？

薩莉正待思考，卻被埃德放下來而打斷。埃德一隻手依然抓著薩莉的手臂，另一隻手從刀鞘中拔出匕首。見到匕首的薩莉內心一驚。

「毒匕首？」

「其實不是，但是對妳而言有類似的功用。」

根據他的說法，注入了詛咒的刀刃呈現藍黑色。見到埃德舉向微弱的燭光確認，咒術師再度開口提醒。

「請不要用刺的，不然反而更麻煩。只要切開薄嫩的肌膚，讓她流血就夠了。」

「知道了。」

「別這樣，埃德！」

「不要亂動，否則會受皮肉之苦。」

接著埃德抓起薩莉的右手，在手背上劃一刀。

幾乎沒有任何痛楚。薩莉顫抖著注視白皙肌膚上浮現血痕，然後埃德直接拉著她的手走向洞穴。

「過來。」

「不、不要。」

「別再給我找麻煩了，薩莉。」

埃德毫不留情拖著試圖逃跑的薩莉。薩莉腳撐著地面反抗，但完全不敵化生獵人的力量。沒多久她就被拖到洞穴邊緣。

巨大的洞穴深度遠超過高個子的男性。

底部什麼都見不到。可是瀰漫在洞穴中的空氣，讓薩莉厭惡地全身發抖。如今薩莉才直覺到，接下來可能要發生某些壞事。

「埃德……別這樣。」

「難道妳害怕了嗎？」

「不是的！不能這樣！這是──」

「動作請快一點。你不是想報復這座城嗎？」

咒術師的聲音如毒藥般甜美。誘惑人心的聲響聽得埃德不悅地皺眉。

「不要命令我。」

「埃德！」

薩莉以左手抓住埃德的胸膛。

──如今自己陷入十分危險的絕境。但是就算開口，他肯定也聽不進去。何況向他解釋艾麗黛居民的義務也毫無意義，因此薩莉只能懇求他。

「別這樣，埃德。我們一起回去吧。」

「回去？要我回去哪裡，薩莉。我根本沒有家。」

「可是總有地方能回去吧。現在還來得及，我一直這麼認為。」

或許當年真正迷路的人是他才對。少年埃德送年幼的薩莉回到月白後，略為沮喪地轉身離去。當時他可能一直在尋找可以回去的家。薩莉拉了拉埃德的衣服。

「我們一起回去吧……好不好？」

「薩莉。」

埃德的眼睛一瞬間感慨良多地瞇起，像是在注視失落的事物，看得出他眼神中帶有難以按捺的鄉愁。薩莉選擇面對他的情感。

他伸手觸碰自己的臉頰，修長的手指順著眼瞼上方撫摸。他的手指由於握刀而僵硬，但在這一刻顯得特別溫柔。自己呼出的氣息，落在他搭著自己嘴脣的指尖。

「薩莉……那妳能和我一起拋棄這座城，遠走高飛嗎？」

「咦？」

面對出乎意料的問題，薩莉瞬間屏息以對，露出誠摯的眼神仰望埃德。

——就在這短暫鬆懈的瞬間。

咒術師趁隙輕輕一抬手，從洞穴中衝出的黑色繩索立刻纏住了薩莉的身體。有東西在碰觸右手的傷口，還傳來吸吮滲出血液的聲音。見到黑色繩索的真面目後，薩莉放聲尖叫。

「——啊啊啊啊啊！」

瞠目結舌的埃德朝她伸出手。

但是在埃德的手碰到之前，一股不祥的飄浮感籠罩薩莉全身。黑色繩索拉住飄在空中的她，拽到洞穴底部。

流竄全身的疼痛與衝擊讓薩莉忍不住一喊，但卻不只這樣。照理說空無一物的洞穴卻接連湧出黑蛇。這些黑蛇和化生一樣眼睛發出紅光，迅速聚集在薩莉的右手與擦傷的腳邊。

糾纏身體的大量黑蛇，讓薩莉放聲尖叫。

「討厭……！不要……」

左手抬不起來，眼看黑蛇一口咬住自己露出的喉嚨，剛才吸了血的黑蛇現在想吞掉她。薩莉感到頭暈，十分噁心，完全不明就裡。

「薩莉！」

轉眼間薩莉的身體就埋在無數黑蛇中，不見蹤影。

聽不見她的尖叫與哭聲。大批蠕動的黑蛇中，勉強見到一隻嬌小白皙的手。可是彷彿在求助的她，指尖早已失去力氣。

「……薩莉？」

「哎呀，竟然這麼簡單啊。想不到她如此容易遭到吞噬。原本以為過了上弦月後，她無法使用力量的傳聞不可信，原來是真的。之前一直提防這一點，看來是我多慮了。」

聽著咒術師帶有幾分掃興的聲音，埃德茫然低頭，望向黑蛇蠕動的洞穴。他發現自己下意識朝洞穴伸出手後，看著自己空蕩蕩的手掌。咒術師跟著微笑。

「已經太遲了，那可不是普通的蛇。如果你跳下去，也會當場沒命。」

「怎麼可能……」

——原以為既然得不到，那麼失去也無妨，結果竟然成真。

簡單到讓人錯愕，而且毫無猶豫的餘地。

不，自己從一開始就不曾猶豫。當初就設想過，如果薩莉選擇托馬而不是自己，就毫不留情拋棄她。而且就算她選擇自己，早晚也會有相同的結果。

薩莉是這座城裡最受重視的女性。所以如果要報復艾麗黛，傷害她是唯一的選擇。自己很早就有這種打算，意思是她只是單純的復仇工具。

可是也只有自己眼裡的復仇工具，從一開始到最後……始終如一地照顧自己。

「妳究竟想回哪裡啊，薩莉……」

想起小時候的她牽著自己的手，兩人走在一起的時刻。黃昏的路上，送迷路的她回到月白。唯有回答她的閒聊，同時與她牽手的那一刻，才覺得自己也有家可歸。

剛才同樣一瞬間有這種感覺。彷彿可以牽著她的手，回到某個地方。

如今已經失去了她，自己也跟著失去容身之處。唯一的結局就是離開這座城。即使心中這麼想，埃德卻覺得「乾脆就此與她殉情吧」……受到一股自己也不明所以的虛脫感打擊。

☆

就在黑狗破窗的同時，傳來少女的尖叫聲。

席修從破裂的窗戶闖進宅邸，毫無顧忌地穿鞋奔跑在擦得蹭光發亮的走廊上。

「你剛才不是說薩莉留在月白嗎！」

「沒錯啊！之後我哪知道發生了什麼啊！」

「睜大眼睛仔細找！要是她有個三長兩短，就是你的責任！」

聽起來完全就是藉口，但現在沒時間與他爭論。

帶領兩人的黑狗突然在走廊中途停下腳步，然後朝開啟的門吠叫。追至此處的席修窺看門的另一側。

「在地下室？」

漆黑的下樓階梯不知道通往哪裡。小心謹慎的席修一瞬間停下腳步。不過托馬卻輕輕推開他，然後不以為意地衝下階梯。

席修與黑狗跟在他身後。在看到階梯底端的時候，席修突然犀利一吼。

「快趴下！」

這句話是提醒走在前頭的托馬。但托馬並未照做，反而拔刀一砍。沉鈍的刀光一晃，一刀砍掉飛撲而來的化生腦袋。踩在倒地的屍體上，托馬來到陰暗的地下室。趕到他身旁的席修忍不住驚愕地開口。

「你這麼厲害啊。」

「以前我本來想當化生獵人。」

「為了薩莉蒂嗎？」

說著，席修環顧寬廣的地下室。

首先映入眼簾的是逐漸接近兩人的大批化生。總共有十幾人，兩眼發出紅光縮短距離。沒有戴面具的臉上都浮現清晰的咒印，而且手裡拿著武器。見到之前遍尋不著的事件犯人就在這裡，席修很乾脆地點頭。

「看來有機會搞定了。」

「不過似乎無法輕易過去。」

可能因為看到化生後方的人，托馬才會這麼說。

席修見到老面孔咒術師站在該處，忍不住皺眉。

「好像……感覺不太一樣。」

「難道並非你所知的咒術師？」

「不，應該是同一人。容貌一模一樣。」

但不知是不是自己多心，他和以前在南方遇見時的印象完全不一樣。該說毫無人性可言嗎？彷彿整個內在都變了調，有種討厭的感覺。

不過席修搖搖頭，覺得這股異樣純粹是自己想太多。然後再次提高警覺盯著咒術師。他身旁似乎開了一個很大的洞穴，有名男性蹲在邊緣盯著裡面瞧。

——沒見到薩莉。

確認這一點後，席修頓時相當焦躁。托馬似乎也一樣，火氣十足地質問咒術師。

「你在那裡做什麼？你就是幕後黑手嗎？」

「沒錯，你能主動送上門讓我省了不少功夫呢，托馬・勒迪。」

「你對薩莉做了什麼？」

咒術師沒有回答。僅抬起袖子指向托馬。

「為了保證萬無一失，我還需要你的血。你妹妹身為巫女的力量實在太弱了。該不會是你這個哥哥繼承了原本的力量吧。」

「——哥哥？」

剛才窺看洞穴的男性茫然自語，站起身來。

席修這才發現他的身分。與自己同為化生獵人，對薩莉十分執著的他，露出難以置信的眼神注視托馬。

「哥哥？你是薩莉的哥哥？」

「我還想問你這個局外人是怎麼知道這件事的。還有……你在那裡做什麼，埃德？」

托馬殺氣騰騰的視線，彷彿瞬間分辨出敵我。席修想起他剛才提到，化生獵人之中有叛徒。

「原來如此……怪不得你沒有通緝咒術師。」

而且埃德應該能輕易帶薩莉離開月白。對於他剛才窺視的洞穴裡究竟有什麼，心生不祥預感的席修皺起眉頭，然後向身旁的托馬使了個眼色。

「動作快點。」

「也對——等一下你們如果還活著再問話。」

「哦，誰會活下來還很難說呢。」

咒術師輕輕一抬手，接到號令的所有化生頓時撲向兩人。

席修與托馬往後跳躲避攻擊，但也有往前跳的。白眼黑狗一口咬住女性化生的喉嚨。

「呀！」

女性化生試圖甩掉，但是黑狗死咬不放。沒理會喉嚨被咬掉一塊後倒地的化生，席修揮舞手中的軍刀橫砍。

另一隻伸手撲向席修的化生腹部中刀，倒在地上。對飛濺的腐敗血肉不為所動，席修接著以刀刃彈開劈下的鐮刀，再以刀尖牽制試圖繞到自己身後的第三隻化生。

托馬似乎默默與化生對砍，不時傳來刺耳的尖叫聲。

席修一邊聽，同時看準化生舉起鐮刀的破綻，切入懷中。

敵人的動作很遲鈍，席修一刀砍倒身軀巨大的化生。躲過噴出的血，迅速往旁邊一跳後，再一刀砍倒手握剪刀的幼童化生。

兩人的闖入導致化生轉眼間損失一半。見到化生的身體瀰漫異樣臭味消失，席修估計情況。

——這樣應該有機會壓制敵人。想趕快確認洞穴裡有什麼。

可是卻響起咒術師的笑聲，彷彿給心急如焚的席修潑冷水。

「真是傷腦筋啊，得請你加入戰局幫忙呢。」

像人偶一樣的咒術師望向站在洞穴邊緣，一動也不動的埃德。化生獵人當中的內應眼神帶有怒意，回瞪咒術師。

「……你居然一直瞞著我托馬的身分。」

「因為你沒問，我才沒回答。而且無論如何，結果都不會改變。你看看那人的刀就明白了。」

「刀？」

埃德的視線停留在席修的軍刀，上頭綁著黑白兩弦月垂掛的飾繩。

見到象徵巫女恩客的飾繩，埃德的表情像受傷一樣扭曲，嘴角閃過一抹悽慘的笑容。

「原來……無論如何結果都一樣嗎？」

「別誤會，這是借來的。之後還要還給她。」

「還不了了。」

「你這句話是什麼意思？」

席修朝埃德與他身後的洞穴跨出一步。

似乎折服於席修的氣勢，眾多化生反而後退半步。埃德笑著拔出刀來。他的笑容雖然俊美，卻只有眼神極度疲憊，彷彿即將崩潰。

「和你無關。等一下由我還給她。」

「我不信任你。薩莉她怎麼了？」

埃德沒有回答。眼神一瞬間閃過類似少年時期，無處容身的焦躁。不過這抹眼神也隨即消失，埃德輕輕聳了聳肩。

「那我就用搶的。」

話音剛落，埃德的刀便切入席修的間距。

席修下意識一側身，躲過以驚人速度刺向自己的刀。眼看席修差點重心不穩，埃德的刀跟著從下往上砍。這一刀掠過鼻尖，要是正面挨刀肯定腦袋搬家。席修再次體會到化生獵人的實力。

「看來沒辦法用言語解決。」

雖然時間寶貴，但是心急只會害死自己。

席修往旁邊縱身一跳，橫掃該處的化生腿部。剛才即將撲向席修的化生頓時往前踉蹌。席修跟著踹化生背部，一腳將化生踢向埃德。

眼看化生快撞到自己，埃德厭煩地一砍。席修瞧準此一破綻，追過化生往前衝，朝埃德的手揮刀。

「……！」

在刀砍中前一刻發現，埃德急忙縮回手腕，但是沒有完全躲過。席修的刀尖砍中袖子，留下一道直達手肘的口子。埃德咂了一聲舌，看著裂開的衣袖。

「要砍怎麼不連肉一起砍。」

仔細一瞧，埃德毫不遮掩的右手上有幾道陳舊的燒傷。像是強按火鉗留下的燒傷痕跡，看得席修一瞬間瞠目結舌。但他的表情沒有進一步變化。

然後席修迅速將刀收回手邊。

「你將薩莉弄到哪裡去了？」

「誰曉得？告訴你有點沒意思。畢竟她直到最後都沒有選擇我。」

「她只是還沒選擇吧。」

——薩莉說過，她對此一無所知，所以無法選擇。

原因其實很簡單，現在還太早。薩莉還沒完全長大，才難以決定。這種情況下還要強迫她選擇，代表埃德同樣還沒長大。像他這種小孩子的愛情觀，只知道強行要求對方同意，就像哭喊母親的迷路孩童一樣，下手不知輕重。

席修揮舞綁著飾繩的刀。

兩人的刀刃交鋒。勢均力敵的兩人，手中的刀發出刺耳的嘰嘎聲。席修使勁架住埃德的刀，同時觀察他的破綻。

埃德露出空洞的眼神，低頭注視年輕的席修。

「可是……對我而言已經太遲了。」

埃德以蠻力硬推。席修敗在這股力量下，往後踉蹌了幾步。眼看埃德迅速舉刀，朝席修頭上逼近。

——來不及了。

一刀劈中腦袋的幻影在席修腦海中浮現。這一刀退無可退，也無法招架。所以席修當機立斷，朝埃德揮出自己的軍刀。

此時狗影跳進兩人之間。

黑色與白色的弦月搖晃。

飛濺的朱紅色血液，鮮明地勾起人類的愚蠢。

「唔……」

擦過臉的刀讓埃德腳步踉蹌。原本這一刀該砍中席修，卻因為黑狗身體一撞而偏離。席修迅速以軍刀撥開埃德的刀。脫離持有者的手後，刀滾落在冰涼的土地上。

可是埃德沒有要撿刀的跡象。他摀住被砍中的右眼，呆站在原地。

「……」

剩下的左眼茫然失去目標，從指縫流下的鮮血證明傷口的深淺。席修看了一眼黑狗。

「得救了，感謝。」

如果沒有黑狗相助，剛才只能拚個兩敗俱傷。實際上埃德的劍術相當了得。不過就算剛才這一刀不致命，失去一隻眼睛和手中的刀也無力回天。

席修接近埃德彈飛的刀，一腳踢向更遠的地方。順便回頭一瞧托馬，發現他已經幾乎砍倒所有化生。見到他的實力更勝於普通化生獵人，比起佩服，席修更感到錯愕。

「他是什麼來頭啊……」

總之接下來就只剩下擊敗咒術師，尋找薩莉了。

但是席修先望向洞穴，確認裡面有什麼。結果發現某些黑色的事物在洞穴邊緣蠕動。緩緩扭動的黑影還有紅色眼睛，以前見過這玩意的席修頓時背脊發涼。

「那是……之前在水渠旁的黑蛇嗎？」

薩莉失蹤的時候，這些蛇趴在水渠邊緣窺視。如今這些從洞穴探出頭的黑蛇比上次那些大了一圈。可怕的想像頓時讓席修臉色發青，同時跨出一步確認洞穴。

但是埃德卻搶先一步行動。他一轉身，朝洞穴走去。

「薩莉……！」

呼喊薩莉名字的他，縱身朝巨大洞穴一跳。隨後從中傳來短暫的呻吟聲，黑蛇如沸騰般晃動。

不知道發生什麼事的席修一臉茫然，此時傳來咒術師高亢的笑聲。

「選擇與她殉情嗎？虛假的執著如果堅持到底，就和真的無異呢。不過他自願充當祭品，我倒是十分感激。」

「──對我而言，只要砍了你就結束了。」

托馬砍下最後一隻化生的首級後，口出惡言。可是面對持刀接近的托馬，咒術師依然笑得一臉從容。

「當然，等一下就換你進入那個洞穴。雖然鮮血愈多愈好，可是普通的人類鮮血效果不佳。所以為了唯一的初始巨蛇，需要你這種人的血。」

──唯一的初始巨蛇。

這句話光聽就覺得很不吉利，托馬端正的容貌頓時露出嚴峻之色。

「初始巨蛇？難道你中了蛇毒？」

「中了蛇毒？」

不明白這句話的席修反覆回味。托馬露出試探的眼神一瞥咒術師與洞穴，然後向席修招手。

「你應該也知道這座城的來歷吧。」

「知道，是遠古的國王回應神明的要求所建。」

「為何神明會提出要求？」

「因為神明斬殺了試圖吞噬太陽的巨蛇——」

說到這裡，席修頓時打住。然後看向人偶般的咒術師與黑蛇蠕動的洞穴。

「巨蛇？」

「就是那條蛇，神明斬成數段的巨蛇。那名咒術師來到艾麗黛後，多半受到了巨蛇的瘴氣侵蝕。這裡偶爾會出現這種人，如果過度接觸詛咒，會被巨蛇的瘴氣吞噬。」

「原來如此……」

剛才在地下室見到咒術師時，席修的確感覺「他與以前在南方見到時不一樣」。

如果他是來到艾麗黛後才變異，就解釋得通了。不過——

「巨蛇不是早就死了嗎？所以才建立艾麗黛做為回禮吧？」

對於席修理所當然的疑問，咒術師面露微笑。

「唯一的初始巨蛇即使死了，也絕對不會消失。只要這片大陸存在，巨蛇就永遠不滅。因為初始巨蛇才是這片大陸真正的主人。」

「好了，別再說了。」

托馬不耐煩地揮揮手，打斷咒術師，然後朝席修的方向後退。

「先別管什麼真正主人的瘋話。巨蛇即使死亡也未消滅倒是真的。所以艾麗黛的另一項任務，就是將巨蛇的瘴氣封印在地底。」

「封印巨蛇的瘴氣？」

「因為蛇頭掉落在這裡。流出的大量蛇血滲入土地，所以這裡的化生才會化為實體。」

——濃厚的氣足以讓化生呈現實體。薩莉以前說過，「艾麗黛還留有當時的力量」。但是她並未明言究竟是什麼力量。

即使死於神明之手，巨蛇的瘴氣如今依然充滿整座城。聽起來很荒謬，可是此地的化生具備實體，或許也有幾分道理。這座城從一開始就是這樣。

席修吁了一口氣，試圖整理即將亂成一團的思緒。回應召喚來到托馬身邊後，席修提出對洞穴的疑問。

「如果在洞穴裡注入鮮血會怎樣？」

「侍奉神明的人，他們的血液會化為巨蛇的力量。持續下去——你能想像到結果吧，巨蛇將會復活。」

托馬氣憤地搖搖頭。雖然早就料到，但是真希望結果不是如此。

「換句話說……巨蛇這次真的會吞噬太陽？」

「畢竟曾經被斬成好幾段，應該不至於。不過國家可能會因此毀滅。」

「這就麻煩了。」

「很麻煩吧。」

「可是唯一的初始巨蛇再度降臨，只是時間問題。」

咒術師如舞動般舉起右手，在洞穴邊緣蠕動的黑蛇便傾巢而出。只見黑蛇全部擠在咒術師身邊，而且愈來愈厚。無數黑蛇接連爬出巨大的洞穴。

眼前的光景彷彿黑色的波浪逼近。轉眼間寬廣的地下室便爬滿了黑蛇，兩人也陷入重重包圍。看得讓人懷疑自己是不是瘋了，但席修依然注視蛇爬出的洞穴。

「那個洞穴裡……」

「沒辦法，我們已經無計可施。」

聽到托馬的反應出乎意料，席修感到焦躁而非驚訝。無法發揮力量的薩莉究竟有何下場，不好的預感讓席修更加焦急。

「薩莉不是在那裡面嗎？」

「應該是，但這麼一來就太遲了。如果剛才米蒂利多斯族長有跟來就好了。」

「感謝兩位如此輕易放棄。」

咒術師嘹亮的聲音聽起來比剛才更高亢。他的模樣讓席修吃了一驚。前一刻還是普通人的他，如今蛇卻不斷鑽入他的體內。

黑蛇宛如融為一體般，隔著黑衣鑽進他的身體。咒術師的身體也等比例膨脹成奇怪的模樣。皮膚變成黑色，眼睛跟著發出紅光。

看起來很像化生，可是比化生更充滿邪氣，詭異外型讓人看了既絕望又作嘔。席修略微瞇起眼睛，仔細注視。只見咒術師的嘴裂到耳際，大放厥詞。

「已經不需要向神明回禮了。你們就充當供品，獻給唯一的初始巨蛇吧。」

高亢的一聲令下，其他黑蛇都露出尖牙。

眼看無路可退，席修低頭望向不知何時回到腳邊的黑狗。見到黑狗的白眼，席修想起可能在視線彼端的御前巫女與國王，然後輕輕吁了一口氣，重新握緊軍刀。

「……畢竟陛下叫我幫助她。」

不可以就此認輸。如果連一名少女都救不了，也無法達成聖旨，那麼來到艾麗黛就沒有意義。席修往前走一步，保護托馬。

「總之你最好別待在這裡，快點趁機逃走。我會負責帶薩莉蒂回來。」

「等一下，別亂跑，跟在我身邊。」

托馬從後方伸手按住席修的右手臂。見到他制止自己上前拚命的手勢，席修露出厭煩的眼神。

「搞什麼啊，別弄得更複雜好嗎？」

「難道你沒有調查過月白樓主的家名嗎？」

「這個——」

調查過，應該說曾經聽過。這是王城的古老家族，比國家更古老的家族名叫「威立洛希亞」。據說這個家族繼承了遠古國王的血脈。

「威立洛希亞家又怎麼了？」

「所以叫你仔細思考啊。為何遠古國王的家族要保護月白。」

「因為是奉國王之命建立的青樓吧？」

總覺得國王家族繼承青樓有點不對盤，但的確沒有其他家族繼承月白。席修如此解釋其中的些許違和感。

可是托馬盯著緩緩逼近的黑蛇，同時搖搖頭。

「錯了，月白原本不是青樓。那是奉獻給神明的國王寢宮。」

「國王寢宮？」

不知道他這句話究竟是什麼意思。席修即將混亂之際，卻發現冒出黑蛇的洞穴出現異狀。不知何時漆黑的洞穴洩漏出幾道白光。托馬似乎也察覺到，話音中帶有幾分諷刺。

「提到艾麗黛，就是美酒、藝樂與聖妓。不過其實聖妓根本不存在。」

「啊？」

「其實——國王請來剿滅大蛇的是女神。月白的娼妓則是女神的侍女……回應女神的索求，提供聖體的則是國王自己。所以月白的樓主繼承了兩者的血脈。」

光線愈來愈強。

眼看刺眼的白光逐漸充滿地下室，連眼睛都快睜不開。席修舉起左手試圖擋住白光。

可是白光貫穿一切，燒灼席修的眼睛深處。只聽到托馬的聲音近在咫尺。

「現在明白了吧？艾麗黛的巫女……真面目其實是古神。」

6. 顯臨

好寒冷。

獨自身處在寒冷之中。

又黑暗，又孤獨。

石室內沒有其他人。因為這裡是神之間。

「好冷……」

說出口反而感到更加孤獨。薩莉摟著赤裸的自己，環顧四周。

「因為妳的力量太強了。」

小時候祖母這樣提醒過自己。

當時薩莉還不明白自己的力量究竟是什麼。所以即使過了上弦月，依然試圖打破禁忌，縫合化生。

她的祖先是月神，太陽神的妹妹。因此月亮愈接近滿月，她的力量就愈強。

不知道這件事的薩莉，差點害死一名化生獵人。因為化生獵人承受不了她接近完全的力量。

心臟受損的獵人離開艾麗黛，她也被迫回到王城的宅邸。

然後祖母告誡自己「力量太強」。從這一天開始，薩莉就隨時配戴壓制力量的手鐲，以及過了上弦月之後絕對不使用力量。

月白的巫女就是艾麗黛的核心。女神透過巫女代代繼承，這座城則是女神坐鎮之處。可是負責封印巨蛇，保護眾人的自己不應該傷人，否則就本末倒置。艾麗黛是為了答謝神明而建立的城。然而繼承國王血脈的女性，同時也繼承了維護和平的義務。

薩莉同樣也肩負了這種義務，所以一直努力扮演巫女與樓主的角色。

——那麼自己究竟又做錯了什麼呢？

想見到家人，想碰觸他人。

即使如此心想，薩莉卻沒見到任何人。神之間裡只有她一人。

只覺得寒冷。薩莉屈膝蹲在地上。

既然寂寞，乾脆沉眠吧。

薩莉低下頭去。可是冷不防聽到好像有人呼喊自己，抬起頭來。

究竟有誰在呢。薩莉站起身，尋找呼喊的人。

……就在此時，有某種溫暖的事物輕輕碰觸她的手。

「啊——————！」

尖叫聽起來既是熟悉的少女，卻又像完全不同的人。

一名女性飄浮在洞穴上方。她手中牽著失去意識的埃德，站在空無一物的半空中。

剛才可能遭到黑蛇的猛烈撕咬，白色和服已經四分五裂，胸口與纖細的腳都露在外頭。手腳沾了泥土與鮮血——可是模樣讓人不忍卒睹的她，看起來卻有種異樣的美感。

明明沒有風，修長的銀髮卻飄逸晃動，彷彿聖光就在她的體內。纖細的肢體比起妖豔，更散發出不可碰觸的清冽。強烈的吸引力足以讓人目不轉睛。

銀色睫毛的陰影落在眼眸上。不知望向何方的雙眼端正肅然，花瓣般的嘴唇同樣緊閉。

感覺與原本無憂無慮的少女完全不一樣——更甚者，席修一眼就直覺感受到「她不是人」。眼看即將被控制全場的氣氛吞噬，席修吁了一口氣。一旁的托馬則壓低聲音嘀咕。

「千萬別失禮。雖然她是薩莉，卻又不是薩莉。」

「意思是神明附在她身上嗎？」

「不，她本身就是神明。只不過意識層級不一樣，現在的她是更高位階的神。」

薩莉斜眼一瞥地下室的混亂，在空中緩緩邁開腳步。

仰望她的大批黑蛇就像退潮一樣紛紛逃竄，洞穴邊緣出現空隙。她降落在該處後，將埃德的身體放在地上。非人的湛藍雙眸注視已經化為異形的咒術師。

「哦……真是懷念的氣息啊。」

清脆的聲音比平時的薩莉略為低沉，而且嬌豔。

聽到神明的聲音，咒術師膨脹的容貌頓時抽筋。

「想不到那樣居然還沒死。」

「你還真是瞧不起我啊。原本在交合前不太穩定，我才一直壓抑力量。既然你用這種沒禮貌的手段喚醒我，那也沒必要束縛了。」

少女笑著丟掉左手的兩只手鐲，然後一腳踩在壓抑力量的手鐲上。嘴脣嫣然一笑，伸出白皙的手。

額頭被手指指著的咒術師，鮮紅眼睛閃爍著恨意，惡狠狠瞪著她。

「那我就親手撕裂妳，當成獻給主人的供品吧。」

「有本事就來啊。」

一聽到這句話，咒術師立刻使勁蹬地，縱身一跳並揮舞膨脹的手臂。

即使見到手臂即將砸向自己，薩莉依然不為所動。白皙的手指僅僅向上一抬。

「縛。」

咒語只有一個字。

咒術師的身體立刻摔在地上。他發出苦悶的聲音，眼看快要被壓扁。然後薩莉輕飄飄飛到他背上，動作彷彿沒有體重。隨後傳出沉悶的破裂聲，咒術師的背部爆開一個大洞。

她呵呵一笑，低頭看著地上四處飛濺的黑色內臟。

但是咒術師仍然沒死，代表他已經不是人類。他試圖從薩莉的腳下逃脫，薩莉白皙的腳趾尖卻踩住咒術師的肩膀。

「你想去哪裡？」

「可惡……」

「喔，空氣真糟。快喘不過氣了。」

腳踩咒術師的薩莉，左手直接一揮。跟著和剛才一樣迸發白光，掃蕩在地上蠕動的黑蛇。黑蛇立刻試圖四散奔逃，但光芒隨即化為小顆粒，追上每一條黑蛇。被追到的黑蛇頓時接連消散。

席修啞口無言，看著剛才多如潮水的黑蛇轉眼間消失，然後忍不住與托馬交頭接耳。

「一開始讓她出來不就得了嗎？」

「哪有這麼簡單啊，而且善後才可怕。你也得負起責任。」

「什麼責任？」

話剛講完，剛才淹沒整間地下室的黑蛇已經消失無蹤。

薩莉蹲在咒術師身上，笑著注視他的表情。

「沒把戲了嗎？」

「妳、妳這……」

「沒啦，是嗎？」

少女緩緩朝咒術師的頭伸手。

美麗白皙的手指抓住咒術師的碩大頭顱——下一瞬間發出噁心的『啪嘰』一聲。黑色的頭顱爆掉一大半，碎成醜陋的肉塊。從飛濺的血肉洩漏的巨蛇之氣，化為黑色液體滲入地面。眼看要染黑薩莉的腳底，不過隨即消失得無影無蹤。之後只剩下乾枯的肉塊與七零八落的骨頭。

薩莉咯咯一笑。

「下地後去告訴巨蛇，牠休想回到這個世界。」

少女神明低聲宣告，然後伸手一甩。

在艾麗黛發生的變異，就這樣輕易地結束了。

剛才托馬說『善後比較可怕』，席修完全無法預料會發生什麼。

席修注視徹底變了個人的薩莉。結果發現她盯著自己，差點嚇得一縮。薩莉露出乍看之下十分可愛的微笑，歪頭表示。

「為了這種無聊小事叫醒我，意思是人類已經不需要我了嗎？」

「萬萬不敢。」

托馬單膝跪地，低下頭去。然後他從懷裡掏出小瓶，獻給薩莉。

「美酒一如既往，已經為您備妥。」

「藝樂呢？」

「小的在此。」

米蒂利多斯的族長邊回答邊走下階梯。有些上氣不接下氣的她來到托馬身旁，同樣跪地行禮。

「隨時都能演奏您想聽的歌曲。」

「那真是太好了。最後一項呢？」

「敬請慢用。」

「等一下。」

發現托馬指著自己，會意過來的席修頓時愣住。

——神明要求的最後一項報酬，就是侍寢的男性。

為什麼自己得充當神明的玩物啊。席修正想抗議，結果托馬輕輕踢他的腳，然後以薩莉聽不見的小聲嘀咕。

「剛才不是叫你負起責任嗎？如果現在無法備妥神明的三項要求，國家可就完蛋了。」

「啊？」

「叫你趕快跪下就對了，不想活了嗎？」

突如其來的情勢實在難以接受，席修環顧四周。發現連米蒂利多斯的女族長都揮手，示意自己跪下。甚至黑狗都咬住自己衣襬拉扯，讓席修好想大喊。

薩莉一臉不可思議的表情，注視試圖趕走黑狗的席修。

「你討厭我嗎？」

「不是這個問題……」

「意思是不願意下跪嗎？」

她的弦外之音是，自己不肯下跪另有原因，這也是事實。下定決心的席修，端正姿勢面對薩莉。

「我的主公只有一人，就是當今陛下。就算妳是神明，我也不能向妳下跪。」

「當今陛下？意思是要我以你為代價，保護這個國家？」

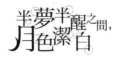

「這——」

席修望向自己的腳邊，見到黑狗居然點頭，頓時啞口無言。想起喜歡惡作劇，但是才能出眾的國王面露的笑容。

「……我中計了。」

既然御前巫女擅長預知，多半也能看到如今這一幕。怪不得國王派自己來到艾麗黛。可是就算明白國王真正的意圖，自己也頭疼不已。

見到席修沒回答，薩莉天真一笑。

「怎麼啦？不願意的話站著也無妨。反正我要的不是你的忠誠。」

光著腳的薩莉走在泥土地上，站在席修面前。優美的站姿，幾乎裸露在外的肌膚看起來極為煽情。甜美的香氣直衝席修鼻腔，妖豔的視線示意席修屈服。

可是接近壓力的強大魅力，卻只讓席修皺起眉頭，無法向她伸出手。或許是因為面前的女性感覺與自己所知的少女完全不一樣。

面對不為所動的席修，薩莉舉起白皙的手臂。

可是她的手碰到席修的臉頰前，突然停在半空中。湛藍瞳眸的眼神略為搖晃。

「啊……好……好冷。」

「薩莉蒂？」

原本微笑的薩莉表情僵硬。即將舉起的手指發抖，轉眼間全身跟著顫抖。彷彿隨時要倒下的她，摟住自己的身體。

「好、好冰……好寒冷……」

「糟糕，撐不住了嗎？」

托馬猛然抬頭。但可能答謝神明尚未完畢，他不敢站起身。

獨自面對薩莉的席修，猶豫是否該向顫抖的她伸出手。

薩莉的眼神游移，同時抬頭仰望他。小小的嘴脣略為顫動。

「席修——」

她呼喚自己的名字。

席修注視她朦朧不清的湛藍眼眸。

不安的眼神毫無疑問是屬於她的。她知道自己的無知，依然害羞地勇敢向前。

席修覺得她很漂亮。更重要的是，她容易拚命的模樣也十分可愛。她不是什麼神明，只是努力達成自己使命的普通少女。

見到她害怕孤獨的眼神，席修輕輕伸出手。碰觸她冰冷至極的臉頰，摟住她的身體。

過程中始終不發一語。纖細得彷彿要折斷的身體在席修的懷抱中。薩莉閉起眼睛，依偎在席修懷中，身體跟著不再顫抖，放心地吁了一口氣。纖細的手指緊緊抓住他的衣服。

席修摟著薩莉的手臂使勁。

「薩莉蒂。」

這並非讓人焦急難耐的熱情。

些許的溫度傳到身上，薩莉微微點點頭。

緊緊摟著薩莉的席修，聽到懷裡的她小聲表示：「好溫暖……」

7. 結

「感冒了……」

小聲的嘀咕似乎沒有別人聽見。

躺在寬廣臥房的薩莉，按著隱隱作痛的太陽穴。由於躺在平時不用的樓主房間，身旁沒有任何東西能排解無聊。偏偏不願意別人跑進臥房的也是自己，所以薩莉只得忍耐。手腳亂踢了一陣子後，待在隔壁房間的伊希雅發現動靜，前來探視。

「醒了嗎？要不要喝麥芽糖水？」

「好……」

「等我一下。」

伊希雅微笑著離開房間，薩莉決定乖乖等待。

小時候經常受到自身力量的影響而發燒，女性肌膚可以緩和症狀。但是碰上真正的感冒就沒轍了。前幾天的事件中，自己幾乎赤身裸體走來走去，多半就是感冒的原因。

「過度使用力量就會失去記憶啊……還做了個寒冷的夢。」

想不起自己變貌期間發生的事，以及自己做夢的內容。可是難免聯想到孤獨，薩莉並不喜歡。會讓薩莉覺得只有自己不是人類。

薩莉告訴托馬，他的反應是笑著回答「因為妳還沒迎娶神供的男性吧」。可是薩莉也不知道，就算迎娶等同生涯伴侶的男性，真的能消除這份孤獨嗎？

她躺在白布上吁了一口氣。

——發生在艾麗黛的變異事件，似乎在她失去記憶的這段期間內平息了。

尚未打聽詳細內容，不過薩莉知道整起事件造成不少犧牲者，也知道真凶布楠侯將會押送到王城問罪，還有布楠侯的屬下與相關人物。與此事牽連的人，或多或少都會受到相應的處分，不過國王的判斷似乎也會影響。托馬說「詳情去問席修吧」。不過自從將飾繩交給席修後，還沒見到他，所以想問也無從問起。薩莉感到有點寂寞，卻找不到人傾訴，才沉默至今。想到這裡，薩莉又想起另一個人的行蹤。

——失去右眼的埃德，遭到艾麗黛的放逐。

他明知父親的所作所為，卻依然選擇旁觀。本來也得押送至王城，但是神供三大家抗拒了此一聖旨。

艾麗黛有一條不成文的規定。城裡的化生獵人犯錯，由城裡自行決定懲罰。提議放逐埃德的人是托馬，理由是「這個決定他比較能接受」。或許托馬察覺到薩莉不敢說出口的願望。據說聽到處分結果後，埃德一語不發地離去。

沒機會道別的埃德，如今身在何方，是否安好？

薩莉凝視自己的手掌，強烈的喪失感在心中深處隱隱作痛。

「要是我長大的話……」

究竟是他太過衝動，還是自己太遲鈍？

總覺得自己心中已經有了這個問題的答案。

端麥芽糖水回來的伊希雅，身邊跟著情郎。托馬坐在病床的薩莉枕邊。

「好好休息吧，勉強自己會留下後遺症。」

「嗯。」

伊希雅幫忙準備的麥芽糖水甜度適中，溫暖身體。在薩莉趁熱喝的時候，托馬遞過一封信。

「這是什麼？」

「等一下再看，是陛下給妳的信。」

「信？」

與善後處理有關嗎？即使是神話正統，國王特地以書面聯絡青樓樓主也不尋常。薩莉收下後翻到背面一瞧，在寄件人的欄位的確寫著國王的名字。

「內容是什麼呢？」

「大概是弟弟就拜託妳了吧。」

「弟弟是誰，是我認識的人嗎？」

「妳很快就會知道了。現在先專心養好自己的身體。」

和臥病在床的薩莉不一樣，托馬似乎十分忙碌。沒多久托馬便起身，想起還有事情的薩莉急忙喊住他。

「欸，托馬，可以拜託你一件事嗎？」

「什麼事？」

「就、就是，我之前給了席修一件東西……希望你幫我拿回來。」

那條飾繩有特別的含意。若是一直放在他身上，會造成他的困擾。

不過托馬卻對薩莉露出溫和的笑容。

「我知道，畢竟對妳而言還太早。」

「嗯，是啊。你知道是什麼東西嗎？」

「當然知道。他似乎還不肯輕易點頭，但我會讓他負起責任。」

「什麼責任啊……」

「將來我會叫他天天晚上到房間來找妳。」

「托馬！我才沒拜託這件事！」

薩莉嚷嚷著抗議，但托馬依然笑著離開房間。剩下薩莉面紅耳赤，氣噗噗地喝著麥芽糖水。伊希雅伸出冰涼的手摸自己的額頭。

「似乎退燒了呢。」

「嗯……」

「想要什麼就告訴我。」

「沒關係，謝謝妳。」

甘甜溫暖的滋味，從體內溫暖全身。而且自己最重視的對象都在身邊，薩莉別無所求。自己肯定不孤獨，薩莉如此告訴自己後，跟著躺下。

薩莉闔眼正準備再睡一下時，隔壁房間傳來伊希雅詢問的聲音。似乎有人前來拜訪，好像有人打開門。

「薩莉，有人來看妳了。」

「咦，等等，怎麼會？」

這裡是月白樓主接待恩客的房間，不可能在薩莉不知情下，讓自家以外的人進入；再者自己現在還穿著睡衣……來者究竟是誰呢？薩莉急忙披上衣服，拉好敞開的和服領口，勉強維持儀容。但模樣還是不得體，或許該整個人躲進棉被裡才對。

不放棄的薩莉以手梳理亂糟糟的秀髮，來者跟著現身。青年一如往常一臉尷尬，不過一見到薩莉，表情頓時些許苦澀卻又放心。見到他的表情，薩莉瞠目結舌。

「啊……」

原因不明。純粹感到高興。

充滿心中的溫暖讓薩莉笑逐顏開，伸手按著紅暈的臉頰露出微笑。

「謝謝你來探望我……」

「情況如何？」

席修跪坐在紙門前，比剛才托馬坐的位置遠得多。薩莉心想很有「他的風格」，並且點點頭。

「沒事，只是有點感冒。聽說我之前穿著單薄，還走來走去？」

「這個……喔，妳真的不記得呢。」

「嗯。」

席修不知道想起什麼尷尬事，他一隻手摀著發紅的臉，聽到薩莉的回答才放下來。薩莉有點好奇，表情有些傷腦筋的他究竟在想什麼。

沒發現薩莉的視線，席修從懷裡掏出布包。

「這是向妳借來的，應該相當重要。我心想不能假手他人，才會來得晚了點。抱歉。」

薩莉伸手取過置於榻榻米的布包，打開一瞧。只見黑白兩弦月的飾繩小心翼翼包裹其中。確認是證明巫女唯一恩客的飾繩後，薩莉仔細地重新包好。

「謝謝你。有派上用場嗎？」

「這個……」

席修本來想回答沒有，但還是忍著沒說出口。薩莉打趣地注視他的反應。這次席修終於發現薩莉的視線，輕咳了一聲。

「這次有幫上忙，但這是妳的重要物品。最好別隨便交給他人，自己保管吧。」

「我沒有隨便交給你啊，而且你應該不會濫用。」

「別太相信別人，薩莉。」

說這句話的席修，眼神既不苦澀也沒有笑意。或許他這句話的意思，包含兒時玩伴埃德的背叛。發現這一點後，薩莉苦笑著搖頭。

「放心，年輕總會失敗，但沒有嘗過苦頭就不會成長。人就是這樣長大的。」

因為自己還小，才沒發現埃德的孤獨與憎恨。原本相信他已經成熟，徹底克服了過去。而正是因為自己不成熟又傲慢，這次才會遭到教訓。

席修秀氣的眉毛略為皺起，但很快又恢復原本認真的表情後，跟著開口。

「妳只要維持自己的想法就好。可是我不想讓妳進一步擔心。」

然後他從懷裡掏出別的東西。小小的銀色徽章連薩莉都知道，只有國家高官才會配戴。薩莉睜大湛藍的眼眸。

「席修你不是已經退伍了嗎？」

「還沒，我的本名叫奇里斯・拉席修・扎克・托羅尼亞。是直屬陛下的士官，遵照聖旨來艾麗黛擔任化生獵人。」

「咦，咦？」

薩莉瞥了一眼還放在一旁盆中的信。現在才明白，這封信的內容可能與此事有關……但還有一件事讓薩莉在意，就是席修姓名的末尾。

「欸，你是王族？」

「當我是空有其名的王族吧……我在普通的家庭出生長大，平凡地進入士官學校。畢業後也在陛下一時興起之下擔任此職位。這次同樣是陛下吩咐『要我來看看艾麗黛的情況，並且幫助巫女』，才會來到此地。」

「突然聽到太多情報，有點難以適應。」

「抱歉。」

他認真地表示歉意。不過薩莉逐漸明白他的立場了。

換句話說，他無法拒絕國王的旨意，才會一直累積下去。

明白這一點，頓時感到幾許失落。薩莉也不知道自己為何沮喪，但最有可能是「不論來到這座城或幫助自己，都不是他的本意」。薩莉緊握自己不知不覺中逐漸變冷的指尖。

席修再度將徽章收回懷裡。

「所以妳之前說『我是陛下的眼線』，其實是對的。抱歉當時無法回答妳。」

「沒關係啦……」

對他而言，艾麗黛只是出任務的暫留之地。會這麼想很正常，畢竟他耿直又誠實，與花街柳巷格格不入。

薩莉吞回來不及說出口便消失的情感。握住的手指使力時，席修繼續開口。

「所以我要去王城報告一趟。大約一星期就會回來，抱歉這段期間讓警衛人手空缺。」

「你會回來嗎!?」

聽到薩莉忍不住呼喊，席修慌了手腳。

「……難道會造成麻煩？」

「咦，不是的，抱歉。一點也不會，我以為你為了任務而來，如今完畢後要回去……」

這次王城參與處理善後，薩莉才以為他因為此事而來；任務解決之後，他的職責也跟著結束。但是席修略為搖頭。

「陛下命令我觀察這座城，並且回報感想，以及幫助妳。一切都由我自行定奪，沒有特定期限。」

「……聖旨是不是沒有改變？席修你是高階士官，直屬陛下的珍貴人才吧。」

「我還寧可陛下收回成命……」

席修這句感慨良多的回答，可以得知他以前吃了多少苦。空有其名的王族頭銜，多半也是陛下隨興賜給他的。薩莉彷彿見到席修不情不願地接受聖旨——不禁嘴角綻放笑容。

席修輕輕搖頭，忘掉許多湧上心頭的回憶，然後再度注視薩莉。他並未害怕也沒有奉承的態度，始終誠摯以對。

「所以說，我會繼續擔任化生獵人。可以吧？」

對他的黑色眼眸著迷的薩莉回過神來，害羞地表示。

「嗯……這樣很好。我很高興。」

這的確是真心話，是事實。薩莉白皙的臉頰浮現一抹朱紅，面露微笑。帶有熱意的指尖想拉他的袖子，不過目前忍了下來。席修跟著表情一緩。

「那就好。畢竟我還沒幫到妳，以及妳重視的這座城。」

之前他說過，會尊重薩莉和艾麗黛，他果然是這樣的人。

薩莉暗暗感謝向他下達奇怪命令的國王。

年輕的神明微微一笑，就像盛開前的花一樣美麗又嬌豔。

「你已經幫我很多忙了。所以……一定要再回來喔。」

注視驚訝之下睜大眼睛的席修，薩莉輕輕按著湧現暖意的胸口。

等待他的再度返回，讓薩莉高興不已。

第二譚

1. 金平糖

席修一直覺得王城的謁見廳空有其名，應該改叫溫室才對。

國王平時忙碌，為了栽花的興趣而建造這間大廳。此處設有好幾面大窗戶，氣溫與溼度都經過計算，放滿了從全大陸聚集的盆栽。

國王尤其喜歡淡紅色花卉的大朵牡丹，最近似乎還種到中庭去。

不過是國王主動要求親自照顧這間溫室。聽說國王還擔心盆栽太多，得放在庭院。

籠罩在喘不過氣的花香中，屈膝跪地的席修抬頭望向照顧花卉的國王。

白色外衣上有金絲的刺繡，這件華麗的王袍只有國王能穿。讓見者無不相信，世界上的確存在與生俱來的高貴人物。有光澤的黑髮在後方紮成一束，秀氣的側顏經常讓人以為是十幾歲的女性。而現在國王正面露穩重的微笑。

席修忍住嘆氣，繼續開口。

「……所以屬下想請教陛下真正的原因。」

即使席修極力掩蓋心中的苦悶，卻徒勞無功，聲音聽起來與抱怨無異。手持園藝剪注視盆栽的國王抬起頭，露出不解的神情。

「說這什麼話。朕的立場是聽你匯報，除了慰勞以外還有什麼可說的？」

「關於送屬下前往艾麗黛的真正原因。」

即使席修心知肚明，但如果不追問下去就形同原地踏步。年輕的國王面露笑容，低頭看著下定決心、皺起眉頭的異母弟弟。國王秀氣的容貌在私底下別稱「看不出陛下心裡的想法」。可是在席修的眼中，和喜歡惡作劇的調皮小孩差不多。

國王手持園藝剪的手縮回寬大的衣袖，佯裝不知地回答。

「何謂真正的原因？朕只要求你去艾麗黛視察。」

「陛下的意思是這次報告後，視察到此結束嗎？」

「難道你想丟下《她》？回到王城來？」

這番回答聽起來完全就是嘲笑，席修強忍著才沒緊咬牙根。空虛地不停勸自己「冷靜、冷靜」。可是下一瞬間，席修的努力完全白費。

國王的笑容一如往常，可是皮笑肉不笑地俯瞰席修。

「怎麼可以擅自返回呢。要是擅自收回供品，豈不是有損朕的尊嚴嗎？何況上供的對象還是神明呢。」

「…………」

——果然這才是一開始的目的。

確認這一點後，席修差點虛脫到癱軟在地上。早知如此，當初就該乖乖當個平凡的士官。即使考慮到可能面臨政治婚姻，但萬萬沒想到自己會成為獻給神明的供品，而且對象還是稚氣未脫的少女。

腦海中湧現的陣陣疼痛，讓席修開始思索該如何向國王抱怨。

雖然在開口前席修早就知道，所有反駁都會被國王硬拗過去。

☆

遙遠的古代，有一座獻給神明的城，就是艾麗黛。

即使時代變遷，王國更迭，此地依然維持穩定的繁榮。城裡有三大正統神供家族，繼承悠久的傳統。

斬殺邪惡的巨蛇後，神明要求三項報酬：美酒、藝樂與聖體。其中掌管最後一項的青樓「月白」位於城北側，大門靜靜地坐落在雜樹林之間。

日暮時分，薩莉幫吊在入口的燈籠點火。同時眯起眼睛，注視淋溼石板路的毛毛細雨。月白的恩客多半都是熟面孔，不需要華麗的燈火攬客。但是在這種陰雨綿綿的夜晚，需要燈光照亮腳邊。然後薩莉轉頭吩咐室內的下女。

「去拿傘和提燈來，今天要在大門口迎接恩客。」

「好的，樓主。」

多半擔心薩莉著涼，迅速返回的下女還帶了一件外套。感謝下女的關懷後，薩莉撐開傘。淡藍色的傘面拔染著一輪白色弦月，與她的腰帶款式相同。

路上行人只要看到圖案，就知道撐傘的人是誰。薩莉撐傘走向面朝馬路的大門。不久後一如預料，熟悉的面孔從街角出現。

今天帶著兩人前來的托馬，發現站在大門口的薩莉後微笑。

「妳不冷嗎？薩莉？」

「還好，謝謝關心——話說今天的客人是？」

「是我們酒廠新來的師傅，我帶他來打招呼。」

聽托馬這麼說，薩莉一瞧他身邊的人物。發現是與自己年齡相仿的少年。

前一陣子的事件，導致勒迪家的酒廠相當缺人。他應該是帶來補充人員的學徒。薩莉輕輕以手中的大傘幫來到大門口的少年遮雨，並且面露優美的笑容問候。

「我是月白的樓主薩莉，敬請多多指教。」

金髮理得短短的少年一臉純樸，對薩莉有幾分著迷。

托馬一拍少年的後腦勺。

「喂，還不好好打招呼。」

「啊……我叫提提。敬請多多指教……」

提提低頭鞠躬後，托馬將他推進大門。然後以拇指指了指從剛才就默默待在身後的席修。

「他剛從王城回來，讓我逮到了。拿吃的給他。」

「好的。」

可能因為毛毛細雨，平時就表情苦澀的他似乎又多了兩成憂愁。貌似連遮雨的外套都來不及披上，就被托馬拽來。發現席修的頭髮溼漉漉，薩莉歪著頭。

「歡迎回來，席修。要先洗澡嗎？」

「不用了。」

席修表情更難看，一旁的托馬聽了大笑。

見到兩人不可思議的反應，訝異的薩莉還是迎接今晚第一位恩客。

為了接待來自各地的恩客，月白隨時都備妥十幾種茶葉。然而從席修來到艾麗黛後，常備茶葉的數量幾乎倍增。其實薩莉並未刻意準備，不過發現罕見的茶葉，就心想席修可能喜歡而買下。當天身為樓主的工作告一段落後，薩莉同樣親手沏茶，來到兩人所在的房間。

少年酒匠似乎已經回去。正好用膳完畢的托馬與席修，難得在餐桌上設杯開飲。不過席修的酒杯裡盛裝的是淡紅色的金平糖。席修瞥見端著托盤前來的薩莉，便將裝了糖果的酒杯遞給她。

薩莉幫兩人倒茶的同時提問。

「這是什麼？」

「王城帶回來的伴手禮。不過對妳而言應該不稀奇吧。」

「我可以收下嗎？」

「嗯，我還有一袋，一起給妳吧。」

薩莉道謝後，拿起一顆放進嘴裡。逐漸融化的金平糖散發高雅甜味，相當好吃。如果在艾麗黛有分店，甚至想向店鋪採購。淡紅色的糖果讓薩莉綻放笑容。

「真好吃！」

「這是宮廷御用品吧。」

「咦，是嗎？」

「好像是。」

明明是自己帶來的伴手禮，席修卻顯得十分冷淡，自顧自地喝茶。然後原本緊鎖的眉頭才稍微緩解。薩莉則一如既往，津津有味地注視。

由於從王城返回後直接來到月白，沒穿自衛隊制服的他也挺有趣。可能是以灰色為基底的洋服款式樸素，他看起來比平時更年輕。

見到薩莉一直注視自己，坐立難安的席修放下茶杯。

「……怎麼了啊。」

「王城怎麼樣？」

「什麼怎麼樣，還是老樣子。當然可能因為我只進宮與回家。」

「喔，你去看你哥哥了吧。」

國王的信中也提到，席修與當今陛下是異母兄弟。不過薩莉一提起這件事，席修的表情頓時像吃了苦瓜一樣。

「我從未當那一位是哥哥……陛下就是陛下。」

「是嗎？可是我很喜歡分隔兩地長大的托馬呢。」

「別混為一談，完全不一樣。」

席修與國王之間的關係似乎相當複雜。托馬招了招手後，薩莉重新坐回他身旁。

「別管他，他只是受了氣在使性子罷了。話說薩莉，妳也該回王城一趟了吧。」

「啊，開倉大典……」

薩莉的老家，威立洛希亞家族是王城的貴族。最近薩莉幾乎都在月白，沒有回到宅邸。不過身為現任當家，必須親臨一年一度整理倉庫的儀式。由於樓主的工作忙碌，完全忘記了這項行程。現在才想起來的薩莉嘆了一口氣。

「我都忘了這回事……一直沒有定期聯絡。」

「老家應該也快通知了。今年正好與王城祭典撞期，那邊肯定也忙翻了天。」

「是嗎？」

倉庫內有許多東西擁有神祕力量，因此大多在力量減弱的新月夜晚開倉整理。今年則湊巧碰上王城祭典的日期。薩莉並未直接參與王城祭典，但包括威立洛希亞在內，各大家族都得鼎力參與。捐獻金額、提供的酒食多寡都會影響家族名聲。即使不至於死要面子較勁，威立洛希亞與勒迪家族在這時期應該都特別忙碌。

住在艾麗黛時間一久，薩莉不小心忘記老家的事情。這時她想起在王城宅邸的表哥。

「不過這樣我反而輕鬆吧。老家忙碌的話，他也不會對我指指點點。」

「反正開倉的時候會碰面，到時候裝作沒聽到就好。」

讓托馬撫摸頭的薩莉，拿起一顆金平糖。不過正準備放進嘴裡時，薩莉發現另一側的席修皺著眉頭。

「咦，不能吃嗎？」

「不是，妳回到老家後，他們會怎麼說妳？」

「喔，因為老家的人不知道她的真面目啊。只當她是母親很沒用的小丫頭。」

讓托馬拍拍頭的薩莉，嘴裡咬著金平糖。席修露出難以理解的眼神注視她。視線的意思多半是「無法理解她的處境」。這讓薩莉略感頭疼地按著太陽穴。

「放心，她沒有受到霸凌。畢竟她真的年紀還小，因此長輩難免囉嗦。」

實際上，薩莉幾乎不清楚威立洛希亞家族的工作。身為當家的她從未公開露面，雖然不完全是花瓶，但八九不離十。祭典都由表哥表姊率先準備，在他們眼中薩莉只是甩手當家。

——但是薩莉依然不打算讓他們插手艾麗黛的事。

薩莉以手帕擦拭沾在指尖的紅色痕跡。

「所以本月的新月前後，我人不在城裡。如果發生什麼事會立刻回來。」

「……我知道了。」

或許會造成化生獵人的麻煩，但如果快的話，就不用拖上好幾天。新任的席修可能不知道，但其他化生獵人都明白這是每年的慣例。

薩莉起身準備回去工作時，身後的托馬聲音平穩地補充了一句。

「薩莉蒂，差不多該找新的化生獵人了。」

「……………」

——化生獵人原本有五人，目前一直少了一人。

可是不能一直不管缺額，何況薩莉不在艾麗黛的新月時期即將到來。薩莉想起前幾天的事件中，離開艾麗黛的埃德。

他遭到艾麗黛放逐，今後不會再有機會碰面。但總覺得他以前待過的場所始終留下一片空白。至少在薩莉長大，對此事徹底釋懷以前是這樣。

薩莉抿著嘴唇忍住內心的感傷。

「……嗯，拜託了。」

點頭同意的瞬間，薩莉彷彿覺得心中的孩提時代發出聲響，關上了一扇門。

☆

由於剛從王城回來就直接來到月白，席修回宿舍時已經過了三更。

「真是的……大家都這麼會使喚人。」

不論國王也好，托馬也好，都毫無顧忌使喚自己。席修本來不想理他，但自己正好想去月白打招呼，或許也算剛好。

點亮書桌上的燈後，席修吁了一口氣。

——薩莉是自己留在這座神話之城的原因。

她是從神話時代就常居此地的神明。表面上是巫女兼青樓樓主，卻是不折不扣的神明。聽起來很荒謬，可是已經親眼目睹她並非人類，想不接受都不行。世代皆為神明的她們，生下的女兒自然也是血統純正的神明——利用人類繼承血脈的方式，讓「神明」延續下去。

換句話說，艾麗黛真的是為了薩莉一人而建立的城。她說「這是我的城，我得靠自己保護」，這句話是不折不扣的事實。

「……不對，其實她可以不用出面吧？」

畢竟整座城都是答謝神明的禮物，照理說該由人類出面解決問題。她四處奔走，消滅化生，不就等於青樓樓主親自打掃庭園？

如此尋思的席修脫下上衣，身後卻傳來聲音。

「既然這座城是送給我的，親自出馬有何不可？」

「——啊？」

照理說門口沒有任何人，席修訝異地回頭一瞧。

發現身穿浴衣的少女神嫣然微笑，不知何時站在該處。

「而且是你們化生獵人負責戰鬥，我只不過幫助你們而已。」

「妳從哪裡進來的啊……」

「這座城是我的庭園，想去哪裡都隨心所欲。」

傲然挺起胸膛的薩莉，湛藍的眼眸略為發光。呼出的氣息帶有冰冷的寒氣，察覺蹊蹺的席修仰天長嘆。薩莉對他的反應嘟起臉頰抗議。

「什麼嘛，你都回到艾麗黛了，我難得來看你呢。」

「剛剛不是才在月白吃過晚餐嗎……」

席修邊開口，邊目測自己與她的距離。薩莉站的門口距離自己有五步之遙。席修這才覺得房間要是更寬一點就好了。若是平時的她還可以說理，但她現在是神明。要是回應不得體，可能會有性命之憂，更重要的是——

「不是話都沒說上兩句嗎？虧你還是我的供品。」

「……」

她這句話堵得席修啞口無言。席修在腦海中猶豫該以何種順序開口……最後選擇舉雙手投降。

「我想和她聊聊。」

「你真的是供品嗎？難道你不明白自己的立場？」

「我知道當時的情況。可是在那當下，薩莉蒂沒有其他選擇吧？」

神明顯現時，席修成為供品之一的『聖體』純粹是因為『在場沒有別人』。托馬是薩莉的親哥哥，米蒂利多斯的當家是女性。現場還有昏迷不醒的埃德，可是他背叛了艾麗黛，讓他成為神供說不過去。

即使不考慮自己的情感，席修也難以接受這種狗急跳牆般的安排。明明自己告訴她「多花一點時間，直到自己能接受為止」。結果卻讓她沒有選擇的餘地，這該情何以堪。何況平時的薩莉不記得當時發生的事情。所以席修希望和她坦承一切，讓之前的決定作廢。即使有可能遭到國王責罰，但這樣才合乎道理。

神明卻揚起美麗的眉毛，怒目而視。

「我明明說過要選擇你，你怎麼這麼囉嗦啊。」

「因為我想先聽聽薩莉蒂的願望……畢竟這事關一輩子。」

「你還真是難搞。知道你的『這一點』有多吸引我嗎？」

「什麼意思？」

席修反問的下一瞬間，白皙的手突然出現在面前，頓時心裡一驚。

不知道她如何轉眼縮短五步之遙。站在席修面前的薩莉，嬌小的手試圖觸摸他的臉頰——結果席修一把抓住她的手腕。

早就猜到她的手冷得像冰塊一樣。帶有藍色螢光的眼眸瞪著席修。

「為何要阻止我？」

「薩莉蒂，小心這樣又感冒……」

「所以才需要聖體啊。」

「至少讓我在白天和平時的她聊聊。」

孤男寡女深夜爭吵讓席修坐立難安。雖然她不是人，卻是美麗的少女，反而是席修應該謹守分寸。畢竟她自認「還沒完全長大」，不該以神供為藉口趁虛而入。況且目前還不知道自己對她的心意，以及她對自己的感覺。

結果薩莉卻聽得一臉錯愕。

「我就是我，你這笨蛋。」

年輕的神明嘟起臉頰，手扠胸前抗議。不知道如何蒙混過去的席修啞口無言，結果她忽然轉過頭去。

「無妨，反正我就是喜歡你這一點，有趣得緊。如果你給我時間，我也會給你相應的回報。」

話剛說完，她的身影頓時從房間消失。

毫無徵兆地無影無蹤，只剩下擴散至整間房間的冰涼寒氣。席修也不知道，為何讓神明發牢騷後會變成這樣。換衣服的同時，煩惱自己的人生到底哪一步走錯了。

就這樣，席修帶著煩惱在神話之城中進入夢鄉。

隔天傍晚席修與薩莉同行，但她完全不記得昨晚發生的事。

☆

薩莉以前住在王城的宅邸，房間的窗戶對孩子而言略高了些。嬌小的薩莉得挺直腰桿，才勉強碰得到窗緣。對年幼的薩莉而言，面向庭園的窗戶是少數能窺知「外界」的場所之一。以前被禁止外出，整天都在陰暗的房間中度過。她經常搬椅子放在窗邊，俯瞰中庭。

還記得那一天，薩莉同樣努力搬動沉重的椅子放在窗緣下方，眺望窗外。

當時應該是春季，栽種的白花朵朵盛開，下女正在打掃掉落的花瓣。時間彷彿在平凡無奇的光景中停滯——不過有一名少年突然闖入這片景色之中。

是自己同祖母的表哥。他一隻手抱著厚重的書，正要橫越中庭。

但他突然停下腳步，抬頭一瞧。

「啊……」

從三樓窗戶看著他的薩莉，突然與他四目相接，頓時內心一驚。外面的風從略為開啟的縫隙中吹進室內。

少年始終訝異地仰望她。

——最好開口說點什麼。

面對好久不見的表哥，薩莉焦急地開口。

「欸，這個……」

往事的夢到此突然中斷。

☆

「做、做了惡夢……」

聽到自己的嘀咕，薩莉的意識迅速被拉回現實。

在離樓的臥房醒來後，仰躺的薩莉以手背抹去額頭的汗水。睡衣大敞的胸口同樣汗水淋漓，一股鬱悶的感覺揮之不去。薩莉撥開秀髮並坐起上半身。

——因為掛念開倉大典，才會做這種夢嗎？

這一次是祖母過世後，薩莉單獨參加開倉大典。原以為沒什麼好在意，實際上內心可能隱隱不安。實際上薩莉不太待見在王城的兩位表兄姊，才對預定的大典感到悶悶不樂。

「當時也是……」

話說剛才夢境的後續相當糟糕。畢竟是孩提時期的記憶，難免模糊又漏洞百出。但薩莉還記得，最後與年少的表哥爆發激烈爭吵。如今還記得他當時嗆聲『妳自己一人明明什麼都不會！』怒從心起的薩莉皺起眉頭。

為往事生悶氣實在不明智，可是薩莉對表哥的看法至今依然不變。每次碰到表哥，他都奚落自己是無力的小丫頭。氣得薩莉猛然站起身回嗆。

「你明明年紀和我差不多。」

如果十六歲的自己還年紀小，十八歲的他也半斤八兩──如此心想的薩莉梳妝完畢。來到過了中午時分的門口，正好見到哥哥。

「咦，怎麼了，托馬？」

難得在點燈前見到哥哥。托馬將手中的信遞給薩莉。

「有東西要給妳。」

他遞給自己的信封，正反面都是空白。但薩莉立刻明白這是老家寄來的。內容多半與開倉大典有關。薩莉道謝後將信封收進懷裡。可能因為剛剛才做夢，忍不住嘆了一口氣。

發現薩莉嘆氣的托馬，擔憂地注視她。

「妳還好吧？需要的話我可以跟妳去？」

「不，我沒事。」

薩莉倒不是討厭開倉大典。何況威立洛希亞家族的人都不喜歡托馬與薩莉親近。之前所有人還顧及體面，才沒有太計較。但薩莉不希望托馬如坐針氈。

略為闔眼轉換心情後，薩莉湛藍的眼眸望向托馬。

「我會搞定的，謝謝你。」

——如果連這件事都搞不定，自己將無顏面對自己。

為了艾麗黛，也為了威立洛希亞家族成員，薩莉必須毅然面對。

托馬依然對薩莉露出關懷的眼神。但知道她心意已決後，不禁苦笑。

「有什麼事情告訴我，也可以拜託席修。」

「我怎麼好意思麻煩艾麗黛的化生獵人呢。」

席修是少數知道薩莉老家情況的人。可是開倉大典並非化生獵人的管轄範圍。況且他現在工作得比別人更勤快，不能再仰賴他。

與托馬道別後，薩莉打開信封。老家寄來的信僅以表哥的名義，記載日期與必要事項。內容十分冷淡，不過對薩莉而言反而樂得輕鬆。

預定一星期後暫時離開的薩莉默默開始工作，想盡量先處理雜事。要四處確認存貨，有缺就要補貨，還要聯絡生意往來的商人。巡視娼妓們的情況，確認一如往常後，已經過了午夜。這時候薩莉才終於得以休息。

在十幾名娼妓休息的花之間內，薩莉坐在長椅上飲用白茶。

「今天不會有尋芳客上門吧……」

月白本來尋芳客就不多，幾乎不會有人這麼晚來光顧。娼妓們似乎也這麼想，除了幾人在房間接待恩客，其他人都聚在一起下棋。

時間緩慢流逝中，薩莉隔著窗戶注視庭院。發現有人開門後，薩莉抬起頭。

來者是下女與身穿深藍色制服的壯漢。艾麗黛的化生獵人之一，鐵刃向站起身的薩莉點頭。

「可以出動吧，巫女。」

「我立刻來。」

既然是他的要求，就沒必要換衣服。薩莉僅確認左手戴的手鐲，隨即來到鐵刃身邊。與他並行在走廊上，同時向鐵刃確認情況。

「化生年紀多大？」

「是二十來歲的娼妓，身穿朱紅色和服，褐色頭髮。剛才接獲數人在三表街目擊的報告，目前尚未造成傷亡。」

「那可得盡快解決才行……」

三表街是艾麗黛夜晚格外熱鬧的大街之一。即使化生不會直接危害人類，可是放任在這種地方亂跑還是十分麻煩。尤其娼妓模樣的化生大多會蠱惑人類。

來到外頭後，兩人走在人煙稀少的夜路上。等到看不見月白樓時，鐵刃喃喃開口。

「……新來的有好好照顧妳嗎？」

「咦？」

冷不防的話題聽得薩莉一頭霧水，不過隨即明白，他在指席修。不明白鐵刃想說什麼的薩莉點點頭。

「嗯，還好。」

接受席修的要求就得跟他四處奔波，不過薩莉也逐漸習慣了。反而可能有助於練體力。

不過鐵刃卻對悠哉微笑的薩莉露出嚴肅的表情，略微瞇起睜大的眼睛。

「你們都還年輕，現在這樣還好。不過巫女，如果妳太顧慮他，放任他亂跑的話，到頭來對他不是好事。會害他在城裡的風評不好。」

「原來如此……咦？」

——聽起來很合理，但總覺得他不是這個意思。

而且巫女與化生獵人基本上是對等關係。當然巫女獨一無二，而化生獵人屬於士兵。兩者雖然身分有差，但巫女無權限制化生獵人的行動。

還是說席修不知道艾麗黛的不成文規定，可能會惹出什麼麻煩？

鐵刃鄭重其事對煩惱的薩莉開口。

「或許妳在意一旦懷孕，會暫時無法使用巫女的力量。但是不用多慮，要生下接班人就要趁早。而且對象是化生獵人，肯定有能力保護妳。妳可以讓他多來月白幾趟。」

「…………」

——真是天大的誤會。

可能是因為之前交給席修的飾繩。原以為事件結束後，向主要人物說明過原委，結果似乎剛好漏了鐵刃。

不知該如何向他解釋的薩莉，在心中向托馬求救。但就算逃避現實，情況也無法解決。薩莉略為鼓起勇氣後開口。

「這個，您誤會了……」

「離開艾麗黛的時候，最好也帶他一起去。畢竟路上可能有需求。」

「呃，這個……他不是這種人……」

「快到了，巫女。」

鐵刃說得沒錯，薩莉一抬頭，隨即見到張燈結綵的街道由遠而近。

傳來輕快的音樂聲。薩莉瞇起眼睛，注視往來交織的行人。鐵刃拍了拍她的肩膀。

「到那邊街角去。」

「好的。」

薩莉依照指示站在街角時，鐵刃的身影已經消失無蹤。然後薩莉反思剛才聽到的化生容貌。

「朱紅色和服，褐色秀髮……二十來歲的娼妓……」

路上行人中零星見到幾名穿著鮮豔和服的娼妓。不過目前還沒有發現目標。薩莉集中精神注視街道，開始在心中數數。

——鐵刃的工作萬無一失。

他始終堅毅如山，刀刃確實斬除目標化生。

所以薩莉依照他的吩咐，在夜晚的街角等待。

在心中數到超過五百時，一名女性從前方第四個街角現身，而且貌似受到他人追趕。

這名娼妓就像在夜晚飛舞的蝴蝶，頻頻注意身後同時混入人群。在群眾的縫隙中隱約可見朱紅色的和服，吸收提燈的火光顯得昏暗。薩莉注視她若隱若現的身影。

娼妓搖搖晃晃朝薩莉跑來。只注意身後的她，沒發現薩莉的存在。

然後薩莉離開街角，跟著進入人群。白皙的手輕輕一打響指……朝擦身而過的娼妓開口。

「──縛。」

微弱的聲音被四周的吵雜聲掩蓋。

娼妓發出短暫的尖叫聲，當場蹲下去。薩莉並未回頭看她，直接順著人潮穿過人群。在第四個街角放慢腳步後，對在該處等待的鐵刃面露微笑。

「祝您武運昌隆。」

輕敲深藍色制服的手指一瞬間深入胸口，但鐵刃神色始終不變。

目送他的背影後，薩莉再度從熱鬧的大街返回。

「啊，沒有解開誤會……」

發現這件事情的時候，薩莉已經回到了月白。

☆

從地面突起的白色石柱很細，高度只達薩莉的腰部。

此地位於月白庭院內的北角，薩莉以右手置於其上，深深吁了一口氣。

氣息就等於力量。薩莉感到自己體內的力量緩緩滲入石柱內。意識維持平靜的她，讓力量浸透至埋在地底的石柱尖端。

冒出地表的石柱並不高，不過埋在地底的長度是地表的十倍以上。

月白的庭院內另外還有四根石柱，這五根石柱形成的結界防止化生入侵青樓。擴散至地底的力量則達到艾麗黛的外圍，防止巨蛇的氣息洩漏到城外。換句話說，艾麗黛就是神創造的雙重結界夾縫。

手離開石柱後，薩莉深深吁了一口氣。

「差不多這樣吧……」

她每個月都會分別將力量注入石柱內，增強結界一次。此習慣從好幾代巫女之前延續至今。不過前幾天的事件，讓薩莉產生些許危機感。身穿白色和服的她，仰望蓊鬱的雜樹林。

「還得想想怎麼調整法術。」

原本的法術由將近十任之前的巫女設計，如今安於現狀似乎不妥。

薩莉想起前幾天，在鎮上遭到巨蛇附身的咒術師肆虐的景象。就算月白內很安全，城裡遭受侵襲也受不了。應該採取對策才對。

不過薩莉缺乏這部分的知識，不知道具體該設計什麼樣的結界。即使目前薩莉可以自由切換意識層級，卻還無法共享記憶。

回到青樓的薩莉煩惱，不過偶然想起一件事。

「喔，對了，倉庫裡……」

威立洛希亞家的倉庫應該有歷代巫女留下的資料，其中可能有結界的相關記載。心中燃起希望的薩莉，握住雙拳說了聲「好」。

脫下草鞋，從後門進入建築物後，薩莉遇見前來的伊希雅。

在月白的娼妓中，薩莉最常找她商量。可能因為還沒點燈營業，她在素色的和服外頭只披了一件外套。發現樓主薩莉後，伊希雅停下腳步。

「哦，剛才到庭院去嗎？」

「我稍微補強一下結界。」

「喔，明天就要前往王城了呢。」

大家都已經知道薩莉的行程，伊希雅還知道威立洛希亞家族的情況。薩莉向她補充了一句「有事情就聯絡我」。

「另外我也聯絡過自衛隊，應該不會有化生相關的事件。啊，我沒告訴席修日期。」

「咦？為何？」

「因為不久前我告訴他，我會暫時離開。如果他來到月白撲了個空，再幫我轉告他。」

就算沒告訴他，等他回到這裡，自衛隊應該也會聯絡。以艾麗黛的化生獵人而言，他的舉止不太尋常。但他同時直屬國王，所以不能怪他。這次多半又忙著執行某些任務吧。不知道席修底細的人，或許會對他的奇怪舉動感到驚訝。不過他十分認真，締造的實際戰績比其他化生獵人優秀。當然對薩莉而言，他能這樣就無可挑剔。更好的是，還有機會窺知國王的動向。

伊希雅見到薩莉坦率的模樣，面露苦笑。

「我覺得妳可以多關心他。他對妳有意思吧？」

「……我怎麼敢用接客那一套啊。席修又不逛青樓……」

聽到薩莉尷尬的回答，伊希雅呵呵一笑。她的笑容彷彿看透了一切。心中有幾分不安的薩莉與她道別後，回去準備出發。

在薩莉離開艾麗黛，抵達王城的時候，滿腦子都在思考開倉大典的事。

☆

薩莉的老家，威立洛希亞的宅邸位於王城北部外圍。

四周全都是大豪宅林立，路上也沒多少人。站在大門前的薩莉，在黑色面紗下隱藏憂鬱，抬頭仰望巨大的宅邸。此宅建立於六十年前，如今依然瀰漫雅致的氣氛。

「是不是來得有點早……」

薩莉確認手中的懷錶。她穿的並非平時的和服，而是黑色古風禮服。以面紗遮住面孔，是為了切換月白樓主與威立洛希亞當家的身分。

不能讓外界知道花街柳巷的青樓樓主，與古老名門的女兒是同一人。所以薩莉從小就被關在自己房間內。現在她伸出戴著手套的手，準備推開鐵柵欄門。

但就在她即將使勁前，宅邸方向傳來冷淡的男性聲音。

「馬車呢？」

「瓦司……」

薩莉忍不住低聲說出這個名字，前來的青年僅瞇起左眼瞪著薩莉。他的藍色眼眸比薩莉略呈灰色，從以前就這樣瞪人。

灰色的頭髮沒有光澤，面貌顯得中性。眼神嚴肅的長相和薩莉一點都不像。自己很小的時候，祖母曾經說過「兩人真像親兄妹」。如今兩人分別為十八歲與十六歲，不知是性別還是環境差異，呈現兩種完全不同的容貌。

灰藍色的洋服配合瘦削的身材訂製。雖然不華麗，但一眼就看得出是高檔貨，他的外表一看就知道是貴族公子。出於青樓樓主的習慣，薩莉下意識評價他的外表——當然他如果來到月白尋歡，娼妓可能會因為他太年輕而不理他。

心中如此思索的薩莉沒有開口。瓦司幫忙開門後，又問了一次相同問題。

「我應該有幫妳安排馬車。」

「我在不遠前下車了。因為我想走一走。」

「穿這樣走到這裡來？妳有想過自己的立場嗎？」

他一邊示意薩莉進入院內，嘴上還不停碎碎念。聽得薩莉在面紗下皺起眉頭。像人偶一樣缺乏表情的瓦司從薩莉手中接過行李，便迅速前往宅邸。鐵柵欄門關閉後，薩莉提起另外一名表姊的名字。

「菲菈在不在？」

「她出門前往卡勒克侯的宅邸了。聽說卡勒克侯突然要在祭典的兩天前舉辦酒席，她去確認事宜。」

「是嗎？」

知道比瓦司更囉嗦的表姊不在，薩莉暫時鬆了口氣。走到石板路的盡頭，抵達宅邸門口後，瓦司轉身低頭看薩莉，灰藍色雙眸的眼神顯得黯淡。

「那麼……在開倉大典之前請好好休息。沒事不要在外面亂逛。」

「我知道。」

不用他提醒，王城裡根本沒有薩莉能去的地方。她伸手準備從瓦司手中接過行李。結果瓦司冷淡無比的聲音，在彎下腰的薩莉耳邊響起。

「──決定恩客人選了沒？」

這個問題就像刀刃一樣尖銳。薩莉冷冷瞪了表哥一眼。

「我以前應該警告過你，別插手管這件事。」

自己可不想讓王城的人干涉月白或艾麗黛。因為每個人都有自己的領域，薩莉極少管威立洛希亞家的人怎麼做。可能因為母親的緣故，他才會提起恩客這件事。可是薩莉不想放任他的傲慢態度。

但瓦司毫無懼色，僅揚起嘴角微笑。

「原來如此，我明白了。」

瓦司依然提著薩莉的行李，再度走向正面的階梯。

很想踹他背後一腳的薩莉，默默跟在他身後。進入宅邸後方的寢室，確認瓦司的腳步聲離去後，薩莉摘下面紗。

「啊——真是的！他的嘴怎麼這麼討厭啊！」

然後使勁一拳打在床鋪上的枕頭。

揍了枕頭好一會後，薩莉才上氣不接下氣地仰躺在床上。

在王城中，她只有在自己的寢室才能卸下心防。瓦司可能會更過分地要求她「不要離開自己的寢室」。對瓦司而言，威立洛希亞的當家最好找個人偶來扮演。穿著不習慣的禮服，薩莉在寬廣的床鋪上滾來滾去。

「……為什麼我會這麼生氣呢。」

即使瓦司說的話是對的，可是從他嘴裡說出，就讓人聽得一肚子火。

原因可能是聲音與帶有嘲諷的視線，他連講話都不肯心平氣和地講。

要是他姊姊再回來的話會怎樣。一想到晚餐時分，薩莉就感到憂鬱。很想乾脆直接睡到早上算了。

不過薩莉正準備打盹時，幾分鐘後聽到敲門聲，頓時跳起來。

瓦司可能又回來了。薩莉急忙整裝同時開口。

「是誰？」

「……有客人來了。」

「咦？」

的確是瓦司的聲音，但究竟是哪位客人會到此拜訪自己呢？會來的頂多只有托馬，但瓦司不會說托馬是『客人』。薩莉對難以理解的情況留神，同時戴好面紗，然後緊張地打開門鎖。

——結果站在門外的對象出乎意料。

黑髮的化生獵人一如往常，一臉難為情地看著打扮不一樣的薩莉。

他穿的不是自衛隊的制服，而是直屬國王的士官服。見到薩莉不露臉，他皺起眉頭。

「是薩莉蒂嗎？」

「席修！」

在讓人窒息的地方見到熟人，原來竟是這麼高興。忍不住一躍而起的薩莉直接摟住席修。席修和瓦司兩人同時表情抽筋。

——完全出乎意料的情況讓薩莉以為在做夢，不過摟住的觸感應該真的是他。

薩莉在腦海角落冷靜地思考。直到從席修身上被拉開，才目不轉睛抬頭注視他。只見熟悉的皺眉表情充滿了尷尬。

「到底怎麼了啊……」

「你怎麼會在這裡？」

之前聽說他不在艾麗黛，原來他到王城來了。

不過在席修開口回答前，瓦司聲音帶刺地插嘴。

「請不要在走廊上摟摟抱抱——還有不要喊她這個名字。」

後半句抱怨是對席修說的。但是聽得席修一頭霧水，因此薩莉拉拉他的袖子。

「席修，我們進去聊。」

「妳要帶男人進妳的寢室？這裡可不是青樓。」

「那就幫我準備房間。」

堵住表哥的抱怨後，薩莉在面紗下嘆了一口氣。剛才的火爆氣氛一觸即發，席修一臉不可思議地看著關係差到極點的兩人。

「——薩莉蒂是我的巫名。」

兩人來到小會客室後，薩莉向席修說明。

房間內擦得蹭光發亮的桌子特別顯眼。先進入房間的瓦司正拉開厚重的窗簾。

席修在敦促下坐在座位上，聽到她的解釋才明白。

「喔，原來如此，抱歉。」

「對我而言巫名就像本名。不過在這裡我叫艾瓦莉‧薩莉雅‧威立洛希亞。」

其實薩莉極少說出自己的當家名。宅邸的下人都稱呼她「當家」，只有表哥表姊兩人會喊這個名字。表哥瓦司則露出嚴肅的視線一瞥席修，然後刻意問薩莉。

「可以請問兩位是什麼關係嗎？」

「咦？席修你前來是為了什麼呢？」

「我想將這個交給妳。」

說著席修從懷裡掏出一封信。眼熟的白色信封上寫著「致威立洛希亞當家」。寄件人的地方只蓋了一個劍形圖案的印記。

「啊，是來自國王陛下的？」

「沒錯。」

席修竟然帶這這種東西，瓦司肯定也只能放他進來。薩莉本來想拆信，但是發現表哥的視線後停下動作。話說還沒回答他剛才的問題。

「這一位是當今陛下的親戚，艾麗黛的化生獵人。」

「喔，我聽過。記得昨天在眾豪門貴族前露過面。」

「欸！我也好想看你露面喔！」

「有什麼好看的……」

「可是你會盛裝出席吧，好好喔。」

「威立洛希亞當家怎麼能參加那種場合。」

薩莉瞪了一眼冷冷地插嘴的表哥，但他卻說了句「我去備茶」便離開會客室。等房門關上後，席修再度詢問薩莉。

「他真的是你的親戚嗎？」

「沒錯，是表哥。我的母親和他的父親是姊弟。抱歉我們感情不好。」

「不，是我比較可疑，沒辦法。」

雖然感謝席修的關心，其實瓦司反而對自己的親人薩莉最冷淡。不過薩莉沒必要告訴席修，以免事情變得更複雜。徵求許可後，薩莉開啟剛才收下的信封，裡面裝著一封信與招待函。

「這是？」

「信封裡裝的是什麼？」

薩莉向詢問的席修指了指招待函。是卡勒克侯舉辦的酒宴，記得瓦司的姊姊已經去確認事宜。將日期定在兩天後的招待函放在桌上後，薩莉打開信一瞧。

字跡略顯龍飛鳳舞。內容是「難得參加慶典，好好享受王城吧。需要什麼就吩咐弟弟一聲」。

看完信的薩莉抬起頭，筆直注視席修。

「……怎麼，上頭寫了什麼？」

「說我可以依靠你。」

「啊？」

不知所措的席修掉了手中的招待函，薩莉跟著將信遞給他。

仔細看完信中內容後，席修一臉疲憊至極的表情抱著頭。薩莉不清楚詳情，但原因可能是詳細寫了建議去處與參觀順序。他的手指顫抖，彷彿打從心底想撕掉這封信，但還是仔細折回原樣。

然後薩莉將國王寄的信收回信封內。

「雖然很感謝陛下的心意，可是我沒辦法離開宅邸。」

「為什麼？」

「因為威立洛希亞的當家不能拋頭露面。萬一讓人知道與月白樓主是同一人就糟了。」

即使月白是神話正統，依然是青樓。如果讓別人知道古老名門擁有青樓，那可是大醜聞。

一旦祕密曝光，宅邸的人肯定會受到異樣的眼光，難以在王城容身。薩莉不敢想像菲菈和瓦司會怎麼罵自己。

更重要的是——月白是神之樓。

月白與威立洛希亞的關係不能曝光，否則會吸引太多跑來看熱鬧的尋芳客。何況威立洛希亞家族為了支持月白，才會在王城有宅邸。威立洛希亞家的人不只負責提供情報與金錢，還要包辦大小雜事。為了順利達成自己的使命，才會利用身為貴族的立場。

換句話說，目前的情況是為了維持神之樓運作的分工制度。薩莉可不能因為自己的輕率而破壞此一制度。

見到薩莉苦笑，席修暫時陷入沉思。

「無法外出的意思是，得暫時躲在宅邸內？」

「嗯。」

「那妳在來到艾麗黛之前是怎麼度過的？定期往來兩地分住？」

「我在老家的期間，基本上不離開宅邸。話說以前我沒說過嗎？」

「我沒想到有這麼誇張。」

聽到席修一副難以置信的口氣，薩莉感到不解。其實薩莉也知道自己成長的過程異於常人，但也是因為自己本來就不是普通人。

「就是這樣，雖然很可惜……」

「那妳能以艾麗黛的巫女身分外出嗎？」

「咦？」

突如其來的質問，聽得薩莉睜大眼睛。

——自己從來沒想過這種可能性。

因為別人一直告誡自己，在王城就是威立洛希亞的當家，不是艾麗黛的人。

這種顛覆性的質問讓薩莉驚訝不已，席修跟著從薩莉手中抽出招待函。

「這封招待函又不是寄給威立洛希亞的當家，妳以巫女的身分參加也無妨吧。」

「咦，欸，可是艾麗黛的人怎麼能參加貴族的酒宴……」

「和我在一起就不用擔心。」

當今國王的異母兄弟席修說得理所當然，並且起身。端正的容貌雖然還是一樣苦瓜臉，薩莉卻覺得與平時不太一樣。

跟不上對話的薩莉一臉茫然，席修向她伸出手。

「之前不是答應妳，要帶妳逛王城嗎？」

他戴著白手套。照理說已經看習慣，薩莉卻目不轉睛盯著瞧。

這一瞬間，薩莉分不清自己究竟在月白，還是在王城。嘴裡喃喃嘀咕。

「……原來你還記得嗎？」

事後肯定會挨好一頓罵。

但薩莉還是選擇牽他的手。此時薩莉心中第一次浮現期待發生某些事情的感覺。

☆

「被擺了一道。」

會客室有薩莉與她的訪客在內，下人不敢隨便進入。

所以瓦司才會親自去沏茶。結果回來後看到空蕩蕩的會客室，瓦司忍不住咂舌。

桌上只留下空空的白色信封。薩莉在收件人下方振筆疾書寫下「開倉大典前會回來」。

氣得瓦司揉掉蓋有國王印記的信封。

「區區王族……竟敢輕易帶走我們家的公主……」

薩莉對世事一無所知。男性貴族以花言巧語哄騙，帶她離開簡直易如反掌。再加上席修背後還有不按牌理出牌的國王。

不過瓦司可不想讓威立洛希亞的公主淪為當今國王的棋子。

他粗魯地將端來的茶甩在桌上，轉身離去。來到走廊時，差點撞上正好路過的姊姊。

姊姊菲菈剛從卡勒克侯的宅邸返回。見到弟弟神色有異，一臉驚訝。

「咦，怎麼了？我正要去向艾瓦莉打招呼呢。」

「去了她也不在。」

「咦？她沒來嗎？」

「剛才來過，被帶出去了。」

「咦？」

沒理會一頭霧水的姊姊，瓦司準備拔腿狂奔。

──她應該還沒走遠，現在還有機會逮到人。

就在瓦司下定決心，菲菈卻從後方揪住他的衣領。由於力道太強，瓦司差點摔跤。

「搞什麼鬼啊！」

「給我解釋一下。」

「陛下的異母弟弟帶艾瓦莉離開了，我要去逮人。」

「意思是他會對艾瓦莉不利？你打算不論死活抓人？」

「這……」

其實自己氣得想殺了他，但是真的動手肯定會惹麻煩。

見到弟弟欲言又止，大致掌握情況的菲菈收起訝異的表情，微微一笑。眼神很像瞪著獵物的蛇，薩莉和瓦司都對她這副表情畏懼三分。

菲菈伸手一撥與弟弟相同的灰髮，笑著表示。

「那何必管她呢？之後再算總帳就好啦，真是期待呢。」

「…………」

如果對薩莉置之不理，時間拖愈久會愈麻煩。要避免薩莉遭受虐待狂姊姊的茶毒，只能自己先找到她。瓦司與姊姊的對話結束後，再度準備在走廊上奔跑。這時傳來菲菈悠哉的聲音。

「就算你看管得再嚴格，也只會惹艾瓦莉厭惡吧？」

「還要妳說。」

她還是和小時候一樣邊憋笑邊酸言酸語，可是她並未阻止瓦司。

2. 王城

兩人離開宅邸，走過附近的轉角。幾乎同一時間，馬車停在門口。讓席修牽著手的薩莉急忙躲起來。見到楚楚動人的灰髮美女走下馬車，頓時脖子一縮。

「好危險……」

「她是誰？」

「是我表姊。要是被她發現，下場大概會很慘。」

「很慘？」

確認菲菈的身影消失在門裡後，薩莉才摸摸胸口。然後抬頭仰望士官打扮的席修，一臉老實。

「你要是被她抓到，多半也一樣慘。我討厭她。」

「……什麼跟什麼啊。」

「到時候我會盡可能讓你一個人逃跑。」

薩莉認真地握緊拳頭。可是同行的席修僅露出不解的眼神。

席修注視身上還穿著黑色禮服的薩莉。

「總之得先換衣服。在這附近的店鋪會露出馬腳，我們到遠一點的地方。妳能走嗎？」

「不要緊。最近一直在跑步，練了一些體力。」

聽到這句話，席修露出微妙的表情。但薩莉沉默以對。

在席修帶領下，薩莉走進狹窄的道路。即使離宅邸不遠，景色卻十分新奇，沒戴面紗的薩莉好奇地左顧右盼。席修並未責備她，走在她的前方半步。

薩莉朝左邊高聳牆上垂下的草藤伸手，觸摸開在上頭的紅花。第一次見到的花有黃色的花蕊，彷彿吸足了陽光一樣。本來想摘下來，但薩莉還是沒動手，繼續跟在席修身後。

穿越全是大豪宅的區域後，四周頓時化為店鋪林立的熱鬧景象。奇裝異服的人擠滿了道路。石造建築與燻黑的木造店鋪在右方不遠處比鄰。即使同樣人聲鼎沸，依然與基本風格統一的艾麗黛有些不同。熱鬧的喧囂聲讓薩莉不禁感嘆。

「好驚人，因為接近祭典才這麼多人嗎？」

「的確正在籌辦祭典，但這附近總是像這樣。」

道路角落的大竹簍裡塞滿了活生生的小鳥。薩莉很想跑過去一探究竟，但席修先指了指附近的服飾店。

「要不要進去看看有沒有賣和服？」

「喔，沒有和服的話，洋服也可以。」

「是嗎？」

「嗯。」

艾麗黛是繼承古國傳統的城，特色之一是古色古香。因此城裡的人多半穿著和服，但其實對服裝沒有硬性規定。

另一方面，王城與其他城的主流服飾為洋服。是大約一百年前從《外洋國》傳來的。如果在王城穿和服，很容易被認出是艾麗黛的人。有可能因為太顯眼而被追兵發現。一邊思考該穿什麼樣的服裝，薩莉走進服飾店。

略顯陰暗的店裡掛滿了色彩鮮豔的衣服，從左右擠壓通道。

整間店瀰漫香木的氣味。薩莉站在淡紫色洋服前，認真地煩惱。見到她偶然拿起衣襬特別短的款式，席修露出吃驚的表情。

「薩莉蒂……我覺得這件不錯。」

席修遞給她的是一件白色長袖禮服。樸素款式與薩莉選的不一樣，袖子和衣襬都較長。對身材嬌小的她而言反而不甚合身。薩莉收下後捧著禮服思考了一會，見到席修難為情的視線，隨即微微一笑。

「那就選這一件。我去換衣服。」

「……嗯。」

取得人在後方的老闆同意，薩莉穿過門簾進入更衣室。脫下自己身上的衣服，換上席修幫忙挑的禮服。確認衣襬還是太長後，薩莉向外頭等待的席修開口。

「席修，幫我選腰帶。」

「腰帶？」

「找找看有沒有能替換的。」

薩莉的意圖似乎順利告知席修。一段時間後，一條薄絲絹腰帶從門簾上方拋進更衣室。

淡紅色腰帶上有花朵的圖案，與剛才看到的一樣。應該是他特地挑選的，薩莉忍著笑意。撩起衣襬繫緊腰帶後，輕柔透明的腰帶彷彿蝴蝶般在背後伸展。

最後放下紮好的秀髮，薩莉拿起脫下的服裝，走出更衣室。

「怎樣？合適嗎？」

薩莉當著席修的面張開雙臂，他還是一副苦瓜臉，僅點頭示意。認為這代表肯定後，薩莉轉身望向老闆，指了指身上脫下來的衣服。

「賣掉這一件夠不夠？」

「……還有剩呢。」

「那麼剩下的錢就買這個。」

薩莉手指的方向，陳列了裝著口紅的銀器。

拿起其中一只後，薩莉回頭一瞧黯淡的穿衣鏡，然後嫣然一笑。

——化個妝就能改變女性容貌的印象。

表姊菲菈告訴過薩莉這個道理。比薩莉大六歲的她，不只教薩莉如何保養肌膚。每個月還送化妝瓶到月白來，附有詳細的指示。

平時薩莉僅依照她的指示。但即使沒有特地留意，學過的知識也很難忘記。薩莉以購買的口紅與脂粉改變臉上的妝容後，再度瞇眼注視外頭熱鬧的大馬路。一旁的席修露出難以置信的表情端詳她的側顏。

「印象怎麼會差距這麼大……」

「不這樣才麻煩吧。畢竟我是艾麗黛的人啊。」

薩莉目前臉上的妝容，陰影比平時濃了三成，兼具夜晚的氛圍與凜然高雅的氣質。嬌小的嘴唇上塗抹的暗紅色口紅，更醞釀出一絲豔麗。

化妝讓薩莉看起來比原本的年齡大了幾歲。看得席修輕輕嘆一口氣。

「……這樣看起來簡直像別人。」

「不過有模有樣吧?」

席修不情願地點頭同意後,薩莉笑容滿面地摟著席修的手。

「那我們走吧,要去哪裡好?」

「去哪裡嗎……到鐵匠路看看吧。」

「嗯!」

不知道那是什麼地方。但薩莉有預感,看什麼都很有趣,所以沒有異議。留意別像在艾麗黛一樣蹦蹦跳跳,同時薩莉準備順著人潮邁開腳步。

——這時候,席修忽然轉頭看向右後方。

「糟糕,追兵來了。」

「咦?」

薩莉順著相同方向挺直腰桿一瞧,在人群中發現殺氣騰騰的表哥。

瓦司左顧右盼一番,與薩莉四目相接後,頓時臉色一變。本來想開口喊她的名字,卻又硬生生吞了回去。他現在多半不敢以「艾瓦莉」稱呼薩莉。取而代之他指著薩莉,向身邊的男子下達指示。貌似威立洛希亞家僕的男子撥開人群,即將朝兩人走過來。

薩莉不由得隔著袖子，按住左手的手鐲。

「要跑嗎？」

或是要動手趕走他們。

結果席修直接將發問的薩莉扛在肩上。像孩子一樣的光景讓薩莉驚訝地睜大眼睛。

「欸，等等……」

「這樣比較快。說話小心咬到舌頭。」

「可是太顯眼了——」

薩莉話還沒說完，席修便轉進附近的街角。穿梭在左彎右拐的窄巷內，速度快得一點也不像扛著一個人。出身王城的他可能很熟悉地理環境。忍不住想歡呼的薩莉，目睹景色如流水般迅速改變。

很快就看不見追兵的蹤影。又跑了一段路，席修才在無人的巷子裡放下薩莉。

薩莉抬頭仰望絲毫沒有喘氣的席修。

「下次追化生時也可以這樣嗎？」

「……太顯眼了。」

薩莉也有同感。

可能運氣好甩掉瓦司他們，之後就沒見到追兵了。

兩人先逛席修挑選的場所，但席修可能發現這些地方都無聊透頂。這才不情不願地決定前往陛下在信中提及之處。有花販聚集的花市、隱藏在巷子裡的茶館、骨董店與名門餐廳。逛到日暮西沉時分，兩人來到一棟房子前。

這間房子小小的，沒有任何招牌。薩莉眨了眨湛藍的眼眸。

「這裡是？」

「我家，準確來說是我母親的家。」

說著席修熟門熟路地走進大門。一臉不解的薩莉急忙跟在他身後，見到席修打開房門，向房裡的人打招呼。隨後傳來回應，一名身穿圍裙的女性出現在門口。她約莫四十歲左右，紮著黑髮，似乎沒有化妝，但看起來很年輕。容貌別致的她驚訝地望著兩人。

「哦……真難得你會來一趟。這一位是？」

「是照顧我的巫女。她來王城觀光，但因為一些事情，希望讓她在這裡過夜。」

「喔，我叫薩莉。抱歉突然登門拜訪。」

席修的母親與席修有幾分神似，看得薩莉入神。回過神後薩莉急忙鞠躬致意。可能對她的反應感到有趣，女性呵呵一笑。

「抱歉，我兒子總是給妳添麻煩，請進吧。」

「……為什麼認定我會給她添麻煩啊。」

「因為你太不開竅了。」

「…………」

一臉苦澀的席修跟著轉過身的女性進入室內。在最後的薩莉即將跟進——忽然轉頭望向外頭的黃昏，感到不解。然後薩莉凝視四處出現的陰影。

「……是我多心了嗎？」

門外什麼也沒看到。薩莉輕輕搖搖頭，拋開心中的違和感。

跟著席修的母親，莉安娜來到會客室。不過薩莉不習慣作客，主動要求幫忙沏茶。在帶領下來到廚房後，薩莉忍不住讚嘆。

「準備這麼多茶葉，肯定相當不容易吧。」

棚架上陳列著幾十種茶葉，完全想像不到這是民宅。數量起碼多月白一倍。

「還好，因為有以前的人脈。」

莉安娜微微一笑。據說她趁席修進入士官學校就讀，離開娘家買下這棟房子。

不愧是曾經待在王宮，柔和的舉止底下似乎有堅毅的態度。她向抬頭仰望棚架的薩莉伸出白皙的手。

「能不能幫我拿妳喜歡的茶葉？」

「可以讓我挑選嗎？」

「當然。」

薩莉注視並排的瓶子煩惱了一會，最後拿起面前正中央的。將茶葉拿給莉安娜後，她一瞬間睜大眼睛，接著苦笑。

「其實不用配合那孩子的喜好啦。」

「我也喜歡這一款。」

即使薩莉情急之下辯解，莉安娜應該早就看出來了。見到她呵呵笑著沏茶，薩莉頓時感到坐立難安。可能因為不在艾麗黛，總覺得自己老是狀況外。其實薩莉大可以拿出平時在青樓待客的態度。但似乎在意對方是席修的母親，連薩莉都覺得自己舉止生硬。

尋找話題的薩莉，提起目前不在廚房的席修。

「可以請教您席修小時候的事情嗎？」

「好啊，不過很可惜，他小時候和現在沒什麼改變。」

「沒有改變嗎？他以前就是那樣？」

「小時候的笑容倒是稍微多一點。」

「咦……」

實在很難想像席修露出笑容，而且小時候的他也感覺不太真實。雖然是自己提的問題，薩莉卻不解地歪著頭。

「請問他什麼時候會笑……」

「問這個有什麼意義啊。」

聽到身後傳來的聲音，薩莉嚇得跳起來。不聲不響來到身後的席修，從憋笑的母親手中接過茶飲的托盤。薩莉跟在他身後，突然盯著他的愁容看。

「因為我想看你的笑容。」

「看了又沒有任何好處……」

「我可能會非常期待啊。」

「少來。」

冷淡的回答讓薩莉惋惜不已。跟在後頭的莉安娜則笑出聲音。

「那麼我告訴妳小時候的他吧。」

「拜託不要……」

母子的對話似乎帶有一股薩莉不明白的溫暖之情。她與自己的生母幾乎沒說過話，因此心生嚮往地瞇起眼睛。回過頭的席修似乎發現薩莉的表情，揚起眉毛。他猶豫該開口說什麼，最後毫不掩飾地開口。

「明天再帶妳逛街。」

「嗯……謝謝你。」

肯定暫時還不會寂寞。

席修僅如此表示，但他的體貼讓薩莉感到窩心。

一旁的席修聽著母親與薩莉對話，途中他露出好幾十次想阻止兩人的表情。但可能是關心薩莉，實際上只阻止了幾次。

沒理會席修的苦瓜臉，薩莉充分滿足了自己的求知欲。直到過了三更才終於離開客廳。

房間裡的浴室有陶瓷浴缸，泡在熱水裡的薩莉深深吁了一口氣。然後雙手捧起熱水，將臉浸在水中。從指縫中滑落的水滴，彷彿吸收了累積在精神中的疲勞。薩莉隔著漣漪搖晃的熱水，低頭看著自己白皙的身體。

「腿好像……有一點脹？」

自己的確比以前更有體力，但似乎有極限。薩莉仔細地從腳底板按摩到小腿肚，然後按著按著意識逐漸模糊。

原本溫暖的熱水——跟著迅速冷卻。

☆

空中的月亮就像研磨過一樣細。

眼看新月即將來到。席修想起，威立洛希亞的開倉大典就在新月夜晚。提起軍刀走向屋外的席修，小心不發出腳步聲前往正門。一名怒目橫眉的人站在該處，一見到席修出現便殺氣騰騰。

比薩莉大兩歲的表哥瓦司連招呼都不打，直接開門見山。

「把她還來。」

「我聽說她回宅邸也不能離開房間。等要工作再回去也行吧。」

「問題不在這裡。」

完全不理會席修討價還價，瓦司一隻手拔出細長的刺劍。正因為發現他佩劍，席修才帶刀出面。可是瓦司目前似乎不打算立刻動手。

月光傾注的夜色下，兩人相隔距離彼此互瞪。

瓦司略微瞇起左眼，從頭到腳打量席修。

「……我已經知道你是什麼人，但是希望你別用這種手段帶她離開。」

「我已經徵得了她的同意。」

「這是我們家族的問題，你沒資格插手。」

「但他有權利插嘴。」

——這聲音在夜晚格外清晰。

知道這聲音是誰的席修感到不解，轉頭望向屋子。

銀髮在藍白色的月光下發出光澤，穿著睡衣的少女面露嫵媚的微笑，注視兩人。

輕薄的睡衣讓身體曲線一覽無遺。白皙的赤腳看得瓦司啞口無言，片刻後才抱怨。

「竟然穿這樣在外面晃……」

「囉嗦。」

冰冷回絕的語氣已經讓席修確定她的身分，忍不住抱頭傷腦筋。

此時薩莉光腳走在石板路上，來到席修身旁。香肩裸露的白皙手腕摟住席修的右手，湛藍的眼眸嫣然瞪著瓦司。

「他是屬於我的。要囉嗦的話就別干預我。」

「可、可是……」

「知道就趕快回去，也不掂掂自己的斤兩。」

薩莉揮揮手趕瓦司走。他的表情一瞬間大大扭曲，但隨即又像面具般死板。然後他瞥了一眼自己拔出的劍。

「……您才應該明白自己的立場與任務吧。」

「當然，所以我才待在他身邊。」

見到少女依偎自己，席修頓時感到有氣無力。

不過瓦司也從她的舉動明白，她究竟想說什麼。即使瓦司的表情依舊不變，卻彷彿聽到短暫緊咬牙根的聲音。發洩完與他年紀相若的脾氣後，瓦司轉過身去。

「明白了。請在開倉大典之前返回。」

消失在夜色中的瓦司，直到最後都挺直腰桿。席修對他的堅持感到佩服，同時帶有幾分同情。等四周恢復寂靜後，席修低頭望向身旁的少女。

氣氛與平時的她不一樣，目前的她是神明。她對席修露出惡作劇的眼神。

「今天一天真是有趣啊。」

然後薩莉蒂開心一笑。

身上披著席修脫下的上衣，薩莉開心吃著桌上的金平糖。一旁的酒杯裡斟滿了透明的酒。

即使毫無樂趣可言，甜食與美酒似乎能暫時避免麻煩擴大。眼看她完全不肯離開，席修只得帶她來自己房間。忍著嘆氣的衝動，同時觀察她的動靜。薩莉翹腳坐在樸素的木椅上，伸手推了推放在桌上的茶杯。

「你不喝嗎？」

「……我喝。」

不知道她施了什麼法術，原本快涼掉的茶再度冒起熱氣。或許已經遠超過適口的溫度，但如果糟蹋她的好意，之後可能會很麻煩。於是席修乖乖端起加熱的茶杯。

席修喝下加熱的茶後，視線回到薩莉在微弱燈光照耀下的容貌。

「她睡著了嗎？」

「之前的事情似乎讓你誤會了，我可不是雙重人格。」

「可是個性與平時的薩莉蒂差太遠了。」

聽到席修毫不客氣點破，薩莉皺起眉頭。纖細的手指從寬得離譜的袖子下方指向席修。

「難道你對任何人的態度都一樣嗎？不會吧，所以意思是一樣的。不同的意識層級呈現的個性也不一樣，就像面對不同對象會改變態度。」

「好像明白又好像沒聽懂。類似喝醉酒後態度丕變？」

「是有點接近，但這個譬喻真讓人火大。」

話剛說完，薩莉猛然站起來。見到她往自己雙腿中間靠，席修差點反射性制止她。可是她靠得太近，完全不知道該碰她哪裡。薩莉騎在毫無抵抗力的席修腿上，開心地低頭。

「而且她會像這樣切換意識，追根究柢還是你害的。」

「我不記得自己做過什麼……」

「就是因為沒做過才會這樣，傻瓜。在人類體內培育的我，要和我的本性，也就是神性合而為一，原本須透過神供的交合以穩定兩者。可是之前的騷動驚醒了我的神性，你卻沒有成為神供，才會變成這種半吊子狀態。」

「這、這個……」

聽她這麼說，席修覺得好像是自己的責任，卻又想開口反駁。

可是實際上，艾麗黛的確出現了立場不穩定的神明。萬一惹她生氣，不知道會有什麼後果。畢竟她是艾麗黛的統治者，甚至有可能成為人類的災禍。

見到完全抱著頭傷腦筋的席修，薩莉露出錯愕的眼神。

「……放心吧。我受到古老誓約的影響，不會對人類使出太強的力量。而且我的存在就是神與人關係融洽的證明。毀約代表拋棄人世，我不會做得這麼絕。」

「那就好……不，這樣還是會造成她的麻煩……」

面對深深嘆氣的席修，薩莉忽然微笑。

「無妨，反正我也不打算為難你。我自己會尋找與本性的平衡點。但是需要一些時間，你就忍耐一下。」

「我知道了。抱歉麻煩妳了……」

「為何是你道歉啊。」

說著，薩莉雙手放在席修頭上，下巴一靠。然後提起突然想到的事情。

「話說回來，之前讓你帶我逛街的時候，就有人尾隨而至。不是我們家那群傻瓜，而是別人。」

「……啊？」

——席修有發現瓦司跟在後頭，卻沒察覺其他人的氣息。

連自己都沒發現，對方究竟是什麼來頭。席修正想窺視窗外的動靜，但薩莉卻一轉身，整個人靠著席修。她滿足地面露微笑，闔起眼睛。

「反正已經布下了結界，對方進不了這棟屋子。其他的太麻煩了，明天再說。我睏了，帶我回寢室。」

吩咐完畢後，神明已經開始發出輕微的酣睡聲。席修默默注視她的側顏，不過見到她微微發抖，便再度以上衣裹住她嬌小的身體。

3. 傷痕

在席修母親的家裡過夜後，第二天在國王的推薦下繼續參觀王城。

借用莉安娜的和服穿戴整齊後，薩莉在席修的帶領下來到老批發街。

批發商林立在狹窄的巷道左右兩側，各式各樣工具與材料擠滿了店鋪內。來採購的大多是專業師傅或學徒，王城的生意人都十分熟悉這裡。

薩莉左顧右盼環顧四周，席修拉著她的手躲開其他行人。店鋪上層之間拉滿了繩子與布條，掛著許多寫了店名與品項的招牌。路上的人不多，但是熱鬧的景色讓薩莉讚嘆不已。

「好厲害，彷彿其他國度呢。」

「是嗎？我覺得艾麗黛比較像外國。」

「唔，應該是習慣問題吧。」

薩莉的眼神一如年紀，在她眼裡的一切事物都很新鮮。然後薩莉的視線停留在整間店都是紅陶壺的店鋪。

「我可以進去逛逛嗎？」

「可以，但是不建議買東西。」

「喔，對，我沒帶錢。」

「錢我出，只是買了就純粹增加行李。買小的倒無妨，但是壺容易打破，不太推薦。」

認真至極的建議忠實呈現他的個性，聽得薩莉抿著嘴唇憋笑。可能因此讓他鬧脾氣，席修迅速又補充了一句。

「如果有明天的酒宴需要的東西，可以順便採購。」

「喔……對喔，的確有這回事。需要衣裳之類。」

「記得前方第二條路裡有這種店……這條路應該與昨天的工匠路一樣都沒什麼意思。」

但他還是帶自己來到這裡，應該是陛下在信中這樣要求他吧。

「通通都很有趣，謝謝你。」

「那就好……」

此時席修似乎發現動靜，主動摟著薩莉。撞上席修胸膛的薩莉小聲一喊。

「——前面兩人，後面四人，而且都帶著武器。」

「咦？難道是瓦司？」

「不，是別人。」

薩莉順著席修的指示望過去。發現一名男子站在五金店的屋簷下。還有一名看著手冊的男子，背靠另一側的柱子。兩人都打扮得像師傅，但眼神並非普通人。由於身為青樓樓主，懂得識人的薩莉能發現他們的異狀。

「到底是誰啊。」

「那些傢伙不太好對付，趁早解決吧。」

話一說完，席修便帶著薩莉進入面前的轉角，然後抱起薩莉快步穿越勉強只能走一人的窄巷。另一端的道路兩側都是店鋪的後門，既陰暗又沒人。席修指了指不遠處的牆邊。

「在那裡等我。」

「嗯，小心一點。」

薩莉點頭離開席修身邊時，第一名男子正好在巷子的出口處現身。

男子打扮得像師傅，手中的厚刃匕首已經出鞘。東方人常用這種刀刃有些彎曲，適合殺人的武器。他們肯定是來追殺突然鑽進巷子的席修與自己。凶神惡煞的男子跑過來，但是一出窄巷就立刻嚇得僵住。席修拔出的軍刀正指著他的喉嚨。

「什麼人？為何要跟蹤我們？」

簡潔的質問嚇得男子臉色大變。

可是沒過多久，窄巷接連傳出有人前來的跡象。可能受到同夥的腳步聲鼓舞，師傅模樣的男子沒有回答。直接壓低重心，朝席修的腳揮舞匕首。

——不過下一瞬間，男子的匕首連同手臂一同滾落地面。

「呀啊——！」

男子的尖叫聲迴盪在兩人之間。見他痛得蹲下，席修左腳使勁朝他頭部側面一踹。然後無視暈倒的第一人，朝向第二人揮刀。

下一名男子拔出腰刀，無聲無息砍過來。但席修不慌不忙，擋住對手無言的攻擊。刀刃交鋒的清脆聲音響徹無人的窄巷。

站在遠方的薩莉壓低氣息，注視席修的動作。但是她發現第三名男子出現在席修後方，立刻跳起來驚呼。

「席修！後面！」

即使相信席修的本領，但是以寡擊眾難保不會出岔子。薩莉猶豫了一會，然後下定決心朝第三人伸出右手。集中意識，試圖攻擊新的敵人。

——只要讓他出現短暫破綻即可。

如此心想的薩莉瞪著敵人。可是就在發動力量前一刻，視野突然一黑。一隻大手從後方摀住薩莉的臉，跟著有東西塞住薩莉張開即將喊出聲的嘴，還有一條臭得發酸的布迅速遮住薩莉的視線。隨後出現一隻不知名的手，直接扛起她輕盈的身子。

「薩莉蒂！」

席修的聲音逐漸遠去。身體劇烈地上下前後搖晃，什麼都看不見的薩莉難受得蜷縮身體。可能在小巷子裡轉彎，腳碰到某處的牆壁。繫著秀髮的髮簪碰到遮眼布，發出輕微的聲音。

遭遇上述情況數次後——薩莉的身體被隨意丟在地上。

手腳恢復自由後，薩莉急忙摘掉遮眼布與堵嘴物。

「……怎麼了？」

頭暈目眩的薩莉抬頭一瞧，發現此地是陌生的陰暗死巷。

三名衣衫不整的男子低頭，看著手撐地面的薩莉。其中一人可能剛才負責扛薩莉，伸出關節突起的褐色手指指向薩莉。

「她身上的和服真高檔，可以賣個好價錢。」

「是哪間青樓的女人？看起來不太一樣哪。」

「誰曉得，反正畢竟是娼妓。看她的容貌肯定是上等貨。不是貴族大概還買不起。」

聽到這群人打量自己身為娼妓的價值，薩莉在混亂中依然動腦思考。意思是剛才那群攻擊席修的男子並非這夥人的全部？躺在地上往後退的薩莉質問。

「你們是什麼人？」

細微的聲音沒有發抖，但是聽在他們耳裡，應該覺得自己在害怕。只見惡念大起的男子們相視而笑。最前方的男子朝薩莉伸出手。

「無妨，總之帶去交差就行了。所以留下妳身上的和服與腰帶吧。」

「咦……」

男子髒兮兮的手指勾住和服領口。薩莉反射性想拍掉，但對方僅哼笑了一聲。薩莉頓時感到背脊發涼。想逃出男子魔爪的她，以手撐地面試圖站起來。這時候傳來短暫嘆息聲。

「大笨蛋。」

——這句咒罵並非出自三名男子之口。

聲音帶刺，可是聽起來非常懷念。薩莉見到三名男子身後開口的人，湛藍的眼眸大睜。

「埃德……」

眼罩遮著右眼，身穿淺墨色和服，還帶著一把長刀。

站在該處的金髮男子就是曾經背叛自己，後來離開艾麗黛的化生獵人。

☆

「那孩子？當了化生獵人？」

聽祖母提到這件事情時，嘴裡回答的薩莉年方九歲。當時埃德十八歲，後來薩莉一想，他的年紀其實不該說「那孩子」。但是對薩莉而言，他還是當年迷路時牽著自己手的少年。還是不時晃到月白的門前，陪自己玩耍的玩伴。

所以薩莉聽到他當了化生獵人，首先為他高興。期待將來自己成為巫女時，能和他一起行動。

可是祖母卻潑了滿心期待的薩莉一頭冷水。

「那小子很危險。妳哪……要麼好好駕馭他，不然就與他保持距離。」

「危險？什麼危險？」

「就是這個意思。如果不能徹底愛他，就只能斬斷情絲。他就是這種人。」

受過歲月洗禮的祖母，才會微笑著說出這番道理。但小時候的薩莉無法理解。
自從聽到祖母這番話，到他辭去化生獵人一職——兩人一起共度了七年。
薩莉對他最後的記憶，是他拚命的表情。當時他朝陷入洞穴的自己伸出手。
之後的事情就不記得了。等到自己恢復意識清醒時，他已經離開了艾麗黛。
所以一切都是聽他人轉述。
聽說他失去了右眼。
但是即便如此，對薩莉而言……依然覺得他和以前絲毫沒變。

☆

獨眼的埃德毫不掩飾心中的怒意，環視三名混混。
其中一人露出泛黃的牙齒，威嚇突然現身的埃德。
「你誰啊？居然還穿成這樣……」
「最近綁架娼妓的就是你們嗎？」
埃德冷如冰的聲音讓三名男子的態度陡然一變。三人分別拔出武器，同時卡位包圍埃德。鞋底摩擦沙粒的聲音重合，聽到聲音後薩莉才回過神來。
「埃、埃德……」

「別靠近我，少礙事。」

聽到埃德喝斥，薩莉急忙起身拉開距離。這就像與舊識之間的默契。以前薩莉和他搭檔出動的時候，也知道自己該站在什麼地方。

距離拔刀的埃德十七步的位置，以前是從他的身後開始數。

如今薩莉與他面對面，注視他那比以前更加嚴肅的表情。

埃德沒理會薩莉，與三名男子對峙。

「你們將其他娼妓擄到哪裡去了？」

「誰曉得。聽說有青樓找來了保鑣，就是你嗎？」

三人中最靠近埃德的男子，質問中除了些微警戒以外還帶有敵意。

然後他得到的回答——是白晃晃的刀刃一閃。

埃德的刀『颼』一聲劃破風勢。

刀法快到眼睛追不上。還站在原地的男子片刻後，鮮血從脖子飛濺而出。

男子啞口無言，低頭看著自己身上的血跡逐漸擴大。

砍斷喉嚨讓他連喊都喊不出聲。只見他直接猛然一晃，栽倒在巷子裡。

見到夥伴毫無抵抗能力便喪命，剩下兩人幾乎露出恐懼的神色。一臉想落荒而逃的兩人，手中的武器分別對準埃德。

「你、你竟敢……」

「綁架的女人都抓到哪裡去了？」

再次開口的質問聲音絲毫未變。對埃德而言，這幾名男子都不足以放在眼裡。知道這一點的薩莉，朦朧中思考他要怎麼處置這些屍體。

期間又有一名男子被砍倒。最後一人的武器被打落，劍尖抵住喉嚨。整個過程只有短短十幾秒。

剛才扛著薩莉跑的男子，就像被拍上岸的魚一樣大喘著氣。

「我、我哪知道娼妓被帶到哪裡去啊，真的不是我們幹的。」

「那你們為何要抓她？」

「剛才有人拜託的，應該不是附近的人。我們不認識。」

「那人說抓住她後怎麼處置？」

「要我們帶她……前往《倒勾角》的後門。」

「是嗎？」

見到埃德點頭，眼看男子即將鬆口氣，但在他的表情緩和前，便遭到刀刃一閃而過。噴出的鮮血回濺到埃德的淺墨色和服。見到男子中了袈裟斬倒地，薩莉一臉茫然。

讓人聯想到鐵鏽的血腥味逐漸變濃。埃德甩掉刀上的血，然後收刀入鞘。僅剩的獨眼注視薩莉。

「妳這笨蛋。為什麼會在王城裡？」

「什麼為什麼……我回到老家啊……」

「喔。」

出身艾麗黛的埃德聽到這句話，似乎就想起薩莉會定期有一段時間不在。片刻沉默籠罩在屍體倒臥的死巷子裡。

薩莉恍惚地仰望獨眼的埃德。

——之前曾經想過，如果再次見面的話要說什麼。

可是如今實際見面後，自己卻不知道該說哪些話。感覺自己身處夢中的薩莉回過神來，向埃德低頭致謝。

「啊，謝謝你。」

見到薩莉行禮，埃德僅瞇起左眼，一語不發。以前的他會露出開心的笑容，仗著恩人的身分觸碰自己。但是現在的冷淡態度，反而讓薩莉覺得他以前的舉止才是演戲。遙遠孩提時期的記憶刺得薩莉心痛。

但是現在沒時間沉浸在傷感中，薩莉拍了拍沾到沙子的衣襬。

「抱歉，本來想再和你好好聊聊，但我得趕快回去。」

「回哪裡？」

「剛才席修遭到攻擊——」

薩莉邊說邊繞過屍體，小跑步離去，但埃德伸手抓住了她。不由得停下腳步的薩莉，發現埃德以模糊的眼神低頭看著自己。

「是他帶妳來的嗎？」

「與其說帶我來……我本來請他帶我參觀王城，結果不知不覺跟著他走。」

「對方有多少人？」

「五人，或是六人。」

薩莉遭到擄走後不知過了多久。好像才短短幾分鐘，但薩莉不敢保證。即使想盡快回去，卻不知道怎麼走。見到焦急的薩莉，埃德錯愕地開口。

「六人對他而言不算什麼吧。妳回去才會礙手礙腳。」

「咦，可是……」

「而且妳應該先檢討自己的無知。怎麼笨到會在這種地方穿成這樣？」

「穿成這樣……哪裡不妥嗎？」

「這裡可不是艾麗黛。高級娼妓毫無防備地走在小巷子，下場就是被剝個精光後死於非命——還是說他連後街的常識都沒有，只想賣弄妳的風采？」

緊盯自己的視線讓薩莉屏息以對，但是情急之下薩莉只能搖頭否定。

席修和薩莉對常識的缺乏可謂半斤八兩。他原本就很少接觸娼妓，自然不會明白這方面的常識。所以真要說的話，該怪自己不小心，才會遭遇這種危險。

薩莉想如此辯解，但埃德硬拉她的手，害她差點摔跤。

埃德沒理會腳步踉蹌的她，走出死巷子。薩莉在他的拽行下小跑步，同時回頭一瞧。

「埃、埃德，屍體可以棄置不理嗎？」

「在這附近死幾個無賴沒人會發現。重要的是他們的雇主。」

完全不理會薩莉的埃德轉過街角。薩莉不僅人生地不熟，剛才還遭到蒙眼綁架，根本不知道自己身處何方。但埃德似乎知道該往哪裡走，可能要追捕剛才那群綁匪的雇主。

埃德在眼花撩亂的巷子裡前進。薩莉只得任憑他擺布，同時勉強調整呼吸後開口。

「埃德，你現在、住在、王城嗎？」

他沒有回答。自己的手一直被他抓著，讓薩莉想起在陰暗地下室發生的一幕。

一股並非奔跑造成的窒息感逐漸湧上喉頭。薩莉仰望高個子的埃德側顏。

「你剛才說娼妓遭到綁架？」

「和妳沒有關係，趕快回艾麗黛去。」

「可是埃德……」

——連薩莉都不清楚自己想說什麼。

即使不知道，薩莉依然想反駁。但埃德卻突然停下腳步。在下一處轉角前方，埃德默默將薩莉的身體壓在牆邊，然後自己也隱藏身形，窺視前方的動靜。薩莉同樣配合他，壓低自己的氣息，並且注視按著自己肩膀的大手。往下看的視線彼端，雙腳靜靜浸泡在一股既非焦躁、也非鄉愁的情感中。低下頭的薩莉，卻聽見埃德咂舌的聲音。

「已經跑掉了嗎？」

要找的對象似乎已經不在該處。見到埃德的手終於鬆開，薩莉才小心翼翼吁了一口氣。抬起頭後薩莉才發現，埃德正低頭緊盯自己。

毫無矯飾的視線，與以前的他絲毫未變。

——如果可以說些什麼，多半就要趁現在。

薩莉在一股衝動驅使下，抓住他的和服袖子。

「抱歉，埃德。」

「為什麼道歉？」

「我不知道。」

但薩莉還是想道歉。總覺得手中還留有些許餘溫，薩莉猶疑不定的視線在空中飄盪。

「我……」

目前依然欠缺一些時間，醞釀接下來究竟該說些什麼。其實薩莉隱約有自覺，可是無法確定彼此還有下一次見面的機會。

埃德面無表情，低頭看著緊緊抓住自己袖子的薩莉。

「……這樣與妳不搭。」

「咦？」

他以薩莉沒抓住袖子的另一隻手伸向她。薩莉反射性想後退，但身後就是牆壁，無處可躲。埃德的手指則趁機順著她的眼瞼用力一抹，原本增加陰影用的眼影逐漸滲入他的手指。

他的動作粗魯，卻有種說不出的溫柔，讓薩莉想起孩提時期。

——以前也有過這段回憶。玩完泥巴後，他幫忙抹去自己臉上的泥。

當時他的臉比薩莉還髒，但依然掛念年紀比自己小的薩莉。過去的記憶已逝。成為少女的薩莉感受到甜蜜的喪失感。抹去臉上的妝容後，埃德滑過薩莉嬌嫩的臉龐。最後以帶有淡淡血腥味的拇指，抹掉薩莉嘴上的口紅。這股觸感讓薩莉背脊發涼，抬頭看他。

「埃德？」

「別再扮演娼妓了，薩莉。」

僅剩左眼的視線緊緊盯著薩莉。

比起以前當化生獵人，他的視線更接近帶傷的少年時期。

他這句話直落薩莉的內心底層……讓薩莉感到一陣冰涼。知道自己必須與他徹底切割。

薩莉的視線望向他沾著口紅的拇指。比血更鮮豔的赤紅色，屬於生活在夜晚中的女人。

「可是我就是啊，埃德。」

不論任何人試圖否定，對薩莉而言這就是事實。

月白的巫女是艾麗黛最古老的娼妓。基於源自神話時代的盟約，與恩客共度春宵，以此延續血脈與責任。只要人類還需要娼妓，這項傳統就會綿延不斷。

所以討厭艾麗黛的他，註定沒有容身之地。

薩莉的手指鬆開埃德的袖子。抬頭一瞧，發現他露出焦躁中帶有輕蔑的視線瞪著自己。和之前擦身而過時的他絲毫未變，薩莉勇敢面對他的視線。就在薩莉尋找話題即將開口時，一旁卻傳來似水的聲音。

「請到此為止。」

「瓦司，你怎麼會……」

「至少我一直在追蹤妳。」

從前方街角現身的瓦司，表情帶有一絲疲憊。但依然以穩健的腳步走近薩莉，然後拽著薩莉的手拉到自己身後。

原本瓦司在外絕口不提威立洛希亞與「薩莉蒂」之間的關係。但他卻主動保護自己，這讓薩莉感到措手不及。本來想問他這麼做是否恰當，但瓦司背對著自己，讓薩莉無從開口。

瓦司禮貌地向埃德低頭致意。

「謝謝你照顧她。今後我們會加以監督，避免再發生這種事。」

一身貴族打扮的瓦司問候，讓埃德不耐煩地瞇起左眼。殺氣騰騰的視線讓薩莉表情緊繃，預料兩人可能爆發衝突。

若是以前的埃德，肯定不會乖乖退讓。但他一瞥臉色發青的薩莉後，一語不發轉過身去。

踩踏砂礫的腳步聲逐漸遠去。直到看不見埃德後，瓦司才終於轉身面對薩莉。

「妳在做什麼啊。」

「對不起……」

「馬車已經在附近等候了。」

「咦？」

「別露出這種表情，我又沒有要帶妳回宅邸。走散的他也沒事，之後就能會合。」

說著瓦司取出黑色面紗。既然要乘坐他安排的馬車，就必須遮住面貌。於是薩莉乖乖接過後戴上。

自己早已習慣隔著面紗，視線帶有陰影了。於是薩莉跟在表哥瓦司身後……同時回望一眼空無一人的巷子。

「──多餘的同情會惹禍上身。」

馬車裡的瓦司不知道對著誰說出這句話。語氣十分平靜，聽起來既沒有嘲諷也不像挖苦。薩莉始終盯著自己的腿，聽到這句話後抬頭望向坐在對面的瓦司。

薩莉一聽就知道他的意思。瓦司僅瞄了她一眼，視線隨即回到遮住車窗的薄絹窗簾。

「我知道他是妳的兒時玩伴，也知道妳對他還念念不忘，可是這不足以原諒他犯下的過錯……而且人心可沒有這麼容易改變。」

表哥的忠告和以前祖母的建言不謀而合，在薩莉的心中迴盪。

——如今已經不在人世的祖母，難道當年就看穿他的本性了嗎？

反倒是在他身邊的薩莉，直到最後都不懂他真正的想法。隔著面紗，薩莉按著眼角。其實自己並不想哭，可是卻希望身邊能有些許支持。

心中好沉重，塗成淡紅色的指甲看起來就像乾枯的花瓣。

「艾瓦莉。」

「我知道。」

薩莉沒有嗆瓦司別插嘴，是因為這並非艾麗黛，而是薩莉自己的問題。自己反而心知肚明，身為艾麗黛的巫女不該選擇他。

自己不能駐足不前，必須跨越這份傷感。若是身邊的人，肯定都會這麼說。薩莉切換原本委靡不振的想法後，放下抵著眼角的手。

——不要緊，自己已經冷靜了。

「瓦司，你直接來接我，難道事後不會惹出麻煩嗎？埃德知道我是艾麗黛的巫女。」

「反正要找藉口有的是。只要推說受人之託監督即可。反倒是如果妳真的擔心這種事，昨晚就應該跟我一起回來。」

「昨晚？」

見到薩莉表示不解，瓦司露出欲言又止的表情。不過此時馬車轉過街角，兩人在大幅度搖晃下噤口不語。

薄絹窗簾遮住車窗，看不見外面。但就算看得見，人生地不熟的薩莉也不知道馬車要前往何處。就在猶豫是否要詢問目的地時，瓦司指了指前進方向。

「而且我們接下來要去的地方可不一樣。沒有我陪伴會出問題。」

然後他的表情明顯不悅。王城中去哪裡必須有他相陪？心中沒有頭緒的薩莉眨了眨大眼睛。

「我們現在究竟要去哪裡？」

「去王宮。馬上就到了。」

「……咦？」

聽到出乎意料的回答，薩莉注視車窗懸掛的窗簾。

在兩人對話之際，馬車駛入王宮的後門。可能事先打過招呼，沒有人上前阻攔。走下馬車的兩人在侍女帶領下，來到後方的一間房間。

薩莉見到房間裡的東西後，驚訝地睜眼。

「這是什麼？」

「意思是要妳換衣服吧。」

清一色高級家具的室內，正中央有一只掛著好幾十件服裝的衣架。不論洋服或和服都有，全都是女性服飾，似乎還符合薩莉的身材。

薩莉端詳掛在最前方的淺藍色洋服，然後望向自己髒兮兮的手掌。

「的確到處都髒髒的呢。」

現在身上的和服雖然不至於凌亂不堪，但的確髒了，真想趁早換一件。而且臉上的妝容也幾乎被抹光了。想起自己目前的模樣難以見人，薩莉小聲嘀咕。

「傷腦筋……」

「需要什麼的話，我叫姊姊帶來。」

「別擔心，我自己想辦法。」

這種情況下再找菲菈來，不知道會發生什麼事。薩莉半反射性拒絕後，走進衣架決定先挑件服裝。小心避免碰髒衣服，同時端詳的時候，薩莉聽到有人敲門。站在入口旁的瓦司回應，門隨即無聲無息從外面開啟。

一見到進入的青年，薩莉便飛奔過去。

「席修！你沒事啊!?」

「我更想問妳呢……是我不好。」

依然配戴軍刀的席修見到薩莉，表情頓時緩和。秀氣的容貌浮現罪惡感。他發現上前的薩莉身上的和服沾了土，表情更加苦澀。

「抱歉，妳有受傷嗎……」

「沒有，別擔心。我才應該道歉，自己太遲鈍了。」

薩莉邊回答邊取下黑色面紗。目前這間房間裡沒有外人，不用隱藏真面目。本來薩莉想顯示自己並未受傷，但有人抹去臉上妝容的痕跡，反而讓席修感到驚訝。

「薩莉蒂？」

「啊，我真的沒事。反正要換衣服，我也想重新化妝……」

薩莉將髒汙的雙手藏在面紗中。

——因為真的沒發生什麼事，才不希望他過度擔心。

即使心裡這麼想，但薩莉卻不可思議地感到放心，深深吁了一口氣。好想靠在席修的胸膛上，即使只有一下也好。其實並非疲勞想撒嬌，而是待在他身邊，就覺得自己恢復艾麗黛的巫女身分。既不是孩提時代一無所知的自己，也不是被關在宅邸裡的當家。巫女的身分才是最原本的自己。

薩莉緊緊握住輕薄的面紗，然後闔起眼睛，感受席修散發的氣氛。她調整心中的情感後，對擔憂的席修露出微笑。

「謝謝你，席修。」

「為何道謝？」

「因為有你陪伴在我身邊，我很高興。」

平淡無奇的感謝卻讓席修啞口無言，連薩莉都不知道原因。

——綜合席修與瓦司的對話內容，得知是國王召薩莉來到王宮。聽到的瞬間，薩莉感到驚訝。但是仔細一想，只有國王能指派威立洛希亞家帶薩莉進宮，畢竟國王的才幹遠近馳名。似乎早在席修報告之前，就知道月白的樓主與威立洛希亞當家是同一人。瓦司聽到後忿忿不平地表示「究竟是怎麼走漏情報的？」席修則說，原因似乎是御前巫女。

「畢竟御前巫女能預知並遠視，已經超越常人了。大多數情報都瞞不了她。不過艾麗黛似乎比其他地方更難看清楚。」

「因為我的關係？」

「大概是。」

所以國王才特地派席修來到艾麗黛吧。薩莉不清楚普通巫女力量的原理，但可能類似將燈火丟進五里霧中。

明白原委後，薩莉再度低頭看向自己的模樣。

「那我該穿什麼晉見陛下才好呢。陛下會以巫女的身分稱呼我嗎？還是當家？」

不同的身分要對應不同的服飾與妝容。對於薩莉的疑問，席修毫不猶豫地回答。

「陛下說想見薩莉蒂。」

「見我？」

「嗯。」

意思是陛下要見的不是薩莉的兩種身分，而是她自己。沒理會陷入沉思的薩莉，剛才一直沒開口的瓦司輕輕舉手。

「希望你能謹守祕密。」

「我明白。」

「還有希望能準備沐浴的場所，不能讓她以這種模樣晉見陛下。」

「知道了。」

聽著兩人俐落的安排同時，薩莉轉頭望向衣架上的服裝。

陛下點明了要見自己，那該怎麼打扮才好呢——薩莉沒多久就有了結論，然後向瓦司招手。

「瓦司，還是幫我從宅邸裡拿個東西來。」

「什麼東西呢？」

即使會挨菲菈的罵，薩莉還是需要。下達簡短的指示後，薩莉再度低頭看自己髒汙的雙手，小聲表示「肚子餓了……」

浴場的牆壁與天花板都貼了藍色瓷磚。白色的蒸氣裊裊冒起，到處都有大顆水珠滴落，還從某處傳來嘩啦啦的水流聲。地面同樣鋪了瓷磚，中央挖設了一座四角形的凹槽。大小足以讓三人一起泡澡都綽綽有餘，裡面裝滿清澈的熱水。

凹槽四周放置了幾個裝水的大型圓形容器。接住天花板滴落的水珠，同時發出清脆的聲響。整間浴場奢侈地使用大量的水，還做成密閉式以免蒸氣散逸。這種設計在這個國家裡十分罕見，可能反映出某人的興趣。

一邊如此心想的同時，薩莉光著身子坐在陶瓷椅子上，咬牙忍耐痛楚。一名女性手拿麻布，正使勁搓薩莉的背部。隱隱作痛的肌膚讓薩莉輕輕吁了一口氣。

雖然不至於因此挨罵，但是搓背的手突然停了下來。

「——妳有好好保養嗎？」

女性的聲音聽起來十分婉約。她的語氣優美又柔和，卻讓人覺得話中帶刺。

薩莉盡可能聲音平靜，回答幫自己搓背的表姊。

「一直依照表姊的指示。」

「是嗎？沒有因為背後看不到就疏於保養嗎？偷懶可是能輕易看出來的喔。」

肌膚已經痛得讓薩莉懷疑已經紅腫，結果菲菈再度以粗糙的麻布使勁搓。

差點失去知覺的疼痛讓薩莉忍不住快喊出來，但還是勉強忍住。

薩莉很想抱怨。可是菲菈的搓背形同懲罰，抱怨只會讓情況更加惡化。即使瓦司叮囑過她「時間寶貴，一切從簡」，但她從以前就不懂得輕重。

麻布離開身體後，薩莉剛鬆了口氣。結果冷不防被潑了一盆涼水，薩莉忍不住尖叫。

「呀！」

「哦，怎麼了？我要塗抹香油，拜託妳別亂動。」

「我、我知道了……」

還有手腳沒搓。要是現在就累癱，等一下謁見肯定撐不住。薩莉肩膀放鬆，嘆了口氣後挺直腰桿。菲菈沾著香精油的手指在背上滑過，讓薩莉打個冷顫。

——雖然菲菈很可怕，但是保養的本領的確很有一套。

身穿入浴衣協助薩莉沐浴的菲菈，忽然微微一笑。

「話說那位化生獵人……長得挺別致的。」

「…………」

果然提到席修了嗎？薩莉在心中提高警覺。之前就覺得席修的長相符合她的喜好，但自己可不想輕易拱手讓位。薩莉刻意以冷淡的聲音回答。

「是沒錯。不過可別隨便對艾麗黛的人出手啊。」

「難道他不是王城人嗎？他是王族，還是直屬陛下的士官吧？」

「他是化生獵人。」

「妳的？」

「艾麗黛的。」

所以威立洛希亞家的人別插手。聽到薩莉畫下紅線，菲菈呵呵一笑。

「我插手會不會惹出麻煩，應該問他才對。」

「我不想在自家人面前丟臉。」

薩莉話音剛落，菲菈的雙手便滑到薩莉身體前方。沾著香精油反光的右手從薩莉身後掐住喉嚨，左手撫摸薩莉平坦的小腹。眼看她的雙手要抓住自己，薩莉再度感到冷水澆頭的冰涼感。後頸傳來菲菈的氣息。

「什麼丟臉，艾瓦莉？我可不會溜出家門。只不過想玩玩而已。」

「……我覺得自己已經盡到義務了。」

「那是妳自己覺得。」

弦外之音應該是暗諷離家的母親。薩莉毫不掩飾地嘆了一口氣，甩開菲菈的手，然後在陶椅上轉過身來。

兩名有親戚關係的女性面對面。菲菈臉上露出淺淺的笑容，薩莉則面無表情。

身為當家的她，向菲菈伸出自己柔軟的四肢。

「那妳也盡自己的義務吧。如果妳實在忍不住想管閒事，那我就自己來。」

「哎呀，不敢當。」

菲菈的手恭敬捧起薩莉的腳。薩莉倨傲地讓她舉起纖細的肢體。吻了一下白皙的腳背後，菲菈露出可憎的微笑。

「我可不會手下留情，艾瓦莉。妳可是我的心頭肉——別人休想染指。」

她以前常說的這句話，究竟有幾分真幾分假？薩莉默默抬頭，仰望天花板。

走出浴場的薩莉，肌膚彷彿煥然一新般滑嫩，但代價卻是感到極度疲勞。疲勞的主因就是自己的表姊菲菈，而她目前正哼著歌，擦拭自己的頭髮。裸身只披著貼身襯衣的薩莉，見到菲菈映照在鏡子裡的笑容，感到渾身無力。

原本希望這次的開倉大典別碰到她，結果繞了一圈還是沒躲過。總覺得自己在不知不覺中受到他人擺布，薩莉回顧匆匆忙忙的這兩天。

期間內菲菈熟練地紮好薩莉的銀髮，還幫薩莉化了妝。即使嘴上不饒人，但她還是值得信賴，會依照自己的指示幫忙上妝。

菲菈起身後，確認鏡中的薩莉。

「差不多就這樣吧。雖然再多一點霸氣可能會更好。」

「等一下要謁見陛下耶。」

「那又怎樣？你可是威立洛希亞家的公主喔。」

她的嘲諷如實反應了瞧不起國王的傲慢。

繼承古國血脈的家族——高貴的身分讓菲菈深深感到自傲。

薩莉對她的態度聳聳肩，同時開口改變話題。

「聽說最近王城的後街有娼妓遭到綁架，妳知道嗎？」

「若是尚未確定真偽的謠言，我知道。」

她的回答一如預料。威立洛希亞姊弟中，瓦司似乎一直重點收集王城與艾麗黛的情報，但菲菈的情報網似乎比弟弟更廣。薩莉想多了解一點埃德可能在追蹤的事件，於是進一步質問。

「目前有多少娼妓遭到綁架？」

「十一人，全都是十幾歲的廉價娼妓。所以聽說一開始，大家都以為是她們自行逃脫青樓。」

「目前有找到人嗎？」

「沒有，不過蕾森媞似乎有頭緒。」

「蕾森媞？」

「蕾森媞‧迪思拉姆。掌管後街的青樓樓主之一。她是娼妓，還是我的相好。」

「喔……原來如此。」

只要看對眼，菲菈男女通吃。她的交際關係姑且不論，但薩莉相當在意這件事。薩莉注視鏡中挑選口紅的菲菈。

「有頭緒是什麼意思？」

「知道幕後主使可能是誰吧？」

菲菈拐彎抹角的語氣彷彿在說『我早就知道妳想打探消息了』，聽得薩莉皺起眉頭。

「我想知道主使的名字與目的。」

「既然當家想知道，我沒有理由不回答——幕後主使可能是聶多斯男爵。他與某間高級青樓有關係。」

「那間高級青樓有娼妓失蹤嗎？」

「沒有吧？」

即使早就心知肚明，薩莉還是確認後點頭。

「意思是打擊商業對手嗎？」

「有可能。可是我聽說專門抓年輕女孩。」

菲菈沒有使用口紅筆，而是在自己小指上塗抹紅色。見到她示意別說話的手勢，薩莉便中斷對話。然後菲菈來到鏡子與薩莉之間，笑得一臉嬌豔，在薩莉的嘴脣塗上口紅。

——平時明明也模仿她的做法，可是為何化妝的完成度會差這麼多呢。

等她的手指離開後，薩莉忍不住感嘆。一旁的菲菈滿足地開口。

「如何？」

「符合我的要求。」

「接下來是穿衣。是不是讓弟弟來比較好？」

「都可以。」

以前經常讓瓦司幫忙穿衣。最近幾年都沒機會在王城穿和服，但他應該不至於忘記和服的穿法。

薩莉一瞬間煩惱，是讓菲菈上下其手比較好，還是要聽瓦司碎碎唸。不過仔細一想，其實自己可以獨自穿和服。

她從鏡中確認讓瓦司從宅邸帶來的和服與腰帶。

「……我想聽聽剛才的後續。」

「什麼後續呢？」

「就是專門綁架年輕女孩。我想知道原因。」

在貼身襯衣前比對和服的薩莉起身。其實她已經設想過幾種答案，結果菲菈的回答出乎意料。菲菈伸出舌頭舔掉自己小指上殘留的口紅。

「艾瓦莉，據說熬煮處女的肝臟後服用，有返老還童的功效。」

「…………什麼啊。」

薩莉忍不住反射性回答。但是隨即明白菲菈的意思，深深皺起眉頭。

☆

畢竟邀請的對象是「神明」，國王似乎也不敢在放滿盆栽的謁見廳內會面。

席修露出狐疑的眼神，注視在王宮後方大廳高興等待賓客的國王。國王坐在王座上，身旁是侍奉的御前巫女。貌似見到席修的視線，只見她微微一笑。

御前巫女的亞麻色秀髮在後方紮成一束。她看起來像十幾歲的少女，又像二十幾歲的女性。不過席修沒問過她的真正年齡。而且據說她從誕生就看不見，可是卻懂得比普通人更多。

她的雙眼總是緊閉。修長的睫毛上穿著幾個小小的銀環。纖細的十指上也戴著銀戒指，應該是某種巫具，但是實際用途卻不得而知。深灰色的寬大巫衣上有圓圈層層交疊的銀絲刺繡，與王袍的金絲刺繡形成對比。

御前巫女舉起搭在王座椅背上的手，指向正面的門。

「『她』即將整裝完畢。可以去迎接她了。」

「遵命。」

在王宮內，自己的使命就是與艾麗黛的神明與國王之間的橋梁。

席修向國王一敬禮，隨後無聲無息走出大廳，去迎接超越凡人的少女。

——不同地區的王城，散發的氣氛差別很大。

在席修帶領下逛了一天半後，連薩莉都明白。

一般人聽到「王城」就會聯想整齊劃一的街道。其實這是以上流社會與軍部為核心的中央區。平民往來的大馬路與後街則未必符合此一印象。幾年前的貧富差距更大，兩者氛圍的差距更明顯。多數百姓即使一輩子做牛做馬，也無法跨越階級。

而席修的異母哥哥，年輕的國王改變了此一常識。

當今國王在即位前不久就鼓動父王改革。原本由貴族與富商長期把持的特權，逐一被改成任何人都能參與的評價競爭制。有人以「長年的不成文規定就像煮透的肉一樣，被一刀刀切開」這句話挖苦國王改革制度。先不論說這句話的人是什麼心態，但平民的確支持這位勤政愛民的國王。

維・斐斯特・宓鐸・托羅尼亞——年輕的國王同時以貌美端正的容姿聞名。見到出現在大廳的薩莉，國王面露微笑。古老血脈比國家更加久遠的她，正面面對國王優雅敬禮。

「承蒙陛下召見前來，小女是月白的薩莉蒂。」

美貌彷彿無時無刻都散發月光。細緻的面容底下卻能窺見深不見底的深淵。穿著白色和服的薩莉，繫著一輪弦月拔染的藍色腰帶。

見到薩莉身為樓主，以及身為巫女的正裝，國王面露笑容，並且主動起身，低頭致意。

「感謝妳接受朕突如其來的招待，白月公主。」

「……原來陛下知道這麼古老的稱呼啊。」

過去威立洛希亞的祖先，遠古的國王如此稱呼回應召喚的神明。

聽到如今已經無人知曉的稱呼，薩莉感到無言的緊張。視線轉移到站在國王身邊的女性。

雙眼閉著的御前巫女向薩莉默默敬禮。她具備卓越的預知與遠視能力，見到她卻有種神祕的既視感。

國王向站在薩莉身後的弟弟輕輕舉手。

「你來當她的椅子吧。」

「……陛下何出此言。」

「朕開玩笑的。」

「我、我站著就好了。」

「我去拿椅子來。」

席修一臉無精打采地走出大廳。看他的模樣，這種程度的玩笑似乎是家常便飯。

大廳內只剩下國王、御前巫女與自己三人後，薩莉轉身望向兩人。

「那麼……陛下有什麼話想說呢？敢問陛下知道多少，是否有什麼要求？」

薩莉詢問的話音比剛才更尖銳。陛下支開席修多半也是為了要提到複雜的話題。

御前巫女回答如此思索的薩莉。

「我也並非凡事都知道。盲眼的我見到的只是未來的時間……而且僅限於較大的片段。」

「雖然您擁有預知能力，但您似乎知道遠古的事情。」

「其實很簡單。我看見未來有人如此稱呼您。」

「稱呼我？」

白月公主其實是源自於床笫親熱之際的稱呼。

意思是未來的恩客會如此稱呼自己嗎——不明確的未來讓薩莉一瞬間分神。

但隨即察覺陛下的視線後，薩莉搖搖頭。

「陛下可以隨意稱呼無妨，但還是希望陛下使用和別人相同的稱呼。」

「那就稱呼妳神明小姐吧。」

國王很乾脆地拉回即將岔開的話題，然後一瞥大廳門口。

可能在確認席修尚未回來，不過席修並不如外表遲鈍。他可能察覺陛下的打算後，特地晚點回來吧，薩莉心想。

國王戴著戒指的手指向席修離開的門。

「妳是否中意他？」

「他非常優秀，無可挑剔。感謝陛下派他來到艾麗黛。」

「或許本來應該由朕出面，可是朕和妳的年紀有差距。考慮到契合度，他應該和妳比較匹配。」

「其實陛下也很年輕啊。」

三十三歲的國王聽到這句話後面露微笑。但薩莉年僅國王的一半，年齡差距的確是阻礙。面對一臉曖昧微笑的國王，薩莉主動說出隱約察覺的事。

「陛下果然想讓他成為恩客候選人嗎？」

──這可能才是派席修來到艾麗黛的目的之一。

萬一陛下給予肯定的回答該怎麼辦？薩莉自己也不知如何是好，等待國王的回答。

結果卻出乎薩莉的意料。眼神與席修有幾分相似的國王，像淘氣的孩子般聳肩。

「老實說，若能事成自然很好。但是問題不在這裡。」

「他也有這個意思？」

「其實他一直不情願。他並非討厭妳，似乎是討厭被迫。雖然這也算是王族的責任。」

但薩莉還是喜歡席修的誠實。他沒有將自己當成小孩，也沒有反過來催促自己。不敢踰矩的態度對彼此都合適。

可是真要這麼說的話，或許反而增加了他的壓力。

國王對僅微微苦笑的薩莉眨了眨一隻眼睛。他散發的氛圍比想像中更平易近人。毫無疑問，這就是席修頭痛的根源。在進入這間大廳前，席修一直叮囑「國王是個怪人」。想到這裡，薩莉不禁面露笑容。

「既然陛下的御前巫女有預知能力，應該知道我的恩客是誰吧？」

如果知道，薩莉反而想問清楚。面對稚氣未脫又感興趣的薩莉，御前巫女卻微微搖頭。

「您今後的力量會逐漸增強。所以會愈來愈難見到未來。」

「可是我並沒有刻意阻礙……」

「我能看見的是『人的歷史』，而您並不屬於這個範疇。因為您出現在別人的命運中，我才得以見到之前發生的事情。」

「意思是……我出現在席修的命運裡？」

御前巫女僅微微一笑，沒有回答。意思是肯定吧。

薩莉轉頭望向依然沒有動靜的門。這番拐彎抹角的對話究竟還要持續多久？薩莉有種『接下來才是正題』的預感，腦海中逐漸冷靜下來。

「——諸位究竟對我有何要求？」

其實國王會召見「自己」這件事情本身就透著懸疑。

古老王國早已消失在歷史長河之中。如今艾麗黛與所屬國家之間維持不過多干涉的關係。為何如今國王要打破此一默契？

薩莉略微瞇起湛藍的眼眸。剛才始終沉默的國王突然苦笑。

「朕只是希望與妳保持關係。」

「所以才透過他？」

難道獻上席修當作神供，要薩莉保護國家嗎？

不論身為國王或哥哥，這種想法都很糟糕。薩莉皺起姣好的眉頭。

可是國王的回答卻不一樣。

「……再過幾年，包括我國在內，多國將會發生重大災變。」

「重大災變？意思是爆發戰爭？」

「似乎不只是這樣。但究竟是什麼則不得而知——這場災變會造成許多人喪命。」

「咦……？」

薩莉以為自己聽錯了。可是見到國王苦澀的微笑，似乎並非如此。

相較於略感困惑，薩莉逐漸感到膽寒。

「意思是已經透過預知看到這樣的未來？」

「但是斷斷續續的。」

「能否迴避？」

「曾經嘗試過，可是原因不明。或許人類的力量無法改變註定發生的未來。」

「怎麼可能？」

薩莉反射性說出的這句話，一半出於自己之口。另一半卻彷彿從遙遠的某處傳來。薩莉伸出白皙的指尖，按住自己的喉嚨。

「怎麼可能，人類豈會如此無力？」

「……若是如此，朕倒是很欣慰。」

見到國王輕輕闔起眼睛低下頭，薩莉卻不覺得哪裡不對勁。

甚至沒發現國王對自己的遣詞用字已經改變。只覺得體內冰冷無比，反而覺得像在發熱。這股心驚膽顫的焦躁感究竟從何而來？薩莉對自己身旁的空白感到不安。

「你們為了迴避這樣的未來，才想藉助我的力量？」

「朕還不敢如此厚臉皮。不論對人類而言是多麼沉重的負擔，都會設法靠自己抵抗。」

「那究竟想要什麼？」

「弟弟就拜託妳了。」

「有話為何不直說？」

──席修還沒回來。

薩莉的大部分注意力都放在不用回頭，也知道動靜的身後。

國王的眼眸強裝柔和，注視薩莉。或許因為見多了尋芳客，薩莉看出國王的眼神中帶有後悔般的沉痛。只見國王舉起右手，指了指薩莉身後。

「如果再這樣下去……弟弟在『災變』中會為了保護一名女性而死。」

此時傳來開門的聲音。可是這一瞬間，薩莉除了國王這句話以外什麼都沒聽見。冰冷的指尖彷彿不屬於自己。

「朕希望妳能改變此一結局。」

國王的懇求聽起來十分平穩。

薩莉宛如墜入冰窖般愣住。席修拍了拍呆站在原地的她。

「——妳不坐嗎？」

見到皺眉注視自己的席修，薩莉目不轉睛地仰望。

兩人相遇的時間其實不長，但是彼此已經有深厚的信任與留戀。實際上，薩莉也考慮過是否要選擇他。

——想到這裡的瞬間，薩莉焦急地大喊。

「笨蛋！」

「……啊？」

「你真傻！怎麼回事啊！我太失望了！」

握緊的拳頭敲打席修的胸膛。席修露出狐疑不已的表情任憑薩莉動手，同時望向國王。

「陛下剛才究竟說了什麼？」

「沒什麼，只是稍微告訴她你的愚蠢行徑。」

「……」

「你怎麼這麼任性啊！你是屬於我的，知道嗎！」

「薩莉蒂？」

席修似乎現在才發現她的個性改變了。但即使一臉狐疑望向國王與御前巫女，

兩人都沒有回答。捶累的薩莉大喘氣後，忽然轉身背對國王。

「夠了，我要回去了。」

再說下去也無濟於事。眼看薩莉即將離去，但是看到席修端來的椅子後，嬌小的嘴唇略為扭曲。只見她一瞬間坐上鋪著紅布的椅子，隨即再度起身。

不待勸阻來到大門旁的薩莉，頭也不回地質問國王。

「預知中的女人……是我嗎？」

「朕不知道。」

薩莉也無從得知國王這句回答究竟是真是假。

☆

席修不知道剛才究竟發生什麼，卻第一次見到薩莉發這麼大的脾氣。見到大廳門關上，席修猶豫該不該追上去。但還是決定先確認情況。

「陛下剛才說了什麼嗎？」

「沒什麼，只是類似惡夢的胡話。」

「可是身為神明的她卻氣得跑了。」

「嗯，她還太年輕了。」

說得很肯定的國王一如往常，面露微笑。但席修發現與平時不一樣，似乎帶有幾分超然。四周還留有薩莉的淡淡香氣，帶有幾分疑惑的席修再度注視國王。

「……陛下能不能告訴屬下，關於這次見面的企圖？」

「什麼企圖？朕不明白。」

「陛下要讓我們當誘餌吧？」

聽到席修的尖銳問題，國王僅剩下嘴角還揚起。似笑非笑，意有所指的表情等於在回答「沒錯」。心中暗咒的席修差點咂舌，僅以視線表達不滿。

「陛下此舉實在要不得。萬一她有三長兩短，陛下要怎麼辦？」

「朕相信你能保護她。」

「很可惜屬下讓陛下失望了，不僅看丟了她，彼此還分開過。」

「你有從任何人的口中聽到風聲嗎？」

話題突然改變，證明快問到了關鍵。國王多半不再開玩笑，準備要進入正題。

總之席修先停止抱怨，回答國王的問題。

「是屬下自己想到的。想知道陛下在信中列舉的店家，究竟是以什麼為基準。」

「那可是朕仔細挑選過的，以免她因此討厭你。」

「可是其中怎麼會包含批發街這種地方？」

席修挑選的地點可能的確不受女性歡迎。但國王的思考十分周全，照理說不可能與席修犯相同的錯誤。結果當中依然混有類似的場所，席修才發現這份清單的目的並非單純取悅薩莉。

「實際上，自從屬下依照陛下的指示帶她參觀，旋即遭人跟蹤。最後甚至受到攻擊，請問這該如何解釋？」

「難道攻擊你的人沒有招出任何情報嗎？」

「他們只說受人之託，拿錢辦事。」

「朕想也是。」

國王似乎明白了什麼，頻頻點頭稱是。席修對國王露出帶有責怪之意的冷淡視線，但是同父異母的兄長根本不為所動。如果國王懂得觀察席修的視線，就應該昇華成更優秀的人，否則早就羞愧得閉門不出了。兩兄弟總像平行線一樣毫無交集，這時御前巫女打圓場。

「抱歉之前完全沒提醒您。其實我們有考慮過，是否該帶她前往那些場所。」

「那些到底是什麼店？」

「是可能對陛下的施政感到不滿的人。」

「造反勢力嗎……」

席修忍不住嘆了口氣。因為以前當士官的時候，席修曾經與造反勢力交手過幾次。有人直接動手暗殺，有人勾結外國勢力，目標都是顛覆推動改革的國王。而且這些人就像雨後春筍一樣，不論清剿得多麼徹底，總會接二連三出現。

不過這一年來並未造成嚴重問題，原以為太平治世終於來臨。

可惜事與願違，造反勢力總是春風吹又生。

席修回想信中列舉的店名，總共有二十餘間。席修正在腦海中排列時，國王對席修輕輕揮揮手。

「表情不用這麼嚴肅，你的毛病就是表情藏不住祕密。想法不是應該藏在心裡嗎？」

「……非常抱歉。」

「況且這次純粹只是錢的問題。有人想瞞著朕不繳稅，據為己有。如果這群人只想中飽私囊的話，倒還容易應付。」

「意思是造反勢力想利用黑錢暗中活動？」

「目前還不清楚。正因為不清楚，才派你引蛇出洞。」

「抱歉屬下沒扮演好誘餌。」

「放心，朕會留給你補救的機會。你要好好充當誘餌啊。」

「……」

原以為玩笑有點過火，可是這種打草驚蛇之計不能以玩笑一概而論。只不過人有擅長不擅長之分，行動也得看時機。席修放棄大部分抵抗，但依然繼續追問。

「既然陛下有令，屬下自當擔任誘餌。可是希望能趁她不在的時候──」

「少了她就釣不到大魚了哪。」

「釣不到也無妨，畢竟她已經遭受過危險。」

「你聽說過威立洛希亞家正受到卡勒克侯的壓力嗎？」

話題突然再度改變，究竟有什麼關聯呢。席修試圖想起，明天酒宴的主辦者究竟是什麼樣的人。

「提到卡勒克侯，記得他平時不輕易露面。」

「因為他為人低調啊，但他施加壓力是真的。他已經三番兩次要求菲菈・哈奈兒・威立洛希亞當他的繼室了。」

「喔，是那位……」

像蛇一樣的女人嗎？後半句話席修吞了回去。

剛剛才見到薩莉的表姊菲菈。在她美麗的外表下，卻散發不相襯的壓迫感。畢竟薩莉說過她「很可怕」，代表她肯定非等閒之輩。反過來說，卡勒克侯居然要迎娶這種人，或許他也是個怪人。

可能席修的表情透露不太禮貌的想法，國王微微一笑。

「畢竟你受到《她》的吸引了啊。你無法理解菲菈的魅力無妨，但是表情可別露餡。」

「屬下哪有……」

即使是國王也不該對自己與薩莉的關係置喙。見到異母弟弟一臉不悅地皺眉，國王假掰地舉起雙手表示「哦，是嗎？」

「對了，趁這個機會告訴你吧。你已經過了二十歲，如果不喜歡《她》的話，就娶別的女性吧。朕已經幫你挑選了幾名候選對象。」

「啊？」

國王右手輕輕一揮，盲眼的御前巫女便遞過一疊相親簡歷。然後國王作勢交給席修。

「這些都是不輸給她的大戶千金，其中還有鄰國的公主。只要有你看上眼的，總會派得上用場——雖然外國人無法參加明天的酒宴，但聽說有好幾人會出席。挑個你喜歡的對象吧。」

「什麼喜歡的對象……」

獻給神明的供品無法收回，說這句話的不是別人，就是國王。事到如今要是移情別戀，讓「她」知道不曉得會有什麼後果。不知道國王的真正意圖，席修皺起眉頭。國王手中依然拿著相親簡歷，臉上面露微笑。

「你是朕的下屬，也是朕的弟弟。這一點不要忘記。」

「……屬下心知肚明。」

即使看不出國王的意圖，席修也不會忘記自己的立場與忠誠。

席修隱藏心中的困惑，走到國王面前。單膝跪地，然後恭敬接過簡歷。

柔和的聲音從頭頂上傳來。

「還有要好好保護『她』，這是命令。」

「屬下遵命。」

從一開始，席修就不曾對這項聖旨存有異議。

剛才薩莉氣呼呼地說「我要回去了」。席修以為她回到威立洛希亞，但她似乎規矩地等待自己回來。走出大廳後不久，侍女便上前稟報。席修隨即返回一開始她在帶領下來到的房間。

在房間等待的薩莉跑到席修身邊，頓時鬆了一口氣。

「太好了。」

「我不會丟下妳獨自回去。」

對席修而言這是理所當然的，但薩莉僅閉著眼睛搖搖頭。

帶有幾分憂愁的動作格外成熟，讓席修想問現在究竟是哪一個她。

但是就算詢問，她也只會回答「我可不是雙重人格」吧。其實兩者都是同一個「薩莉蒂」。雖然有點難以接受，但席修也明白這一點。

席修下意識朝薩莉伸出手。可是指尖一進入自己的視野，席修頓時對自己的行徑回過神來。最後無處安放的手只得無奈地縮回，什麼也不敢碰。薩莉以眼神注視席修的奇怪舉止。

「席修？」

「不，沒事。剛才御前巫女告訴了妳什麼？」

「沒有，只是一些尋常的事。」

看起來發青的臉頰，體溫似乎比平時低一些。原因多半是她切換意識層級時，身體似乎會變冷。席修關心看起來不太舒服的她。

「今天要回宅邸嗎？其實也可以幫妳在王宮裡安排房間。」

「喔，那我想待在王宮裡。菲菈她好可怕——而且我想應該沒人跟蹤了。」

聽到薩莉追加的這句話，席修睜大眼睛。

「妳已經發現是誰跟蹤妳了嗎？」

「剛才見面就明白了，是御前巫女吧？」

見到薩莉苦笑，席修點點頭。

——正因為昨晚聽到她提及「有人尾隨」。今天離開缺乏戒備的母親住宅時，席修才特地提高警覺。結果答案揭曉，是御前巫女的傑作。她可能一直讓席修扮演誘餌的角色。一開始就為了窺視可疑店鋪的動靜，並且當兩人面臨真正危險時出手相助。

被蒙在鼓裡的薩莉卻一直以為遭人尾隨，席修不知道怎麼向她道歉。原以為到外頭呼吸新鮮空氣，好過繭居在威立洛希亞的宅邸。結果帶她出門卻碰上這種糟心事。

席修在心中提醒自己，之後要多買一點金平糖。

「需要什麼都可以幫妳準備。好好休息吧。」

「那我就不客氣了。」

表情和緩的她，從遣詞用字與表情都看不出哪一邊的存在比較強。

席修只知道她現在無精打采。

薩莉的視線離開席修，望向窗戶外頭。修長的銀色睫毛在燈光下搖曳，整個人的輪廓顯得稀薄。然後她輕輕吁了一口氣。

「席修。」

「嗯？」

「盡可能陪伴在我身邊。如此一來——」

說到這裡，她搖了搖頭。見到她試圖抹去心中的不安，席修點點頭。

「放心，下次我會好好保護妳。」

聽到這句話，薩莉才略為露出笑容。

4. 矯飾

這不是薩莉第一次記憶斷片，以前就發生過好幾次。連她都開始覺得自己這樣很正常。

自己並非人類。源自血脈與力量，超然於世界上的特殊身分。這就是自己。也正是這種與生俱來的多重性，造成記憶斷片。

——可是最近，薩莉開始覺得記憶的斷片愈來愈淺。

以前會明顯感到少了一段記憶。如今卻覺得記憶明明存在，卻想不起來，簡直就像在夢中一樣。

在王宮客房醒來的早晨，薩莉從床鋪上起身，眺望窗外。

晚上可能做了某些悲傷的夢。冰冷的臉頰上留下兩道乾涸的淚痕。

席修對卡勒克侯主辦的酒宴表示「不去也無妨」，瓦司則抱怨「拜託別去」。兩人會如此勸阻自己，肯定事出有因。

梳妝完畢後，薩莉轉身望向幫自己打點的表姊。

「妳不打扮沒關係嗎？」

「馬上就能搞定了，反正可以晚一點去。」

她回答得馬馬虎虎，總覺得聽起來有幾分輕蔑。而且她顯然不是在敷衍自己，身為當家的薩莉在心中感到不解。

「妳不是在酒宴的籌備階段就參與了？」

「哦，是嗎？」

話中帶刺明顯可以感覺到她不想聊這件事，薩莉決定到此打住。雖然不知道原委，但是對貴族之間的問題插嘴，形同不給他們面子。菲菈與瓦司雖然年輕，卻都能力出眾，為了威立洛希亞家族盡心盡力。要是無法信任他們，就沒資格擔任當家。

薩莉從梳妝臺的椅子上起身。

「那麼我先走一步。如有必要——」

「就依照妳的命令囉。」

見到眨眨一隻眼的她，薩莉苦笑著走出房間。

同行的席修一身深藍色正裝，早已等候多時。

「抱歉讓你久等了，席修。」

「沒關係，很準時。我來帶路。」

王宮會派馬車，護送自己前往卡勒克侯的宅邸。在席修帶領下進入馬車後，薩莉低頭看了一眼身上的紅色和服。國王盛情準備的這件華麗和服，很適合年輕的薩莉。再加上薩莉的妝容以淡紅色為基礎，容貌兼具美麗與妖豔。

薩莉的打扮堪稱菲菈的作品，席修佩服地端詳。

「感覺今天又不一樣呢。」

「嗯，因為今晚有些目的……」

「為了看起來像娼妓？」

「沒錯，還有看起來像處女。」

「…………」

不知道兩個原因當中的哪一個，讓馬車籠罩在沉默中。

席修的表情像戴了面具一樣僵住。薩莉誤以為發現他的想法後試圖解釋。

「喔，我的確本來就是處女，但不是你想的那樣。是為了讓不認識我的人也這麼想。」

「……為了什麼原因？要找恩客候選人？」

「咦，喔，不是啦，你誤會了。其實要找的是肝臟候選人。」

「肝臟候選人？」

原本想解釋，結果卻發明奇怪的詞彙。薩莉發現自己愈描愈黑，決定再次從頭解釋。扣掉昨天見到埃德，向他打聽的部分。薩莉說明最近年輕的娼妓遭到綁架，並且說出可能是幕後黑手的貴族名。

「──聶多斯男爵幹出這種勾當？」

似乎第一次聽說這件事，席修皺起眉頭。他好像認識該名可疑的貴族。見到他一下子表情嚴肅，薩莉微微搖搖頭。

「其實還無法確定他就是犯人。」

「可是男爵綁架年輕娼妓到底要做什麼？」

「就說是為了肝臟。」

「先說明這件事，這兩個字是我最不能理解的部分。」

席修顯得有幾分厭煩，薩莉希望是自己多心。剛聽到這件事，薩莉也覺得莫名其妙。她在腦海中整理脈絡後才開口。

「聽說最近在貴族之間，私底下流傳著『返老還童的靈丹』。」

「返老還童的靈丹？」

「沒錯，表面上是熬煮年輕雌鹿的肝臟，實際上卻是──」

「使用處女的肝臟嗎？」

「答對了。」

這件事聽起來讓人作嘔。但以前南方也有一些迷信，比如「如果哪個內臟病了，食用相同的孩童臟器就會治好」。無知的愚夫愚婦可能會相信這種謬論。

一臉厭惡的席修表情扭曲，但隨即露出訝異的視線望向薩莉。

「可是娼妓一般都不是處女吧。」

「唔，遭到綁架的娼妓似乎包含打下手的女孩，所以難以判斷真偽。不過聽說『返老還童的靈丹』私底下還有另一門處方。」

「這本來就是見不得光的處方吧。」

「一般而言負負得正，但不是這個意思。私底下的處方似乎是，當著客人面前活生生挖出女孩的肝臟，然後現場茹肉飲血。」

「噁心透頂……」

表情嚴肅到極點的席修，彷彿眼前所有事物都很噁心一樣扭曲。之前聽到菲菈說明時，薩莉也露出類似的表情。然後薩莉平淡地繼續解釋。

「所以到頭來，只要是年輕女孩，是不是處女可能不重要。或許客人會在意，可是實際上很難確認。而且重點在於活生生剖腹取肝的血腥表演吧？」

「意思是綁架廉價青樓的娼妓，貴族也認不出來嗎？」

「菲菈表示，一開始似乎是綁架良家女孩。可是次數一多，會引發王城的警戒，似乎才因此改變方針。即使有娼妓失蹤，一般而言也會以為是逃跑。」

「我的確是第一次聽過。」

席修深深點頭。但隨後像是在馬車的搖晃下猛然抬頭。

「難道薩莉蒂，妳要……」

「嗯，我要看他會不會上鉤。」

薩莉捲起紅色袖子後，席修頓時表情抽筋。

「妳要在那起傳聞中扮演誘餌嗎！可是貴族哪敢對月白的樓主出手啊！」

「所以希望你幫我謊稱，我是你認識的實習娼妓。」

「……………」

薩莉假裝沒發現席修很想勸阻她的視線。

——不入虎穴，焉得虎子。

幸好菲菈說過「妳想插手請自便」，稍微布下陷阱應該無妨。其實薩莉也說不清楚，為何自己想干預此事。只不過覺得若能解決這起疑雲，會感到舒坦一些。即使這只是單純的補償心理，薩莉也無法對這件事充耳不聞。

皺眉的席修正待開口……卻又將話吞回去。

反覆好幾次之後，他選擇保持沉默。

不久後似乎抵達目的地，馬車的速度慢下來後停止。席修才終於輕輕嘆一口氣。

「其實今晚的酒宴，陛下也交給我一件麻煩事。」

「麻煩事？」

「所以很抱歉，我現在無暇顧及妳插手的紛爭。」

席修苦澀到極點才會說出這句話，聽在薩莉耳裡卻覺得洩氣。畢竟本來就是自己多管閒事，不想牽扯毫無關係的他。而且薩莉早就準備好，只要他陪同進入，之後就可以靠自己應付。

薩莉忽然面露微笑，仰望席修。

「我沒事，謝謝你。」

他僅略微揚起眉毛，一句話也沒說。等馬車門從外面開啟後，他向薩莉伸出戴著白手套的手。

卡勒克侯的宅邸與威立洛希亞家位於同一區，距離不遠。

傍晚時分，薩莉由席修牽著手走下馬車，然後仰望黑影幢幢的巨大宅邸。

由於目前舉辦酒宴，庭院可見許多燈火，大門也敞開。不過這棟宅邸平時肯定散發詭異的壓力。兩手空空的薩莉下意識按著肝臟部位。

走在前方半步的席修陪薩莉前往大門，向守門人自介並表明來意。見到自己順利成為席修的同伴，薩莉暫時鬆了口氣，然後與進入大門的席修交頭接耳。

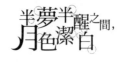

「分頭行動比較好？」

「不，先向主辦人打招呼。」

席修視線的彼端，是一片耀眼奪目、五光十色的華麗空間。

琴箏的柔和弦音穿插在鼎沸的人聲中。此起彼落的笑聲帶有酒氣與妝白粉的香氣，虛華的光線在大廳內雜亂四射。薩莉環視貴族與他們帶來的裝飾品，臉上掛著淺淺的笑容。

隱藏心中想法，皮笑肉不笑是所有艾麗黛的娼妓都會的本領。即使脫下光鮮亮麗的和服與單薄的貼身襯衣，像面具一樣的笑容依然不會變。因為不能讓恩客見到面具下的另一面。所以在艾麗黛花錢買春宵的恩客，才能陶醉在短暫的安寧中。

席修發現薩莉的表情後瞇起眼睛。但他依然不發一語，穿梭在人群中走向後方。兩人來到在正面階梯前談笑風生的幾人面前。

身穿黑色禮服，身材豐滿的年長女性發現席修後，說了聲「哎呀」。

「能在此地遇見您，真是榮幸。」

「陛下吩咐，今天要來問候各位。」

見到王弟態度冷淡地行禮，在場的貴族顯示出兩種反應。

一種人彷彿想起某些有趣的事情，發出此起彼落的笑聲。

另一種人——臉上露出提防的表情。

薩莉躲在向卡勒克侯打招呼的席修身後，窺視每個人的反應。然後在人群當中發現聶多斯男爵的身影。他的年紀貌似比國王大幾歲。伸手一捋濃密的顎鬚，饒富興趣地注視年輕娼妓薩莉。

——如果現在能吸引他的注意力，事情就好辦了。

薩莉刻意露出害羞的反應。黑禮服女性向席修表示疑問。

「您帶來的這位女孩是？」

「喔。」

轉頭的席修與薩莉四目相接，他的表情與平時一樣有些苦澀。但不知是否自己多心，總覺得他的眼神帶有幾分怒意。

薩莉反射性屏息以對。席修伸手置於她的肩頭，視線回到一眾貴族身上。

「她是我在艾麗黛的相好，最近我想幫她贖身。」

「……咦，席修？」

這和之前說好的不一樣——薩莉還來不及開口，可是已經太遲了。

原本是自己要成為誘餌，為何席修要當面反悔？

明白他的想法後，薩莉忍不住抱怨。即使當著他人的面，完美的微笑依然扭曲。

「你到底想怎樣？」

卡勒克侯的宅邸目前正舉辦酒宴，正門大廳與樓上的客房都對外開放。薩莉從大廳角落的柱子陰影，隔著樓梯井窺視樓上的動靜。

樓上目前還沒有賓客，灰衣侍女穿梭在走廊上。可能因為走廊的燈火顯得陰暗，略為低頭的侍女看不出臉上的表情。薩莉如此心想，試圖冷靜下來——但還是難掩心中的怒火，握緊雙拳。

「不用問妳也知道原因吧。」

如果不是自己多心，那麼裝傻的席修貌似也有幾分怒意。兩人在不知不覺中一觸即發。沒理會一旁的奢華氣氛，彼此為剛才互相唱反調爭吵。

「聽到你剛才那句話，誰敢對我動手啊。」

「這就是我的目的。」

「為什麼要自作主張——」

「妳之前不是也這麼做過嗎？」

聽到席修的反駁後，薩莉睜大眼睛，隨即明白他的意思。

之前在艾麗黛發生了那起事件。當時薩莉為了保護新來的席修，將送給恩客的飾繩寄放在他身上。或許當時沒有仔細告訴席修飾繩的意義，但情急之下實屬無奈。薩莉揮舞著緊握的雙拳。

「那也是為了你的安危著想啊。」

「我剛才也是這麼想的。」

「……」

「凡事不要亂插手，薩莉蒂。妳要是出了事，艾麗黛的人該怎麼辦？」

「可是肝臟……」

「我事後會調查這件事。」

光是聽到肝臟這兩個字，席修的臉就像吃了苦瓜一樣。對話中途洩氣的薩莉氣噗噗地嘟著臉頰。見到臉上絲毫沒有微笑，席修嘆了一口氣。

「別這麼生氣嘛。其實我也無視了陛下的一半命令。」

「咦？陛下的命令是什麼？」

「叫我選擇對象。」

「咦……？」

薩莉頓時感到一頭冰涼。

席修看著薩莉，可能發現自己失言，臉色頓時一變。可是在席修即將開口辯解前，薩莉搶先喃喃回答，只見她的眼神蒙上陰影。

「你要結婚嗎？席修？」

「呃，這……」

——其實並不足為奇。

之前薩莉還不清楚他的身分。見到他沒有攜家帶眷擔任化生獵人，曾經以為

「他不是貴族」。結果他的真實身分是王弟，過了二十歲還沒結婚反而奇怪。即使奇怪，薩莉卻在不知不覺中希望不要有人上門向他提親。

想起差點亂成一團的思緒，薩莉抬頭仰望席修。

「結婚後你要回到王城吧？」

「呃，不是，薩莉蒂……」

「你要辭去艾麗黛的化生獵人一職？」

薩莉伸出右手抓住席修的衣領。他的黑色眼眸看不出肯定或否定之意。可是這比口頭承認更迫使薩莉面對事實，蓄積已久的焦躁逐漸在薩莉的心中擴散。

——還來不及理解心中為何焦躁不已，薩莉便收回自己的右手。

「……我明白了。」

「薩莉蒂？」

「感謝您帶我來到此地。」

她面露身為月白樓主的微笑。和第一次見到席修時相同，態度優美又柔和。這讓席修頓時表情嚴肅。

「等等，薩莉蒂。」

「之後我自己可以搞定，失陪了。」

然後薩莉迅速轉身，離開大廳。席修試圖伸手阻攔，但她躲開後撥開談笑風生的賓客，進入人群之中。

她頭也不回，面露淡淡的微笑，挺直腰桿，主動融入夜晚的氣氛。即使席修想追上去，可是大廳人多混雜，怕是根本追不上。薩莉刻意在人群中蛇行，穿梭在狹窄的縫隙。

眼看即將接近入口時，彷彿等待她多時，又有女性從門外進入。

她看著其他方向同時走進，然後在薩莉面前停下腳步。

一身深藍色禮服，灰色秀髮垂肩的她，平時的深藏莫測消失無蹤。取而代之，毫無破綻的高雅眼神特別醒目。

代表威立洛希亞家出席的女性——菲菈・哈奈兒・威立洛希亞。她以只有當家薩莉聽得見的聲音嘀咕。

「怎麼一個人在這裡，難道和他吃醋吵架了嗎？」

「那種事情不重要。更重要的是，出了一點意料之外的狀況。雖然妳花時間幫我打扮，但可能沒有人敢靠近我。」

「哦？」

當著他人的面宣稱要幫自己贖身，肯定沒人會認為自己還保持純潔。即使不這麼想，也沒有人膽子大到敢對王弟的娼妓出手。

薩莉在心中咂舌，暗暗怨恨席修。

可是菲菈的笑意卻將薩莉的思緒拉了回來。

「那位化生獵人做了什麼嗎？可是這對妳而言應該不是問題吧。」

「別強人所難，現在的我只是普通的娼妓。」

「別說自己普通，艾瓦莉。只要妳發自內心命令，明明沒有人能困住妳。」

菲菈的白皙玉手伸向薩莉的耳朵。外型姣好的手指在幾乎碰到的近距離，順著輪廓移動。彷彿舌頭舔拭後頸的溫暖感覺讓薩莉打冷顫，以冷淡的視線回望菲菈。

「怎麼可能。我要是有這種力量，何必這麼辛苦？」

「是嗎？或許威立洛希亞的花瓶當家沒這種本事——但是妳應該對任何人都有選擇權，不對嗎？『月白的薩莉蒂』？」

菲菈嘻嘻一笑，走過薩莉面前，然後進入貴族之中。直到她的身影消失後，帶有幾分錯愕的薩莉才回神，然後再度朝熱鬧的大廳正中央邁開腳步。

——自己的力量根本不足以擄獲任何人的內心。

那種領域並非巫女的力量能及。如果真有這股力量，如今自己又怎會一肚子窩火。

薩莉集中注意力深呼吸，讓自己的心情沉靜下來，四周的情況頓時瞭若指掌。酒酣耳熱之際，有幾人的視線聚焦在自己身上。但薩莉並未停下腳步，一一順著視線望過去。不時傳來女人的訕笑聲。

不知不覺中已經不聞音樂聲。薩莉發現原來是自己主動對音樂充耳不聞。順著最後的視線，她望向左側牆邊。

一名男性靠在略為遠離喧囂的牆邊，他就是薩莉的目標，聶多斯男爵。

一身紅色和服的薩莉，穿梭在談笑風生的人群中。然後略為歪頭，對恰好四目相接的他微笑。勾人魂魄的媚態化為少女的外型，輕輕拋向對方。

始終靠在牆邊的男爵微微瞇起眼睛，露出打量的視線。糾纏不休的視線經過巧妙隱藏，集中在薩莉纖細的身體上。

薩莉從一語不發的視線中感受到勾引的意圖，保持微笑緩緩眨眼。揚起原本朝下的睫毛……向對方發號施令。放縱自己，「過來吧」。

她從不渴求男性的愛情。

誰想要獲得她，就得主動上前，在她的面前跪下，誠心懇求。

其實薩莉不明白這一點，但是靈魂知道。

只有自己——才是擁有「選擇權」的人。

而這正是月白的娼妓。

聶多斯男爵貌似略為屏息，原本靠著牆的他還挺起身子。即使行經他身邊的娼妓挑逗，但他看也不看一眼，彷彿對薩莉著迷一樣緊盯不放。

承受男爵強烈視線的薩莉回眸注視他，輕啟朱唇，然後帶有幾分慵懶地仰天一吁。動作細微，但舉手投足始終妖豔。看不見的氣息滑過大廳的地板，來到男爵的腳邊後，暗暗勾引他的腳尖。

薩莉闔起眼睛，等待自己能依偎的對象。

短短幾秒後，有人伸手搭在自己左肩上。但是另一人立刻拉開那隻手。

薩莉睜眼一瞧，只見聶多斯男爵抓著陌生年輕男子的手。剛才搭在自己左肩上的，應該是年輕男子的手。男爵一副長者的從容，對年輕男子一笑。

「她有對象了，你也不想惹禍上身吧？」

打扮時髦的年輕男子一臉狼狽，依序看向薩莉與男爵。

但薩莉始終仰望男爵。她勾引、等待的對象不是別人。

年輕男子似乎也發現薩莉不理自己，向男爵打招呼後便迅速離去。

然後薩莉帶有幾分憂愁地道謝。

「感謝您。」

「妳怎麼會獨自一人？剛才不是見到妳和殿下走出庭園？」

「剛才略為有些口角。不過現在終於自由了，正感到輕鬆呢。」

「哦？」

薩莉的確感覺到男爵的聲音略為改變。她假裝懵懂無知的少女，楚楚動人的容貌露出不滿的表情。

「難得來到這種場合，卻始終被迫關在鳥籠裡，實在喘不過氣。」

「但這可是上等鳥籠，一生不愁吃穿呢。」

「這種生活方式太無聊了。居然被迫得和同一人長相廝守。」

薩莉冷冷地轉過頭去，看得男爵一臉苦笑。

「妳也對殿下這麼說過？」

「說了，殿下的反應是『既然這樣就算了』。」

——既然席修不在大廳，藉口要多少有多少。

反正他也有他的麻煩，還不如彼此分道揚鑣。不論他要與貴族女性相親或挑選另一半，都隨他高興。

薩莉刻意保持身為娼妓的一面，隱藏心中躁動的怒意。男爵的視線鉅細靡遺端詳薩莉全身，估量她的價值。

「如果不只一點呢？」

「嗯，我們娼妓總是需要一點『毒』的刺激吧？我也想親自品嘗看看。」

「妳不喜歡無趣？」

——他在測試自己。

薩莉切身感受到，但依然假裝沒發現。露出幼稚傲慢的笑容仰望男爵。

「我願意嘗毒而死。」

「……我明白了。」

心領神會的男爵捧起薩莉白皙的手，向睜大眼睛的她指了指大廳後方。

「那就讓妳見識有趣的東西吧。」

左手的手鐲發出輕微的聲音。薩莉讓男爵牽著手，輕聲表示「真是期待」。

——某人在記憶深處低喃『離開他真的好嗎？』

☆

為什麼事情會變成這樣。

在五光十色的酒宴中追丟薩莉的席修，一臉愕然回顧這幾天。

「……到底哪裡做錯了？」

雖然有許多小地方失敗，但自己當下應該做出了妥善的反應。

結果事與願違，無法遵守陛下的命令，同行的薩莉不見蹤影。

席修想起剛才薩莉離去時的態度，忍不住抱頭煩惱。

乍看之下她的態度彬彬有禮，不像在生氣。不過世界上有人愈是怒火中燒，外表愈看不出來。以席修所知，國王與御前巫女是這類人的佼佼者，剛才的薩莉應該也差不多。相較之下，神性表露的她起碼好一點，還會挖苦人。原本席修不會這麼想，但現在逐漸習慣了。

席修環顧四周，試圖找到薩莉——這時候發現視野角落閃過黑影。

「那是……」

一隻巨大的黑鳥飛越敞開的大門外頭。

太陽已經下山，其他人似乎都沒注意到這隻飛越頭頂上的鳥。

但席修立刻發現這隻鳥的真面目，來到外頭。

畢竟要出席貴族的酒宴，平時使用的軍刀沒帶在身上。倒是隨身攜帶了收納在裝飾用刀鞘的刀。刀鞘上有細緻的金雕，在別人眼中可能不像實戰用的武器，不過刀鞘內是重視鋒利度的鋼刀。席修集中精神在腰間的刀柄上，同時追著鳥來到庭院，隨即見到黑鳥幾乎貼著篝火盤旋。

席修見到四周人多，於是手伸向裝飾用刀鞘。取出收藏在刀鞘上，約有手掌長度的針。

黑鳥轉身在低處盤旋，隨即停在加入人群中的年輕男子肩上。在場沒有人因此驚呼，因為一般人看不見化生。看不見的化生會侵蝕人心，引發災禍。

佯裝自然的席修刻意不看黑鳥，接近年輕男子。趁著走過他身後，舉起暗藏了針的手。

動作迅速的席修抓住黑鳥的脖子。下一瞬間，黑鳥便無聲無息消失。確認黑影在夜色中消散後，席修迅速離開現場，以免遭人起疑。

「……想不到化生竟然混進來了。」

化生在大街上徘徊並不稀奇。但如果混進貴族的酒宴，可就麻煩了。

這種場合容易累積不好的氣，提供化生力量。而且化生還會影響賓客的精神，引發紛爭。如果東道主足夠機靈，會事先安排化生獵人。但許多貴族討厭有人在面前動刀。

席修心想「還好自己有發現」，同時窺視他人的動靜。

目前沒有人形跡可疑。沒有人受到化生影響，也沒有意圖攻擊自己的人。然後席修將手中的針收回刀鞘。

——今天可能已經來到酒宴上的「敵人」，究竟會從何處出沒？

這項問題是聖旨的另一半，也是今天的主要任務。自己的任務是再度扮演誘餌，窺視對方的反應。一想到這項聖旨可能很危險，或許薩莉目前不在身邊反而比較好。若她此時在一起，再度被抓走可就麻煩了。況且如果分頭行動，威立洛希亞家的人應該會跟在她身邊。

即使只接觸一兩天，但是在席修眼中，威立洛希亞姊弟都很尊重薩莉。只不過對待薩莉的態度有點帶刺。如果有任何人敢危害她，姊弟應該會毫不留情出手。

——所以現狀肯定比她跟在自己身邊好。

席修如此安慰自己，可是卻絲毫沒有化解心中的憂鬱。還是覺得應該立刻找到她，向她解釋一二。

可是就算能找到她，席修也想不到如何三言兩語安慰她。這時候如果她哥哥托馬在場，即使他有點多管閒事，但應該會巧妙打圓場。可惜這裡不是月白，沒辦法奢求。

想著想著，眉頭皺得愈來愈緊的席修忽然抬頭。自己不知何時已經走到宅邸後方。四周沒什麼燈火，也沒見到賓客。就算負責扮演誘餌，站在這裡也太醒目，可能反而啟人疑竇。

席修輕輕搖頭後轉身。結果——發現黑影閃過視野上方。

「怎麼回事？」

抬頭的席修當場愣住。

比剛才消失的黑鳥還大的鳥型化生，在庭院上頭盤旋。不只盤旋的大鳥，還有十幾隻鳥影停在宅邸屋簷、窗框與庭樹上頭。而且全都露出尋找獵物的眼神，注視地面。

見到鼠型化生從一旁的樹叢竄出，席修才回過神來。

「這座宅邸怎麼會……」

其他地方不像艾麗黛一樣，化生會化為實體。所以即使大量化生聚集，也不會立刻造成危險。麻煩之處在於，這裡有「某些東西」吸引了這麼多化生。

——化生喜歡人類散發的「負面氣息」。

酒宴上聚集的全都是老狐狸，這種地方的確很容易產生「負面氣息」。可是反過來說，普通酒宴不可能吸引這麼多化生。在席修的認知中，只有戰場或剛爆發大規模混戰的地方，才會聚集將近二十隻化生。

一想到普通的貴族聚會化為不知名的魔窟，席修環顧四周。

「糟糕……得讓薩莉蒂回去才行。」

萬一她出事就麻煩了，她要是惹出麻煩更糟糕。薩莉說過「她無法對人使出太強大的力量」，但前提是對方在她眼裡是人。最壞的情況下，整座王城可能都會灰飛煙滅。席修加快腳步準備回到宅邸內，忽然想起她認真的訴求。

『私底下的處方似乎是，當著客人面前活生生挖出女孩的肝臟——』

「難道……」

這座宅邸的某處正上演如此血腥的場景。若此事為真，情況可能比事前的預估更複雜又嚴重。席修停下腳步回頭，然後重新確認每一隻化生，看它們究竟盯著那裡。

正當席修尋找可疑地點時，身後傳來踩在草上的清脆聲響。

「哦，殿下。」

「……是提瑟多先生嗎？」

聽到不是很想聽見的稱呼，席修回頭一瞧。站在該處的是昨天與薩莉一同造訪的茶館館主，提瑟多．札勒斯。國王提過要特別留意的店鋪中，就包括他的茶館。席修在內心暗暗提高警覺，並且向對方問候。手裡端著酒杯的略老男性露出和藹的笑容。

「昨天感謝殿下的蒞臨。請問殿下身邊的小姐呢？」

「發生了一點小事。」

考慮到可能讓薩莉陷入危險，席修沒有提到她是否跟來。不過他也知道席修剛才介紹過薩莉，所以可能是在套話。

老人一臉和藹可親地微笑，張開雙手。

「是嗎？喔，因為我剛才見到一位有點相仿的女性。但似乎去了不太好的地方哪。」

「……啊？她嗎？」

自己剛剛才和薩莉分開。

難道在這段期間內，已經有人將她引出去了嗎？只見老人笑得眼睛瞇成一條線。

「希望她沒有遭到壞心的大人矇騙。畢竟這裡在舉辦不堪入目的表演哪。」

這究竟是威脅還是忠告？至少他知道那女孩就是薩莉，而且有意無意透露她的安危。

——薩莉是神話之城的巫女，既是神明又是娼妓，身分尊貴。

但她實際上是凡事努力，對人類有深厚感情的少女。會為小事感到高興，也會理所當然地道謝。她有性急的一面，也有寬容的部分。對自己的未來感到些許不安，卻毅然接受自己的責任與義務。

她會開心地笑，也會寂寞地微笑。不論艾麗黛或威立洛希亞家的人，肯定都無法坐視她和與生俱來的責任劃清界線。

所以席修原本希望……保護她這段還能自由活動的時間。

結果卻變成這樣。竟然兩次讓她落入壞人的手中。

後悔與冰冷的憤怒逐漸控制思緒，席修握緊拳頭注視老人。

「她現在人在哪？」

「讓我帶領您吧，殿下。」

席修絲毫沒有理由拒絕邀約。

☆

在聶多斯男爵邀請下，薩莉來到宅邸的地下室。

走下陰暗階梯的她想起之前的遭遇，感覺不太舒服。

「怎麼啦，妳的臉色不太好呢。」

「抱歉，因為空氣有點糟。」

這句話既是藉口，也是事實。階梯彼端瀰漫的氣味混雜了甘甜與腥臭，令人作嘔的氣味讓薩莉忍不住摀起口鼻。走在前方的男爵則笑著從懷裡掏出東西。

「畢竟這裡是地下室，空氣難免差一點。戴上這個會稍微好些。」

然後男爵遞過一朵白花胸飾。貌似鮮花的大型飾品可能因為收在衣服裡而有點變形。但薩莉一接過，清爽的香氣頓時直衝鼻腔。薩莉仔細端詳這朵附有別針的胸飾。

「沒見過這種花呢。」

「聽說這是在南方採集的花——而且就是要稀奇才行。有這朵花為證的賓客，才能進入這間地下室。」

「喔……所以得別在顯眼的地方才行呢。」

薩莉略為想了想，然後拔下一根銀髮上的髮簪，穿過胸飾後插回原處。其實薩莉只是不想別在向國王借來的和服上。不過這朵花似乎也很適合當成髮飾。男爵驚訝地抬頭仰望薩莉。

「真適合妳呢，雖然可能不太好辨別。」

「到時候就拜託您美言幾句了。」

天真的媚態看得男爵一臉苦笑。兩人再度走下樓梯。

不久後聶多斯男爵向薩莉招手，來到透出紫光的入口。另一側是廣闊的空間，呈現深入地下的深井結構。

薩莉隔著扶手，環視下方寬廣的光景。

——很難以一句話形容映入眼簾的事物。

不是指難以形容，而是太多事情同時在此地發生。

地下的大廳似乎比樓上還寬廣，大約三層樓高。不同賓客聚集的「尋歡處」還帶有巧妙的高低差。不僅確保眾人的視野，又巧妙分割彼此的空間。

有地方放了張大桌子供賭客開賭。也有地方設置臺座，讓幾乎一絲不掛的少女在臺上跳舞。端著酒杯觀賞裸舞的貴族們，胸前都戴著白花。

淫靡的行徑可能是腥臭中帶著甘甜的香氣來源。席修如果見到這一幕，不知道表情會有多臭。想到這裡，薩莉差點笑出來。男爵則面露笑容，窺視表面上一臉驚訝的薩莉。

「怎麼樣，喜歡這裡嗎？」

「太棒了。」

立刻回答的薩莉露出美豔的微笑，湛藍眼眸充滿了好奇心。

「那麼我該嘗試哪種活動呢？」

「看妳囉。若妳想參與賭局，就由我出面。如果妳想脫的話……我不會阻止妳，但是殿下可能會生氣。」

「哎呀，我和他早就沒關係了。」

薩莉的語氣就像拋棄玩膩的玩具一樣，露出明顯的嫵媚舉止看向男爵。

「而且他對尋花問柳根本一竅不通，太不解風情了。居然說要幫我這種小丫頭贖身。」

「他很誠實啊。」

「但我是在艾麗黛誕生的女人，從小接受訓練成為娼妓。結果他要中途帶我離開青樓，王城人真是傲慢。」

見到薩莉噘起嘴，男爵一臉苦笑。然而薩莉可沒有錯過浮現在他視線深處的盤算。

——薩莉透過一舉一動，一點點散發自己的青澀。

嘴上不直接挑明，但是刻意讓男爵掌握「自己」。

自己在艾麗黛是尚未出師的娼妓。嚮往王城的繁華又反感。席修帶自己來到王城，自己對他的耿直感到不滿，又帶有幾分愛慕。然而好奇心更加強烈，還有幼稚的野心。天底下最好騙的莫過於自己這種人。即使在人聲鼎沸的宴席中突然消失，也不會有人起疑。

薩莉不需要展現一切，而是刻意隱藏一部分，引誘男爵猜測。如此一來，他便會輕易相信可以隨意拿捏自己，然後心裡覺得——大概摸清楚這丫頭的底細了。

實際上艾麗黛的娼妓即使年紀小，思考也不會這麼單純。她們全都是「老手」，幾乎不會輕易顯露心中的想法。只要讓對方見到自己喬裝的態度，要拿捏對方並不難。因此大多尋芳客對娼妓的印象，都是娼妓刻意裝出來的。

薩莉利用前輩們建立的技巧，同時一步步引誘男爵，神不知鬼不覺地讓他以為「可以利用這女人」。

聶多斯男爵陪著薩莉前往其中一張桌子。然後拿起桌上陳列的酒杯，遞給薩莉漂浮著白色花瓣的淡紅色酒。

「來，喝吧。」

「感謝您。」

薩莉原本提防他在杯中下毒。不過以舌尖一嘗，發現是很普通的果實酒。

兩人端著酒杯望向隔壁桌，該桌正在賭洋牌。賭客包括體格寬闊的男性、高雅的老婦人與衣著華麗的貴婦。眾人都聚精會神，盯著一身黑衣的莊家手勢。斜後方有一座裝滿了酒的淺浴缸。幾乎一絲不掛的少女們打著拍子，在浴缸內玉體交纏。

再旁邊的桌子則見到一群女性賓客，圍著穿長袍的占卜師。

男爵向薩莉一一介紹詳細區隔的「尋歡處」。兩人走下階梯，在淫亂的氣氛中穿梭前進。

幸好薩莉穿著整齊的和服，不用擔心在賓客的挑逗下被迫脫衣。好幾名女性貴族貌似喝醉，身上只剩下內衣。薩莉一瞥眾人的醜態，同時將空酒杯還給侍者。

「沒事吧？」

男爵窺視嬌小的薩莉。他已經屢次觀察薩莉的神情，就像醫生看診一樣。然後他指了指牆邊的長凳。

「差不多累了吧，稍微休息一下如何？」

「嗯……感謝您。」

目前還沒發現掏人肝臟的人物。雖然沒有人要對自己動手，但薩莉發現一處可疑跡象。

——就是自從來到這裡，氣氛就不對勁。

不只是酒氣、汗水與體液的腥味，整體氣氛都很怪異。所有賓客都酩酊大醉，而且隨著時間流逝更加嚴重。薩莉隱藏心中的訝異觀察，尋找這股怪異氣氛的真面目。然後在遠處天花板旁發現黑影。

「……化生？」

是嬰兒大小的蜘蛛型化生，可是沒有實體，只是一團黑影。這樣不會立刻引發問題，可能只是受到這裡淤積的氣氛吸引。

薩莉的視線從蜘蛛身上移開——結果差點撞上突然出現在面前的婦人。撞到前一刻停下來後，薩莉向對方低頭致歉。

「不好意思，我剛才沒看路……」

一身黑色禮服，身材豐滿的年長婦人擋住薩莉的去路。因為席修一開始問候時，她就站在卡勒克侯身邊，薩莉才會記得她。

她露出狐疑的眼神低頭看像薩莉。

「男爵，帶殿下寶貴的蝴蝶來到這裡合適嗎？」

「聽說殿下她被甩了。她和殿下似乎不合拍。」

「哦，是嗎？」

婦人的視線仔細打量薩莉全身，看得出她的眼神中只有慾望。既不像多數貴族女性輕視娼妓，也並非感到興趣。真要說的話，更接近深不見底的食慾，這讓薩莉本能感到厭惡。然後女性肥厚的手指抬起薩莉的下巴。

「殿下寵幸過妳了嗎？」

薩莉就等她問得這麼直截了當。

剛才因為席修插手而繞了個大圈子，如今終於回到原定計畫。

「為什麼非得告訴您不可？」

語氣焦急的薩莉沒有直接回答，但已經隱約透露。婦人哼笑了一聲。

「原來妳不識男人的滋味，真是傻。不過這樣正好。」

「什麼正好？」

「男爵，我要這丫頭。」

婦人的視線越過薩莉，望著聶多斯男爵。薩莉一臉訝異，回頭看向男爵。

「男爵大人？」

「這丫頭竟然這麼漂亮。肯定比其他丫頭更有效，可以吧？」

「她……」

支吾其辭的男爵看起來在思考，該如何婉拒婦人。相較之下，婦人絲毫不在意男爵的態度。不知道是否因為激動，她逐漸口齒不清。

「可以吧?我要這丫頭，就選這丫頭。因為……」

「請等一下，夫人……」

「啊，她看起來實在太美味了。」

薩莉忍不住打冷顫。不是因為她抓著自己領口，而是她看著自己的眼神明顯不正常。她的左眼與右眼朝不同方向顫抖，甚至不顧形象張著嘴，露出泛黃的牙齒，還掛著口水絲。

她的表情實在太怪異，連薩莉都啞口無言。然後她以異樣的力氣扯開和服衣領，眼看薩莉白皙的酥胸即將外露。

想制止她的薩莉，情急之下正待開口。

「——真是醜陋。」

當場響起的聲音極為清澈又冷淡，就像一根冰柱插入兩人之間，聽得薩莉倒抽涼氣。一隻白皙的手從旁抓住婦人的手，阻止她扯開薩莉的和服。

動作柔和，卻壓力強大。介入兩人的菲菈毫不掩飾輕蔑的視線，盯著黑禮服的婦人。

「連自己有多少斤兩都不知道？」

態度高傲的菲菈輕視婦人，一身霸氣鎮場。宅邸主人卡勒克侯站在菲菈身後，戰戰兢兢朝兩人頭頂上使眼色。

揪著薩莉衣領的婦人鬆手，轉身望向菲菈。

「妳這賤女人敢妨礙我？」

「口氣真沒修養。」

聽到菲菈公然嘲笑自己，婦人迅速伸手掌摑。結果菲菈退後一步躲過這一巴掌。隨後聶多斯男爵立刻從後方制住婦人。

「夫人，總之先進房間吧。即使她不行，還有其他丫頭啊。」

「我就要這丫頭！有了她肯定能變漂亮！」

「不能動她，因為她……」

男爵沒有繼續說下去。不過聽在薩莉耳中，他想說的後半句就像「還有利用價值」。薩莉瞄了一眼表姊，只見她一臉輕蔑地盯著婦人。見到她如女王般倨傲，薩莉忍著深入骨髓的懼怕感。

——現在必須假裝自己與表姊菲菈素不相識。

菲菈應該是受到卡勒克侯的招待，才會來到此地。她的胸前別著證明賓客身分的白花。坐在不遠處長凳的紅髮娼妓可能察覺到爭吵，一臉津津有味地偷看。

男爵好不容易拉開婦人後，望了一眼卡勒克侯。卡勒克侯急忙與男爵一起從左右架住婦人，準備離開現場。菲菈一歪頭表示。

「哦，您要丟下我離去嗎？還是要我跟過去？」

回頭的男爵一瞬間露出焦躁的眼神看著菲菈。不過發現身旁的薩莉歪頭表示不解，男爵便面帶愁容。然後兩名男子小聲地討論事情。最後似乎得出結論，卡勒克侯向菲菈點頭。

「我、我知道了，來吧。」

「那我呢，男爵大人？我很好奇要怎麼變漂亮。」

「喔……妳也一起來吧。」

見到薩莉的要求，男爵一臉苦笑。

——剛才突然抓狂的婦人嚇了薩莉一跳，但從眾人的反應來看，多半「猜對了」。

薩莉與菲菈並肩而行，跟在三人身後。男爵與侯爵一邊安慰婦人，同時前往後方的門。

其他受邀的貴族可能不感興趣，或者從一開始就不在乎小打小鬧，沒有人在乎他們。薩莉邊走邊確認四周動靜，一語不發的菲菈則將自己的薄披肩默默塞給她。以視線道謝的薩莉接過後披在胸前，遮住酥胸大敞的領口。

從門口走出大廳後是一條寬廣的通道，底端還有一扇上了鎖的門，後方是深入地下的階梯。順著七彎八拐的路線走，男爵終於打開一扇房間的門。首先讓婦人進入室內，然後轉頭望向薩莉。

「一開始妳可能會嚇到，總之別說出去。」

「明白。」

薩莉點頭後，男爵招手示意。然後薩莉與菲菈一起進入室內。一股濃郁花香迎面而來，忍不住皺眉的薩莉見到室內光景，頓時屏息。

——房間內的景象有一半在預料之中。

和剛才的大廳一樣寬廣的房間內有幾座巨大牢籠，是由黑色鐵柵欄沿著牆壁圍成，在房間中央形成一處空無一物的場所。

該處的地板比其他地方高，設有能躺一人的臺座。該臺座由黑石構成，用途像是獻上祭品。側面還有專用的溝槽，收藏著包括大砍刀在內的三樣刀刃。

男爵可能已經鬆手，只見婦人走向其中一座牢籠。裡面關著幾名與薩莉年紀差不多的少女，她們身上的單薄衣物幾乎可以透見肌膚。見到抓著柵欄的婦人可怕表情，都嚇得不停後退。少女們的眼神充滿恐懼，似乎很清楚自己接下來的命運。

婦人兩眼中布滿血絲，從頭到腳仔細斟酌每一名少女。

「該……該選哪個丫頭呢……」

她的注意力已經完全集中在牢籠內。其他牢籠內有的只關押少年，有的都是精壯男子，甚至有大蛇與野獸混雜的。多樣化的牢籠讓人想起展示櫃。默默注視室內光景的菲菈，對卡勒克侯露出挖苦的笑容。

「您想讓我看的就是這些嗎？好奇特的興趣呢。」

「呃，這……」

薩莉完全沒理會狼狽搖頭的卡勒克侯。所有視線都集中在害怕婦人的視線，不停顫抖的少女。發現薩莉的舉動後，男爵伸手搭在她的肩上。

「怎麼了？」

「她們是？」

「她們是商品，和妳不一樣。」

兩人問答之際，婦人似乎鎖定了一名少女。粗大的手臂伸進鐵柵欄內，指向縮在最角落的嬌小少女。

「就、就選她吧。」

「遵命。」

男爵一抬手，隨即有三名男性從另一道門進入。三人皆為僕人裝扮，聽到男爵的指示後走向關押少女的牢籠，拽出少女直接拉到中央的臺座上。

「不、不要，救命……！」

悲痛的尖叫聲迴盪在寬廣空間內，彷彿置身於惡夢中。被拉到臺座上的少女遭到手銬腳鐐拘束，一旁的婦人迫不及待地等著。

薩莉望向身旁的男爵，詢問其本意。

「請問這是要做什麼？」

「妳不是也想變漂亮？」

然後男爵再度仔細窺視薩莉，視線就像醫生一樣。他在窺視薩莉是否有任何變化。結果見到薩莉回眸緊盯自己，男爵一瞬間表情訝異，但隨即露出深不見底的笑容。

「總之妳看著吧，馬上就結束了。」

「不，且慢。」

撥開男爵置於肩上的手後，薩莉以眼神示意臺座上的少女。

「男爵大人……如果您要傷害那女孩，我可不會默不作聲。」

薩莉變了聲色。

只有男爵與菲菈察覺薩莉的變化。剛才菲菈一直冷笑著應付不知所措的卡勒克侯，但是笑容消失後，視線便回到薩莉身上。察覺表姊視線的同時，薩莉開口。

「娼妓出賣的可不是自己的血肉，而是春宵。如果您執意反其道而行，那我也有自己的考量。」

「——娼妓？」

婦人聽到薩莉這句話後開口指責。她僅轉過頭來，盯著聶多斯男爵。

「娼妓？她不是處女？」

「難道您相信這丫頭而不相信我嗎？」

「信不信都無妨。」

說著薩莉以左手輕輕推開男爵。纖細的手臂乍看之下無縛雞之力，可是男爵卻一聲不吭往後退。薩莉看也不看，往前走向臺座。臺座四周的男子們對薩莉投以訝異的眼神。只見薩莉腳步不停，舉起左手指向一名男子。

「縛。」

咒詞化為看不見的箭矢，貫穿男子的胸膛。

見到男子身軀一震，當場蹲下後，另外兩人跟著神色大變。其中一人衝上前要抓薩莉。不過一旁飛出細金屬棒，狠狠打在伸向薩莉的粗臂上。

「唔……」

「別用髒手碰她。」

旋轉伸縮式金屬杖的菲菈語帶嘲諷。

期間內薩莉將自己的力量注入另一名男子與婦人體內。現在接近新月，無須特地留意也不用擔心力量致人於死，只會讓目標對象暫時難以行動。
三名男子癱軟後，薩莉撿起掉在地上的銬鐐鑰匙，釋放臺座上的少女。滿臉淚痕的少女緊緊摟住薩莉。
「救、救我……」
「別擔心。」
——沒必要再繼續偽裝刺探了。
接下來只要釋放遭到囚禁的少女等人，向王宮舉報即可。
薩莉撫著摟住自己的少女背部，同時環顧其他牢籠。籠內的人都眼神麻木，窺視籠外的爭端。眾人的模樣又讓薩莉覺得不太對勁。和上頭的「尋歡處」一樣，感到愈來愈不舒服。
手撐著地板起身後，男爵露出挖苦的眼神瞪向臺座旁的薩莉。
「傷腦筋……難道效果太強了嗎？沒想到妳也有類似的『慾望』。」
「免了，我不需要變漂亮，現在這樣足矣。」
「或許是事實吧。不過……不，難道對妳沒什麼效？」
「什麼沒效？」
三名僕人還站不起來。手持金屬杖的菲菈露出暴虐的微笑，低頭看著三人。連薩莉看到她的側顏都有幾分不安。滿手傷痕的少女一直緊摟自己，薩莉輕拍她的手試圖鬆開。結果少女摟得更緊。

不太對勁——見到薩莉開始擔憂，男爵假惺惺地聳聳肩。

「發現自己孤立無援的滋味如何？誰叫妳要插在頭髮上。」

「頭髮上……？啊，是這朵花？」

薩莉急忙伸手摸向秀髮，連同髮簪拔掉白花。一股清爽的香氣撲鼻而來，可是僅止於此。薩莉並沒有發現什麼異狀。

不過回想起來，不只賓客胸前別著，「尋歡處」也到處都有這種白花。薩莉自己還喝了飄浮白色花瓣的酒，連充滿房間的甘甜香氣都是這種花的香氣提煉而成。發現這一點後，薩莉連同髮簪將白花丟在地上。男爵悠哉的聲音跟著響起。

「那種花的香氣能釋放人心中的慾望。任何人心裡都藏有一兩種慾望，而這種花能在本人不知不覺中加以釋放。」

「什麼釋放慾望……」

如果此話屬實，薩莉還能維持理智的原因多半很簡單。因為「她不是人類」。

可能因為薩莉的精神、慾望或身體並非人類。才沒有萌生能察覺的異狀。

薩莉瞥了一眼表姊菲菈。她以杖尖指著倒在地上的男子，笑得比平時更加愉悅。不知道她目前神智是否清醒，還是已經受到白花影響。想確認卻又不敢的薩莉啞口無言，再度望向男爵。

「就算你這麼做，我——」

「省省吧，別妄想援兵了。很快妳就不需要了。」

「……你確定？」

「沒騙妳。原因妳自己看吧。」

男爵轉過身後，只見另一端的門開啟。

看到站在該處的人物，薩莉一瞬間放心。然後呼喊剛才同行的青年之名。

「席修！」

可是薩莉立刻發現，席修的模樣不太對勁。

第一次見到他的黑色眼眸如此冰冷又昏暗，絲毫沒有平時的苦澀。毫無情感的表情就像面具一樣，讓薩莉再度發現他的容貌相當端正。

見到他胸口的白色花飾，薩莉內心一驚。

「難道……」

席修的表情沒有變化，眼裡沒有薩莉。這讓薩莉膽顫心寒。

薩莉正待往前一步，卻想起娼妓少女還摟著自己。她的眼神空洞，絲毫不肯離開薩莉。心中唯一的念頭似乎是「救救我」的求生欲。

男爵向薩莉微笑。

「我不知道妳以前待的艾麗黛是怎樣。不過王城的年輕娼妓大多都有強烈的依賴心態。因為她們待在沒有未來的火坑中，才希望他朝一日，有人對自己伸出援手……所以要控制她們在上頭接客，還是在這裡供人食用都易如反掌。」

「什麼易如反掌……」

這才是他們以娼妓為目標的原因。聽到這裡，薩莉感到愈來愈噁心。

她在心中向少女道歉，然後使勁一敲少女單薄的身子。少女隨即昏倒在臺座上。

恢復自由後，薩莉再度望向聶多斯男爵——以及他身旁的席修。

席修像失魂落魄一樣呆站在原地。男爵瞄了他一眼，面露微笑。

「他可是以耿直聞名的王弟殿下。我一開始想以妳為人質，招待他來到此地。」

「之前綁架我也是因為他？」

「沒錯，當時雖然以失敗告終，結果妳依然盡到了人質的責任。一切都在計畫之中。」

「這……」

一聽到薩莉在地下室，席修肯定會聞訊而來。

即使薩莉想說「何必管我」，但也知道席修肯定不會這麼想。現在人質的立場顛倒，讓薩莉感到難以言喻的歉意。自己的聲音在記憶深處低喃「早知道當初就不該離開他」。

可是木已成舟，後悔也無濟於事。薩莉必須靠自己脫離眼前的困境，她戰戰兢兢窺視席修的動靜。

「欸，席修……席修他沒事吧？」

「誰曉得，可能已經不是妳認識的殿下了。任何人都有隱藏的慾望，一旦表露在外，有些人會判若兩人……不過在我看來，這才是人類原本的模樣。」

笑得一臉得意的男爵轉頭望向始終沉默的席修，然後湊到他端正的側顏旁開口。

「殿下，您應該也有長期壓抑在心中的慾望，對不對？比方說逼退無比蠻橫的當今國王，讓國家再次偉大，嗯？」

「……」

——事到如今，薩莉才明白他的陰謀。

他意圖推翻接連改革舊事物的國王，拱一個聽話的傀儡上位。只要再拿下參加這場酒宴的貴族，就等於掌握了大半座王城。

薩莉望向從剛才就坐立難安的卡勒克侯。既然在宅邸下方藏了這種設施，代表他也是主謀之一。只見卡勒克侯不停偷瞄菲菈。然後他可能難以承受劍拔弩張的氣氛，跑到席修身邊。

「殿、殿下，一旦您登基為王，請務必將威立洛希亞家賜給小的……」

「威立洛希亞家？」

為什麼這時候會提到自己的家名？薩莉驚訝地望向菲菈，但她一直冷笑著低頭看向早已昏厥的男子。男爵還親切地向一臉訝異的薩莉解釋。

「因為新王國需要穩固的基礎啊。比方說古國威立洛希亞，據說流傳與神明交流，獲得庇佑的法術。」

「神明的庇佑……」

薩莉差點指著自己的臉，還好最後忍了下來，僅眨了眨碩大的眼眸。男爵沒發現她的異樣，繼續從容不迫地演講。

「我們同樣希望神明庇佑新王國。威立洛希亞家有許多過去的遺產，如今卻封藏在倉庫裡長灰塵。據說獲得這些遺產，就能得到更強大的力量——不過卡勒克侯似乎對她更感興趣。」

「她？」

薩莉回頭一瞧。只見菲菈似乎一直在聽眾人的對話，終於抬起頭來。

「哎呀，居然想要我，真是好胃口呢。不過很可惜，我對你沒興趣。你的長相和內在都很無趣。」

「哇塞……」

毫不留情的拒絕聽得薩莉表情抽筋。但是被打臉的侯爵反而像找到靠山一樣，手搭在席修的右肩上。懇求的聲音充滿期待與焦躁。

「殿下，求求您。」

侯爵蜷縮身子，抬頭仰望席修。下一瞬間……像人偶一樣飛了出去。

薩莉一臉茫然目睹眼前的光景。

——總覺得事態發展從剛才就超出自己的理解。

不知道第幾次啞口無言後，回過神來的薩莉再次確認現在的情況。

首先是聶多斯男爵，他站在與剛才相同的位置，和自己一樣茫然。

手持金屬杖的表姊一副想吹口哨的表情，望向席修。

席修的眼神毫無感情，低頭看著被打趴的卡勒克侯。戴著手套的手悄無聲息拔出裝飾刀，低沉的聲音響徹靜止的房間內。

「不論怎麼清剿，這種鼠輩總像雨後春筍一樣冒出來，真氣人。」

「……席修？」

「陛下不僅喜歡打啞謎，還老是讓這種人逍遙法外……應該每次抓到就處刑才對。根本不該讓這種人活下來。」

黑色的雙眼瞪著在場所有人。和平時的他不一樣，冷酷的眼神宛如鋼鐵刀刃，充滿打擊敵人的犀利。

男爵似乎也終於發現席修的「慾望」是什麼，表情緊繃地後退。

「殿下……您似乎誤會了。」

「誤會？」

「小的只是……」

說到這裡，男爵突然轉身。他出乎意料地敏捷，躲到薩莉身後，然後以匕首抵住薩莉細長的喉嚨。

「等……等一下！」

「殿下，為了這女孩，請您冷靜聽小的解釋。」

男爵邊威脅，邊踹一腳滾落在地上的僕人。該名男子僅略微昏厥，等他睜眼後，男爵將鑰匙串放在他鼻尖前。

「去打開。」

聽到簡短指示後，僕人吃驚地表情抽筋。但隨即抓起鑰匙串，走向牢籠。

以薩莉的角度，看不到從視野中消失的僕人開了哪座牢籠。但席修與菲菈應該知道。手持金屬杖的菲菈順著僕人的身影望過去，瞇起一隻眼睛。而席修絲毫不在意，回頭看向男爵。

「廢話少說，你和上面那群人都會面臨處刑。」

「呃，不，殿下，請等等。這女孩還有話要說吧。」

「其實我……」

「薩莉蒂。」

——他喊出的巫名帶有強大的力量。

力量足以震撼靈魂。薩莉反射性倒抽一口涼氣，席修正面瞪著她。

「我才有話要問妳。為什麼明知危險，還非得親身涉險才甘願？」

「席、席修，我……」

「陛下也真是的，竟然特地讓妳捲入風波……擺明了將我的話當耳邊風。看來我得好好質問陛下一番，為什麼這麼亂來。」

「…………」

——看來他真的全方位生氣了。

薩莉不知道白花激發的「慾望」究竟屬於什麼範疇。不過席修的慾望似乎是

「對其他人不講理的胡鬧發飆」。發現自己也在他生氣對象之內，薩莉毫無血色的嘴唇緊張得一張一闔。比起抵住喉嚨的匕首，現在的席修更加可怕。他喊自己的名字時，心臟緊張的跳動依然讓自己喘息。

薩莉僅以眼神望向菲菈。

「怎、怎麼辦？」

「總之先宰了拿妳當人質的那人再說吧。」

「可是……」

由於他躲在自己身後，這個角度難以將力量注入他的身體。薩莉的力氣也不足以拉開男爵的手臂。發現席修朝自己接近後，薩莉嚇得差點跳起來。

「糟、糟糕，快點放手。否則我們可能會一起被砍。」

「怎麼可能……」

「因為他絕對在生我的氣……！」

在薩莉看來，中了白花香氣的席修落入了敵人的陷阱。可是在席修眼中，不聽勸告在這裡當人質的薩莉，問題比較大。

見到薩莉試圖逃跑，男爵全身發抖。

「怎麼會，這不可能！只要能讓王弟成為傀儡，肯定、肯定能獲得一切……」

男爵嘴裡的嘀咕，不久變成口齒不清的胡言亂語。他顫抖的手讓薩莉想起瘋狂的婦人。趁他的手略為放鬆，薩莉扭動身體，仰視男爵。

剛才他的表情還很普通，現在則瞳孔顫抖，眼神游移不定。

花香這麼濃，男爵肯定也受到了影響。或許他試圖利用席修的權力慾也是一樣。原本應該在理性的壓抑下，不可能堂而皇之展現出來。

薩莉確認席修愈來愈近後，向菲菈使了個眼色。配合她點頭示意，看準時機——使勁往上抬起男爵的手臂。

「什麼……」

見到人質脫離控制，男爵似乎一瞬間恢復正常。

不過菲菈揮舞的金屬杖狠狠敲在他臉上。沒理會發出尖叫蹲下去的男爵，薩莉朝席修伸出左手。

「——縛！」

看不見的力量在席修胸口流竄。

但即使中了力量，席修僅略微皺眉，絲毫沒有停下腳步。

「啊，席修是不是對力量產生抗性了……」

「欸，艾瓦莉，麻煩好像愈來愈多了。」

薩莉對步步進逼的席修節節後退，望向金屬杖指向的方向。然後突然停下腳步。

房間內的眾多牢籠中，最後方的一座不知何時大大地敞開。逃出牢籠的強壯男子眼神迷茫，一步步接近兩人。

「不會吧……」

歹徒從身後逼近，前方又有化生獵人。不過要說誰比較可怕，肯定是化生獵人。薩莉急忙跑到菲菈身邊。

「菲菈，我贏不了席修。總之先逃離這裡……」

「好像滿有趣的，將他引到上面的房間如何？殺光那群人肯定特別痛快。」

「…………」

「啊，順便推翻這個國家算了。到時候我會讓威立洛希亞家族再度偉大。艾瓦莉，真期待看到妳登基成為女王。」

「呃，妳這想法也太……」

菲菈果然比平時更瘋狂。平時的她或許會開這種玩笑，可是現在的她像是認真的。

可能聽到菲菈毫無遮攔的狂言，席修半邊眉毛一揚。

「妳想造反嗎？」

「是啊，肯定很有趣。首先我想看看你的表情在痛苦中扭曲。」

「拜託，你們兩人別吵架……」

難道這兩人不知道『平穩』這兩個字怎麼寫嗎？抱著頭的薩莉急得直跺腳，可是現在沒時間讓她逃避現實。然後薩莉決定先轉身對付歹徒，朝前方的男子舉起手。但就在薩莉集中精神，準備發射力量時，男子突然往前衝。

在薩莉大吃一驚之際，對方彎腰從倒地僕人的腰間拔出匕首，刀刃直指薩莉撲來。

「……！」

措手不及的薩莉勉強往後退，躲過這一砍。介入兩人之間的菲菈以金屬杖猛敲。打碎鼻梁骨的聲音和她開心的笑聲重疊在一起。

「來，看我打碎你全身的骨頭。」

「菲菈——」

薩莉正要勸她適可而止，卻有種不好的預感，直覺地往旁一跳。

失去平衡的同時回頭一瞧，發現席修的手伸向自己剛才站的地方。

如果剛才渾然不知，他可能會揪住自己領口，然後被拖走。薩莉頓時感到背脊發涼。此時依然從臺座的方向傳來菲菈的笑聲——

「席、席修，冷靜一點。」

「不冷靜的是她才對。」

「是沒錯，可是你連刀都拔出來了」

如果落入他手中，可能會被剝皮吊起來。即使他空著手，以他的臂力應該能輕易扭斷女人的脖子。

薩莉害怕自己的想像，同時與席修拉開距離。期間有三名歹徒零星攻擊席修，但席修依然瞪著薩莉，輕易砍倒了三人。埃德說過「六人對他而言不算什麼」，果然不是開玩笑。

自己也有可能成為刀下的犧牲品。想到這裡，薩莉的身體就愈來愈冷。在冰冷身體的影響下，意識跟著轉移。對盯著自己瞧的席修——開始感到不滿，而非害怕。

「席修……你該適可而止了。」

「應該適可而止的是妳才對。」

「等一下你恢復清醒，就算道歉我也不管你喔。」

「難道妳覺得自己一點錯都沒有？在這種地方穿成這樣？」

「這……！」

薩莉搗著自己大大敞開的和服領口，左手手指跟著一彈。迸出的光芒在空中蛇行，命中攻擊菲菈的男子們。

——即使不用眼睛看，自己也能大致掌握寬廣房間內的情況。

可是薩莉沒留意自己已經擴大知覺。其實薩莉早就感應到數名少女一直蹲在牢籠內，以及一條大蛇即將爬出開啟的牢籠門。還有不知何時，出現一隻剛才沒見到的金毛狼，一直盯著自己。但薩莉現在根本無暇顧及。

其實薩莉還知道，有人躲在席修進入房間的門後方，而且此人一直觀察房間的動靜。但薩莉目前注意力完全集中在眼前的席修身上。

她打了幾個響指。

「在指責我的不是之前，能不能先看看情況？何必這麼殺氣騰騰？你如果真的想斬盡殺絕，需要我幫你嗎？」

「可是我不能對妳置之不理。」

「難道你以為能奈何得了我？就憑區區人類的你？」

「薩莉蒂。」

一聽到他喊這個名字，薩莉頓時嚇得跳起來。片刻後薩莉才發覺並非刻意跳起來，而是下意識的反射動作。氣得滿臉通紅的薩莉，心中又羞又憤。

「你……」

彷彿臉上的熱量擴散至全身。薩莉想反駁席修，卻想不到好的詞彙。正準備像小孩子吵架一樣罵人時，薩莉勉強忍住。

見到薩莉紅著臉緊咬牙根，席修伸出左手。

「過來。」

「……你想剝我的皮，對不對？」

「不會剝皮。總之過來就對了。」

即使席修再三向自己招手，薩莉始終搖頭抗拒。這讓席修眉頭皺得更緊。他第一次對自己露出如此凶狠的表情。薩莉嚇得心驚膽跳，表情抽搐。但是依然認為自己明明清醒，為什麼非得屈服於他。

下定決心後，薩莉摘下左手的手鐲。

「我已經受夠你的脾氣了，稍微睡個覺吧。等一下我再將你丟進地上的池塘裡。」

只要力量稍微強一點，讓他昏厥即可。

抬起左手的薩莉，瞥了一眼臺座的方向。站在臺座上的菲菈將男子踹向悄悄接近的大蛇。接下來多半頗為血腥，自己內心卻毫無波動。結果頭一轉回來——地板突然出現在眼前，薩莉頓時尖叫。

「呀——！」

「別亂叫。」

薩莉的腳在空中亂踢。片刻的分神竟然讓席修趁虛而入。被席修抱在腰間的薩莉，看到他揮刀砍向撲過來的歹徒。薩莉急忙身子一縮，以免遭到波及，只見鮮血飛濺到地上。

中刀的男子倒下後，薩莉對席修大不敬的態度拚命抗議。

「放、放開我！我生氣囉！」

「生氣的人是我才對。妳要我懲罰妳嗎？」

「…………」

薩莉聯想到像小孩子一樣屁股挨揍。連小時候都沒受過這種懲罰，嚇得薩莉面無血色。她緊咬嘴脣，決定吃小虧以避大辱。然後薩莉以幾乎聽不見的聲音開口。

「對……對不起。」

「妳是認真的嗎？」

「是……」

薩莉點頭後，席修才鬆手放人。可是鬆口氣沒多久，席修又將薩莉扛在肩上。俯瞰地板的位置比剛才更高，薩莉急忙伸手撐住席修的背，才保持平衡。順著席修環顧房間，薩莉的視野跟著晃動。

「快、快暈了……」

「能打開牢籠嗎？放走遭到綁架的人。」

「應該可以，但是不確定他們會乖乖逃跑。因為他們都受到花香的影響，剛才的女孩也不太對勁。」

——其實薩莉還想補一句『你也不對勁』。可是說了不知道會有什麼下場。

身體不再冰冷後，薩莉看向終於露出疲態的菲菈。

「要是人手多一點就好了……」

「需要我們幫忙嗎？」

入口的門伴隨輕盈的聲音開啟，紅髮娼妓站在該處。薩莉在上頭的尋歡處也見過她，不禁目瞪口呆。後方傳來菲菈的聲音。

「蕾森媞。」

「嗨，我來囉。你們似乎很開心嘛。」

蕾森媞輕輕一抬手，身後又進來兩名男性。兩人看見像貨物一樣被扛在肩上的薩莉，都露出難以言喻的表情。薩莉跟著驚呼。

「瓦司，埃德，你們怎麼會……」

「這起事件在我的管轄範圍內。因為聽說公主妳要插手，我才沒阻止妳，抱歉囉。」

然後紅髮的蕾森媞向埃德指了指牢籠。一身普通和服的他完全沒理會薩莉，前往關押娼妓的牢籠，彷彿薩莉不存在。

這時候薩莉才想起她是誰。

「啊，蕾森媞．迪思拉姆……她是菲菈的相好……」

她還是王城的青樓樓主，從以前就一直懷疑聶多斯男爵。僱用埃德當保鑣的應該是她。為了揭發這次的陰謀，才會親自潛入酒宴。

代替一臉狐疑瞪著蕾森媞的席修，薩莉確認目前最在意的事情。

「請問妳沒事嗎？」

「沒事，我的體質特殊，不怕這種東西。另外兩人我就不知道了。」

「趕快出去吧。有這麼多證據，足夠了。」

以手帕掩住口鼻的瓦司秀出手中的文件。即使薩莉沒有主動拜託他，他肯定也在暗地裡幫了不少忙。薩莉向瓦司低下頭。

「謝謝……」

「因為姊姊這個笨蛋出了醜，這次我就裝作沒看到。話說現在是什麼情況？」

「別問了……」

自己不僅完全沒幫忙，還落得如此難看的境地，薩莉連辯解都懶了。

薩莉告訴席修。

「回去吧，席修。應該有機會順利平息。」

不知道板著臉、一語不發的席修在想什麼。難道要搬出陛下的名字？還是會有反效果？在薩莉猶豫之際，房間後方傳來男性的聲音。

「糟糕，它們跑來了。」

「什麼東西跑到這裡？」

扭動身體望向埃德的方向後，薩莉立刻明白他的意思。

巨大的蜘蛛掛在高聳的天花板上。這隻蜘蛛化生約有成人的大小，是受到現場的氣息吸引而來。實際上蕾森媞和瓦司似乎看不見，他們都朝不同的方向左顧右盼。薩莉從難以使勁的姿勢下舉起左手。

「縛。」

看不見的力量先貫穿埃德的胸口，接著是蜘蛛。等蜘蛛在衝擊下跌落地面後，埃德動作熟練地拉到身旁。應該可以不用擔心他。見到薩莉鬆了口氣，瓦司詢問。

「有化生嗎？」

「嗯。」

「原來如此。」

畢竟認識他這麼久，薩莉才能從冷淡的回答中聽出弦外之音。

「到底怎麼了？說清楚。」

「不，沒什麼大不了——其實是上面的情況有點麻煩。」

「麻煩？」

難道有人在尋歡處大鬧嗎？結果瓦司的回答略為超出薩莉的預料。

「花香似乎洩漏到地上，還有化生對人造成影響。導致半數以上的賓客失去理智，打成一團。」

「……什麼啊。」

「哎呀，挺有趣的嘛。」

聽到菲莅不負責任的感想，薩莉無力地低下頭。與其費盡心力收拾殘局，真想一口氣穿梭到塵埃落定後的時間。一想到接二連三的麻煩，頓時渾身無力。鬆開支撐上半身的雙手後，上下顛倒的薩莉癱在席修的肩上。

「我累了……雖然是我自作自受……」

問題愈積愈多，不知道怎麼解決。現在頂多只能帶著被抓到此地的人一起逃出去。依然被席修扛在肩上的薩莉鼓起幹勁後，挺起身體。

「放我下來，席修。」

「我還不太相信妳。」

「人家都道歉了耶……」

落入席修手中等於隔離危險物，同時防止自己逃跑嗎？

薩莉無力地垂頭喪氣，看得蕾森媞哈哈大笑。

「你們兩個真可愛。」

「哪有……」

「別再鬧了，趕快逃出去行不行？」

抓著菲菈的手，拽著她走的瓦司指了指地上。

他的提議很正確，可是在牢籠裡救娼妓的埃德卻陷入苦戰。因為吸入白花香氣的人都神智不清，行動不靈活。

蕾森媞前去協助埃德，席修也扛著薩莉追上去。中途倒在地上的大蛇一動也不動，不知道是死是活。薩莉不想思考這個問題，轉過頭去。

被拉出牢籠的娼妓和剛才的少女一樣，死命摟著埃德的手發抖。容貌俊秀的埃德顯得不耐煩，卻又略為困擾地低頭看著少女。

追上來的蕾森媞輕拍少女的臉頰。

「來，趕快走吧。如果拖得太久，他也會受到花香的侵襲喔。」

「……難道妳讓我服用的藥無效？」

「有啊，多少有一點。」

隨口回答一臉不悅的埃德後，蕾森媞指了指入口。與她悠哉的語氣相反，她的動作相當俐落。可能因為接受過不少訓練，少女們都開始跟著行動。

期間內，埃德打開一旁關押少年的牢籠。

「我知道後門在哪裡，從後門離開吧。花香的效果還要再一段時間才會消退。」

「意思是接下來只剩下上面的問題嗎……」

薩莉如此嘀咕後，瓦司便一臉嫌棄。

「那和妳無關吧，是他們自作自受。」

「但地上那些人是無辜的。」

「都一樣。差別只在有沒有機會而已。」

瓦司冷冷吐槽，毫不掩飾心中只想盡早離去的想法。他身後的菲菈露出詭異的笑容，彷彿想趁機跑到上頭參加混戰。薩莉希望盡早帶她離開，還有席修能放自己下來。

略為思考後——薩莉望向埃德。

「欸，上面的情況很糟嗎？」

聽到薩莉的問題，愛理不理的埃德皺起眉頭。不過被蕾森媞一瞪才開口。

「很嚴重。在化生慫恿下，人會憎恨並傷害他人。在艾麗黛發生的話反而容易解決。」

「天啊……」

受到化生影響的人畢竟還是人。即使揮舞凶器，別人也不好說砍就砍。

對艾麗黛的人而言，一旦情況惡化，其他城鎮的化生反而麻煩。例如得在一群人混戰中解決掛在天花板上的化生，光想就很麻煩。

薩莉低頭看向扛著自己的席修。

「如果至少消滅化生，應該能減少損害吧？」

這場酒宴是國王讓自己參加的，國王還要求席修尋找對象。所以這場酒宴發生任何事，只要如實稟報即可。如果騷動擴大至地上，那就更不會錯。國王可是算無遺漏的人。

見到薩莉再次抬頭仰望天花板，瓦司一臉錯愕。

「妳又想做什麼？可別說妳想到上頭，一一收拾化生這種傻話。」

「這倒不至於，不過……」

——肯定可以將化生聚集在這裡。

上次艾麗黛那起事件，無數蛇型化生撲向自己，吸食自己的血。雖然當時與咒術師有關，但是不論什麼地方的化生性質都一樣。自己的縫合之力有效也足以證明，所以對化生而言，自己的血就像誘蛾燈一樣。全大陸最特殊的巫女，薩莉對自己的結論滿意地點頭。

「能救多少人就先救，帶他們到上面去。其他牢籠很危險，不要打開。在這裡消滅化生吧。」

「啊？先聲明，我可不幫忙。」

普通人甚至連化生都看不見。即使瓦司與菲菈和薩莉有血緣關係，都看不見化生。所以也難怪埃德會率先拒絕，薩莉聽了點點頭。

「嗯，引導這些人逃脫也需要人手。況且埃德你在這裡中了花香就麻煩了。」

「既然知道的話……」

「不過席修你辦得到吧？」

薩莉雙手摟住扛著自己的席修寬闊的肩膀，可以感受到底下是久經鍛鍊的結實體格。當今陛下的異母兄弟，忠心耿耿又年輕的席修抬頭一望薩莉。

「可以。」

聽到期待已久的回答，薩莉微微一笑。

避難行動大致結束後，席修才放薩莉下來。

瓦司直到最後還不太同意自己留下，埃德不停咒罵「妳真傻」。不過兩人都在蕾森媞連哄帶騙下離去。而且蕾森媞還幫忙照顧菲菈，瓦司也不好繼續堅持。這才是有能耐的青樓樓主吧。薩莉再度感到自己的不成熟。

薩莉抬頭注視面對面的席修。

「沒事吧？」

「嗯。」

在白花的影響下，他依然面無表情，不知道心中在想什麼。

但目前似乎無意剝自己的皮──薩莉無比相信他的本領。

現在可能還受到經驗不足的影響，不過將來他肯定是最強的化生獵人。在艾麗黛培養過好幾名化生獵人的薩莉有這個自信。

她從腰帶中抽出匕首。

「席修，你的手來一下。」

「要做什麼？」

「只靠我的血太濃了。萬一增強化生的力量就糟了。」

所以要混合他的血，吸引化生。

薩莉先輕輕在自己的手掌劃一刀。確認逐漸浮現一道紅線後，在席修左手掌心同樣劃一刀。然後兩人十指緊緊交纏，讓傷口合在一起。

一股溫暖又確實的觸感。薩莉感覺到，兩人緩緩滲出的血逐漸混合在一起。伴隨麻癢的觸感緩緩滑落肌膚，順著指尖滴落。吁了一口氣後，薩莉低頭看向落在地上的血滴，心中產生一股悸動，跟著抬起頭來。

容貌端正的席修，眼神依然毫無情感。

「席修，你還在生氣嗎？」

「嗯。」

「唔……」

他平常到底累積了多少不滿啊。想到自己也是原因之一，薩莉就感到歉疚。怪不得他會為了瑣事發脾氣，薩莉只能反省自己。見到薩莉低著頭，席修平靜地開口。

「下次記得先商量。」

「好……」

「還有，不要離開我。」

兩隻染血的手再度重新緊握。

目前感受到的就是這樣。微溫，以及些許的痛楚。

薩莉睫毛晃動，抬頭仰望席修。

「我也想說這句話。」

「是嗎？」

那為何還要離開呢？薩莉自己也覺得不可思議，但這肯定就是人性。

總覺得稍微明白母親的心情，薩莉聲音沙啞地開口。

「待在我身邊，我不會讓任何人傷到你。」

月白的巫女回敬恩客的方式，是賜予對方比保佑更強的力量，而且這股力量無論如何都不會消失。在歷史悠久的花街柳巷中，這份強大的誓約比婚姻之誓更加強大。

可是席修聽到這句話，卻打從心裡驚訝。

「說這什麼話。」

「可是……」

「是我要保護妳，薩莉蒂。」

鬆開交纏的手指後，席修推了一把薩莉背後。

天花板不知何時暗了下來，但是並非燈火熄滅。只見整片天花板爬滿了受薩莉的血吸引而來的化生。有像蛇的，像蜘蛛的，像蟲的或鳥的，不過由於太過聚集，化生的輪廓已經彼此混在一起。

不久後化生可能難以承受自己的重量，融合在一起緩緩垂降。碰到地面後，化為外型不定的黏體爬向兩人。吸收接連落下的黑影後，在白色地板前進的化生急速增大，最後變成一團巨大又模糊的團塊，大小堪比房間內的一座牢籠。

看著這團與其說醜陋，其實更莫名其妙的化生，席修嘀咕。

「相較之下艾麗黛的化生的確更好應付。至少人型的大小有限。」

「席修你也受到不少影響了呢。要縫合嗎？」

「不，妳先止血。」

向拔刀朝化生步步進逼的席修點頭後，薩莉按住傷口，然後拉開距離以免妨礙他。

自己並不害怕，相信他的實力，而且薩莉也不會讓他受傷。身為神明的她，注視沾了兩人鮮血的指尖。

——即使死亡是人無法避免的命運。

「我才是決定這一刻何時來臨的人。」

薩莉絲毫不想讓任何人奪走他。

一顆碩大又模糊的黑影球，飄浮在大廳的正中央。

艾麗黛的化生會化為人類的外型，具備實體。依照個體不同，會有超越人類的臂力與腳力。而其他城鎮的化生則是鳥獸外型的黑影，動作大多與外型相同。

薩莉帶有幾分興趣，觀察這顆黑影球究竟會怎麼活動。席修則毫不猶豫衝向前，準備以手中的刀將黑影球斬成兩半。

可是在刀鋒接觸化生表面前一刻，席修選擇收手。

仰賴卓越的反射神經，席修抽刀架開黑影球突出的尖角。突然從黑影球冒出的尖角，就像鳥喙一樣。

緊接著露出獠牙的下顎咬過來。席修躲過尖牙，向後一跳。

見到一連串動作的薩莉，對出乎意料的攻擊感到驚訝。

「這顆球會使出各種攻擊？」

「畢竟本來就是眾多化生的集合體，這點程度應該辦得到。」

「能應付嗎？要不要幫忙？」

「不用，妳保護好自己。有危險就提醒我。」

「好。」

他的聲音絲毫沒有屈居下風的跡象。如果他神智清醒，多半也是一樣。

只見他重新握住刀柄，直撲黑影球。薩莉露出信賴的眼神，注視他挺拔俊俏的背影。

化生聚集而成的黑影球感應到席修接近，伸出獠牙或尖角之類攻擊。席修巧妙引誘黑影球攻擊，並且砍落凸出的部分。

被砍的部分隨即消散，只見黑影球逐漸縮小。席修目光冰冷，撥開試圖刺穿自己的昆蟲腿。

「真是沒完沒了。」

「不過黑影球縮小了。再砍下去應該會消失。」

根據薩莉的估計，應該不到十分鐘就能解決。危險性比原本的預料還小。或許因為席修失去理智，刀法才毫不留情。

雖然薩莉如此盤算，但席修卻搖搖頭。

「太麻煩了，沒那麼多時間。」

「可是……」

他該不會想在王城衛隊趕來之前，衝到樓上大鬧一番吧。那麼最好在這裡盡可能爭取時間。薩莉煩惱該不該若無其事地拖席修的後腿。

照理說席修不知道她心中的不安分企圖，但他卻衝向黑影球。

「咦，席修？」

「速戰速決吧。」

話剛說完，席修便斬落迎面衝過來的巨大蟲顎，然後看也不看消散的化生尖端，進一步往前衝。朦朧的黑影球逼近席修眼前。不知道他究竟想做什麼，薩莉不發一語，仔細觀察席修。

——結果席修什麼也沒做。

完全沒停下腳步的席修，身體遭到無聲無息黑的影球吞噬。

情況快得來不及阻止，看得薩莉喃喃自語。

「咦……不會吧？」

沒有任何人回答。薩莉仰頭望向逐漸接近的黑影球，頓時感到渾身冰涼。

「這……」

很自然地心想，必須消滅它才行。

要消滅它，救出席修才行。他肯定還在黑影球內。

薩莉沒有多想，朝逐漸逼近的化生舉起左手。根本無需思考如何集中力量，因為力量源自於自己本身。

白皙的指尖亮起光芒——就在此時，地板上的蛇頭動了動。一條藍黑色大蛇朝薩莉抬起頭。發現大蛇後，薩莉瞥了一眼大蛇的詭異模樣，結果大蛇突然撲向薩莉。

雖然吃了一驚，其實薩莉並不害怕，然後左手朝大蛇一揮。張開血盆大口的大蛇，上半顆腦袋頓時分家，但身體依然纏住薩莉不放。可能受到化生的影響，拒絕死亡的妄念讓大蛇緊緊糾纏薩莉不放。薩莉忍不住發出痛苦的聲音。

「你這……！」

黑影球已經逼近薩莉面前。

蛇皮的觸感冰涼又滑溜，只剩半截的舌頭就在薩莉的臉旁。粉紅色的肉裸露在外，黏滑的表面還反光。

一股撲鼻腥臭迎面而來，不過薩莉除了厭煩以外並不感到恐懼。她以右手的指甲抓住藍黑色的蛇鱗，她腳邊的地板同時結了一層薄薄的冰霜。

不過在薩莉的手施放力量前，大蛇的身體突然放鬆落地。不明白發生何事的薩莉，見到視線彼端的巨大黑影球忽然搖晃……隨即消散。

站在中央的席修露出不悅的眼神，注視薩莉。

「不是剛剛才說過，有危險要提醒我嗎？」

「席修……」

一根針深深插在滾落地面的蛇頭上，針上可能施加過巫術。從鱗片縫隙可以窺見銀針上刻著細細的花紋。

席修身上毫髮無傷。薩莉環視寬廣的空間，只見化生的氣息已經消失無蹤。

「剛才那樣沒事嗎？」

「只要切斷維繫化生的核心，就會自然消散。」

「有這麼簡單嗎……」

薩莉歪頭感到不解，收刀後的席修跟著回到她身邊。接著薩莉還來不及開口，再度被席修扛在肩上。

「欸，又來啊？」

「回宮去。我有話要告訴陛下。」

「因為鬧大了？」

事情多半會變得有點棘手，薩莉卻不想阻止席修。這叫連帶責任，因為國王與席修有血緣關係，席修有理由抗議。真要說的話，應該怪國王為何要席修找對象。真要說的話，神供不算結婚，席修也有權利找對象。可是國王卻要求兩者同時進行，擺明了在整人。所以席修遷怒於國王完全站得住腳。

「薩莉蒂。」

「嗯……」

不知道因為是自己的巫名，還是出自席修之口。這三個字聽起來力量十足。席修肩上的薩莉身體一震，抬頭望向他的後腦勺。

「什麼事？」

「我目前沒有娶妻的打算。」

「嗯。」

「聖旨不講理也不是一天兩天的事了。」

嘴上抱怨的他，心裡在想什麼不得而知。既然他這麼說，多半就是事實。薩莉略為點點頭，可是隨即發現不對勁，忍不住開口一問。

「意思是和我在一起的聖旨也不講理嗎？席修你想回王城去？」

比起不安，驅使薩莉直截了當詢問的其實是好奇心。或許因為自己年紀還小，但薩莉認為如果不趁現在問，今後將不再有機會。薩莉以雙手撐起身體，腳步不停的席修跟著抬頭，仰望薩莉的側顏。

「難道妳覺得並非陛下不講理？」

「不覺得。況且如果你沒有意願，那就沒有意義了。」

即使在月白是娼妓挑選恩客，也不代表可以違背恩客的意願。如果對方不同意，就沒有下一步，即使是樓主薩莉也不例外。

最重要的是，依照神供的由來，若違反神供的意願就形同本末倒置。當然薩莉沒有看過歷代巫女的所有紀錄。或許平常收藏在倉庫內的文件中，記載著連她都想像不到的過去。

思緒在無意中脫韁的薩莉，發現自己心中愈來愈憂鬱。自己可能感到疲憊了。就在薩莉打算放鬆力氣時，席修的聲音在耳邊響起。

「我並不打算回王城。」

「咦？可是這樣好嗎？」

「因為我還得保護妳。」

多半是因為聖旨的關係吧。薩莉雖然鬆口氣，卻感到一股不痛快，就像心頭的疙瘩揮之不去。或許可以稱之為難以釋懷。因為艾麗黛的化生獵人職責是消滅化生，不是保護巫女。

「可是我又不需要你保護……」

「妳說什麼？」

「沒說什麼。」

他就不能趕快復原嗎？不知何時會受到他懲罰，薩莉開始對席修疑神疑鬼。

下次要認真聽他的抱怨，薩莉心想。隨後席修重新扛好身體即將滑落的薩莉，她也跟著閉口不語。扛著一半垂頭喪氣的薩莉，席修走上階梯。

「話說回來，薩莉蒂。」

「嗯？」

「剛才那句話，聽起來妳好像有意選擇我。」

「……」

薩莉完全無法回答。血液瞬間沸騰。

滿臉通紅的薩莉一句話也說不出口，只能嘴巴一張一闔。

——其實自己還不太肯定。

之前的確想過可能會選擇他，但還不足以百分之百確定。

何況薩莉覺得以自己的年紀，挑選恩客言之過早。正是因為這種想法，才導致自己與埃德的關係糾葛不清。

不過剛才的措辭聽起來像是席修如果有意願，就接受他成為神供。正巧讓席修抓到自己都沒發現的口誤，薩莉頓時羞得無地自容，還伸出指甲抓席修的背，嘴裡跟著嘟囔。

「哪、哪有啊……那算是一種場面話……」

「場面話？萬一有人當真該怎麼辦？」

「那我道歉……」

「我沒聽到。」

「對不起嘛。」

不知道會不會進一步挨他的罵。薩莉很想偷看他的表情，可是現在的姿勢很難做到。硬要看的話多半會拉傷肌肉。身體完全放鬆下垂的薩莉，拉了拉席修的衣襬。

「你生氣了？」

「沒。」

他的回答很平淡。白花能激發內心的慾望，但似乎不足以讓席修說出薩莉想知道的事。

薩莉也暗暗想過，如果白花對自己有效，會是什麼情況。不過現在就已經夠窘了，要是有效的話，薩莉只會覺得更無地自容。等席修清醒後，不知道他會說什麼。光是稍微想像，薩莉就慶幸「還好中招的不是自己」。

「席修，你不會到上頭大開殺戒吧？」

「是妳的表姊想這麼做。」

「抱歉我的親戚愛惹事……」

「其實妳不需要道歉。」

扛著薩莉的席修登上階梯頂端後，走在狹窄的通道內。薩莉實在很想知道剛才話題的後續，因此又拉了拉席修的衣襬。

「……就算選擇恩客得花時間，席修你也願意等我嗎？」

「那當然。妳的想法比較重要。」

聽到與平時相同的回答，薩莉這才放心。

他還是一如往常地體貼。代表他以前說的話都出自真心。

不過問題在於，現在的他在其他方面一點都不溫柔。如果他真的這麼粗魯，直接扛著自己回宮該怎麼辦。讓席修扛在肩上的薩莉擔心這一點。

多虧蕾森媞告知捷徑，遠遠聽到大廳亂象的兩人朝後門前進。結果剛走出開著的門來到後院，隨即出現和服男性擋住席修。

即使離開艾麗黛，埃德的服裝依舊沒變。他以僅剩的左眼盯著兩人。

「你還扛著她啊，該放她下來了。後門外頭有人。」

「休想。」

聽到席修冷淡地回答，薩莉忍不住「啊～」了一聲。由於姿勢的關係，薩莉看不見埃德，但這樣可能反而比較好。總覺得四周的氣溫開始降低。

不過關於這件事情，埃德才是對的。自己身上的和服已經鬆開，而且還讓席修扛在肩上，這樣出去勢必出醜。薩莉晃了晃思緒快麻痺的腦袋，心想該怎麼懇求席修放下自己。

「拜託，席修……」

「你曾經加害過她，我怎麼可能當著你的面放她下來。」

支撐薩莉身體的手鼓足力氣。見到兩人毫不保留的敵意，薩莉頓時臉色發青。

——要是在這裡打起來可就麻煩了。

現在人群都集中到陷入一片混亂的前庭。但是在後門附近爆發爭執，依然會有人撞見。就算不考慮這一點，這兩人打起來也難保不會出人命。

埃德原本脾氣就不好，右眼甚至毀在席修手上。兩人要是正面衝突，可能不只濺血，甚至會肚破腸流。薩莉看著四周陰暗的草木，同時盡可能聲音平穩地開口。

「欸，席修，我不要緊的，放我下來——」

「難道妳還沒學乖？妳的壞習慣就是總想討好任何人。」

「壞習慣……」

「該生氣的時候就不要壓抑。做不到的話就別離開青樓。」

與其說冷淡更像在生氣，聽得薩莉啞口無言。

其實這種情況下不用他講，但他想表達的意見很有道理。連自己惹出的麻煩都無法收拾，跑到外面只會造成他人的麻煩。面對毫不保留的說教，薩莉覺得自己就像真正的小孩。

「我會反省的……」

「那就乖乖別動。」

然後傳來重新握刀的聲音，同時響起的還有埃德的嘆氣聲。嚇得薩莉身體僵硬，這種情況下該怎麼阻止兩人才好？正待薩莉開口時——傳來熟悉的笑聲。

「似乎比我開口還有效呢，薩莉。」

「……咦？」

一隻手從黑暗中伸出來。但在席修察覺後轉頭之前，手刀已經劈在他的脖子上。薩莉不知道剛才是誰出手。不過男性的手從昏倒的席修肩上，抱起薩莉的身子。

「學到寶貴一課了吧。沒受傷吧？」

「托馬！」

「來太慢了，我剛才差點拔刀。」

兩名男性謹慎地注視倒在草地上的席修。

後院吹拂的風沒有參雜花香。剛才濃厚的血腥味與腥臭也消失無蹤，僅剩疲倦的殘餘與寂靜瀰漫在月光下。

「我回到宅邸準備大典，結果瓦司就找我出來。我心想多半出事了。」

「抱歉……」

沒想到甚至會勞駕哥哥出面。薩莉聲音氣若游絲，向扛著席修的托馬道歉。

感覺這一小時道歉的次數抵得過一年份。肯定是因為平時魯莽慣了，才會遭到報應。等一下肯定還得挨瓦司的罵。

薩莉與托馬和埃德並肩，沿著砂礫小徑走向後門。這段路宛如時光倒流，而且感傷中帶有苦澀的後悔。肯定是因為自己還不成熟。

托馬向整理情感的薩莉指了指停在門前的馬車。

「總之得先送他回宮裡。」

「嗯。」

「所以薩莉──有什麼話想說，就趁現在吧。」

聽到托馬這句話，薩莉停下腳步，馬上就知道托馬這番話是在勸告。畢竟自己曾與埃德相處過數年，彼此最好別留下曖昧的禍根。

站在門前的薩莉，抬頭注視獨眼的埃德。

上次那起事件後，他已經離開艾麗黛。昨天見面的時候沒機會與他好好聊一聊。所以現在可能是最後的機會。想到這裡，薩莉也跟著壯了膽。

扛著席修的托馬在不遠處的門口旁等待。如果壓低聲音，這個距離他應該聽不見。薩莉仰視照理說很熟悉的埃德。光是他右眼的眼罩，就讓薩莉想起這裡並非艾麗黛。唯一的差異讓薩莉感到心痛。

薩莉深吸一口氣，主動開口。

「謝謝你救了我。」

「我無意救妳，只是在執行工作。」

「那麼現在借我一點時間說話吧。」

其實薩莉沒有事先想好究竟該說什麼，不過想說的早已確定。

因為自己一直心知肚明。薩莉回首望向過往自己的背影。

「我以前肯定喜歡過你。雖然沒有視你為恩客候選人，但我一直向你撒嬌。」

出於孩童的殘酷心態，薩莉一直接受他的好意。而且與對待托馬的態度還不一樣。可是對薩莉而言，埃德依然算是可以敞開心扉的對象。成為樓主後，薩莉跟著嘗到拘束的滋味。因此既是化生獵人又是兒時玩伴的他，對薩莉而言就像內心的避風港。

直到一切塵埃落定，薩莉才發現這件事。

「但我是艾麗黛的巫女，無法選擇憎恨這座城的人，也不會離開那裡。」

「……妳不覺得自己受到洗腦了嗎？妳只是受到那座城束縛而已吧。」

「不是的，埃德。我就等於那座城，兩者無法分離。」

所以埃德憎恨艾麗黛，就等於憎恨薩莉。而薩莉的確在一無所知下，一直消耗他的感情。

最後埃德傷害了薩莉，這是理所當然的報應。兩人終究沒有機會以時間彌補彼此。埃德露出封閉情感的眼神，低頭看著屬於月白的薩莉。

「我一直以為妳也是受到艾麗黛囚禁的人。」

「不是的，是我自己的選擇。」

「如果我要毀掉那座城，妳會怎麼辦？」

「那我會先接受你的挑戰。」

而且有自信不會輸給任何人，薩莉的雙眼一瞬間露出好戰的神色。

她的眼神很像孩童，卻比孩童更桀驁不馴。許多娼妓私底下都有這一面，看得埃德秀氣的容貌扭曲，露出厭惡的表情。薩莉正面承受他毫不掩飾的侮蔑神色。

「……隨妳便吧。」

「嗯。」

「不要為了無聊的瑣事拖我下水。」

冷淡地拒絕後，埃德轉身走出門口。

望向他逐漸混入夜色的背影，薩莉以清澈的聲音開口。

「多保重。」

不知道是否沒聽見，他沒有回答。

但薩莉知道，這樣就夠了。

☆

一坐上馬車，坐在對面的托馬便伸出手，撫摸妹妹薩莉的頭。

在溫暖中感到放心的薩莉，露出略為苦澀的笑容。

「抱歉，我一直做出蠢事。」

「大家都這樣，人生中難免嘛。不過可別讓我太擔心啊。」

「嗯。」

「還有埃德也是。雖然有娼妓喜歡他那種男人，但我可不推薦。和他在一起會被他拖下水，最後自己跟著頹廢。」

「……祖母也說過相同的話。」

聽到來自至親的勸告，薩莉感到難為情。

以前聽祖母提起這件事，薩莉還不理解，但現在稍微明白了。知道兩人的關係不可以專注於彼此私下的一面。畢竟對花街的居民而言，私下的一面比較接近真實的自己。

搖晃的馬車彷彿一點一點從過去旅行到現在。薩莉背靠在皮革座椅上。

「不過如果沒發生這些事，我可能會選擇埃德。如果他願意積極一點的話。」

「積極的他就不是他了吧。」

「這話真過分。」

但這可能是實話。離開艾麗黛之後，現在的埃德才有機會改變。或許自己出於任性，才會覺得這是好事。但薩莉希望他能擁有不一樣的人生。

托馬縮手後，重新扶好差點滑落的席修。

「不過就算沒發生這些事，我也覺得妳會選擇席修。」

「……我又沒選擇他。」

「是嗎？妳不是很中意他？」

「…………」

又不是在挑選小貓，薩莉想反駁托馬別鬧了。雖然不至於影響一輩子，但的確是很重要的事。

薩莉注視著被安放在馬車座位上的席修。似乎因為托馬灌了藥，他的脖子浮現類似黑痣的痕跡。托馬與埃德兩人似乎為了逮住席修，早就在該處等候多時。薩莉緊盯著完全被當成危險人物的席修。直到這一刻才想起第一天與他見面的日子。

「席修他實在太老實了。」

他很正直，可能與花街柳巷格格不入。

誠懇又耿直，或許也有不知變通的一面。但這肯定因為他這人直腸子。

簡直與艾麗黛的風氣完全相反，他是活在陽光下的人。

——或許正因為他本性如此，自己才無意間受到他的吸引。

托馬一臉苦笑同意薩莉。

「也對，雖然有好也有壞。」

「他在艾麗黛顯得與眾不同呢。」

「他到哪裡都會這樣，別在意。」

「我又沒在意……拜託，我又沒有說已經選擇了他！」

薩莉一拍大腿強調，托馬隨即笑著回答「好啦好啦」。到底是不是還拿自己當小孩看待，真希望托馬統一一下。托馬拍了拍席修的肩膀。

「妳可以盡量猶豫無妨，但不要想太多，薩莉。想要的話就老實說出口。不過像他這樣絕對不放手的話，也挺傷腦筋的呢。」

「什麼意思啊。」

薩莉氣噗噗地望向外頭。只見一道細絲般的月亮高掛在馬車車窗外。晴朗的夜晚，開倉大典的新月即將來臨。

5. 結

謁見廳還是一樣擺滿了花。

從大陸各地收集的大朵花卉，在各自的盆栽上競相盛開，燦爛得彷彿現在是開花季節。有別名雪寶石的動人白花，或是鮮紅色的藤花。這些盆栽在國王眼中比金銀珠寶更加珍貴。不過唯有置於中央臺座上的小盆栽蓋著半球型的玻璃蓋，以防香氣洩漏。

艾麗黛的巫女，薩莉抬起頭來點點頭。

「應該就是這種花沒錯。」

「是嗎？你也認為是這種花？」

聽到陛下提起自己，心中在想其他事情的席修反應慢了半拍。不過短暫片刻後，席修立即回答「應該是的」。國王則回以彷彿看透人心的笑容，讓席修忍不住想咬牙。

——關於昨天的一連串事件，席修從中途失去了記憶。

還記得在茶館館主邀請下，走下通往地下室的階梯。當時他交給自己一朵白花……之後的事情席修就想不起來。醒來之後已經回到宮廷內的房間，薩莉擔憂地注視自己。不過聽到事情的原委，頓時讓席修啞口無言。

自己受到釋放內心慾望的花控制，完全不記得做過什麼。

即使席修詢問薩莉，她也一直苦笑，始終不肯透露。只說這件事與卡勒克侯和聶多斯男爵有關，以及有人被綁架到地下室，後來順利營救。

席修其實很想確認，她身上的和服凌亂不堪是否跟自己有關。但薩莉說明原委後隨即回到自己房間。結果直到翌日此時都沒有機會問清楚。

國王一本正經地點點頭。

「你應該也知道，王城最近有人行跡可疑。朕之前也派人調查過，幾乎所有人似乎都中了這種花的毒。雖然中毒程度有深有淺，但有些人如果沒有受到花毒唆使，原本還很安分。真是可惜。」

國王這番話聽起來四平八穩。可是細想後會發現，弦外之音只有兩個字：「處刑」。

對於國王而言，這起奇妙的事件可能是掃蕩潛在敵人的好機會。雖然有點同情遭到處刑的人，但這也無可奈何。

席修將心中在意的私事擱在一邊，詢問國王。

「陛下已經知道此花出自何處了嗎？」

「是之前派你去逛的花市。該處的負責人正好從昨天就失蹤了，還包括他的舅舅，老茶館的館主。」

「那老頭……」

席修想起帶領自己前往地下室的茶館館主。

記得那老頭叫提瑟多．札勒斯，在王城內外的人脈都很廣。

但他以前並未惹出什麼麻煩。在這起事件出現他的名字之前，一直以為他安分守己。見到席修陷入沉思，薩莉小心翼翼地開口。

「其實我們之前在地下室的時候，門後有個人一直在窺視動靜。我原以為此人是幫手，不過事後確認才發現，沒有人認識他。我認為可能是帶殿下進入地下室的人，偷偷觀察動靜……」

「果然是提瑟多嗎？」

薩莉聽說白花是「來自南方」，不過還得調查才能確認真偽。

報告完畢後，國王慰勞兩人，然後準備讓兩人退下。這時候席修插嘴。

「屬下有事想稟報。」

「說吧。」

國王間不容髮立刻回答，還面露完美的笑容。可能早就預料到席修會開口。但席修假裝沒發現，繼續詢問。

「由於屬下的失態，昨天未能達成陛下的旨意。」

「這件事情朕已經聽過，其實無妨。以結果而言十分豐碩，其他事情可以之後再彌補。況且即使昨晚鬧得那麼大，一大早依然有數人前來詢問，希望再次安排自己的女兒與你見面。」

「……………」

明知故犯已經夠讓席修火大。現在聽到這句話，更能確定國王是故意的。

面對存心整人的國王，席修得盡全力強裝平靜。掩飾臉上的表情後，席修低下頭去。

「關於這件事情，若要遵照陛下的旨意，就難免影響另一項聖旨。請恕屬下還不成熟，想專注在更加重要的事情上——」

「你覺得她比較重要，想以她為優先嗎？朕明白了。」

「…………」

為何又刻意改口？席修很想抓起眼前的盆栽往旁邊一丟，但還是克制心中的衝動。一旁的薩莉不知為何臉色發青。但是追究下去多半會害自己精神衰弱，所以席修選擇無視。忍住心中的種種怨言，席修行禮表示「陛下所言甚是」。

無論國王怎麼說，珍惜她都是純粹的事實。她為了助人不惜翻臉，不顧安危伸出援手。幸好最後她如願以償，並未留下遺憾。

追根究柢，席修想誠實對待她，甚至比聖旨更加重要。希望她的努力獲得應有的回報，對自己露出開心的笑容，而自己也願意盡力協助她。

聽到回答後，國王龍顏大悅地點頭，甚至讓席修感到不舒服。

「朕明白了，就隨你高興吧。」

「感謝陛下。」

等薩莉離去後，自己肯定會受到國王百般調侃。不過席修已經放棄掙扎。就在席修耐著性子抬起頭來的時候，身旁的少女開口。

「其實我也有些事情想拜託陛下，可以嗎？」

她挺直腰桿，從側顏看不出她的表情。

席修訝異地皺眉後，薩莉轉過頭來，一臉苦笑。

「抱歉，你能不能先離開？我馬上就過去。」

「先離開？」

聽到她要求自己先行離席，席修感到驚訝。轉頭望向另一側，發現連國王都點頭示意。

即使心中還感到不安，也無法繼續待在此地。心中訝異的席修再度行禮後，離開了謁見大廳。

目送席修離去後，薩莉轉身面向國王。

「——我也想向陛下提出和他一樣的懇求。」

王座上的貌美國王聽到薩莉清晰的聲音，隨即面露微笑。和剛才對席修露出的可疑笑容不一樣，看得薩莉有些不是滋味。國王多半三番兩次用這種方式氣席修。

昨晚的慘痛教訓讓薩莉話中帶刺。

「請陛下別太壞心眼。不然總有一天會嘗到苦果。」

「神明小姐似乎已經先嘗到苦果，才會勸說朕嗎？」

聽到國王呵呵笑的薩莉，嘴角絲毫沒有笑容。湛藍的眼眸冷冷地帶有力量。

「我並非在開玩笑，而是說真的──既然要讓他擔任化生獵人，就請陛下別催他結婚。惡作劇如果鬧過頭，可就不能一笑置之了。」

薩莉輕輕吁了一口很長的氣。

以薩莉腳下為中心，寒氣從謁見廳往外溢出。

御前巫女首先察覺氣溫的變化，她神色一變，伸手搭在國王肩上。國王似乎也發現到，再次回望薩莉的眼睛。

新月前一天是薩莉力量最弱的時候，但依然無損她的本質。是人又非人的她緩緩抬頭，以柔和卻沉重的聲音，警告國王與御前巫女。

「若想以神供討我的歡心，就別橫生枝節。也別讓其他女人接近他──省得礙眼。」

夜晚的冰冷氣息擴散，大廳內綻放的花卉接連枯萎。

見到這一幕的國王大吃一驚，臉上逐漸失去血色。見到自己細心呵護的花卉身受其害，國王差點流下眼淚。眼看國王剛才的笑容消失無蹤，快哭出聲音，身旁的御前巫女深深低頭謝罪。

「非常抱歉，我們保證以後絕不再犯。」

「是嗎？下次記得長點眼睛。」

心裡痛快一點後，薩莉才收回自己的氣息。略為搖晃輕微暈眩的頭，然後轉身離去。

來到走廊上，發現席修已經在等待，一臉擔憂地看著自己。

「妳剛才和陛下說了什麼？」

「說些關於花的事情吧。」

「花？那就算了……話說昨天晚上，我對妳做了什麼？」

「別問，我不太願意回想。」

「……」

☆

薩莉要回去主持明天的開倉大典，因此在宮裡的房間換上黑色禮服。

由於要回威立洛希亞家宅邸，不能露出面貌。戴上面紗後，薩莉前往後門備妥的馬車。席修已經在該處等候，見到薩莉後打開馬車車門表示「我送妳一程」。

薩莉道謝後正準備上車，卻發現腳步聲由遠而近。不久後一名女性出現在宮裡的走廊。

「殿下！找您好久了！」

她拖著綠色禮服現身，從打扮來看應該是貴族大小姐。薩莉抬頭望向身旁的席修。

「她是誰？你認識她？」

「是透過相親簡歷……」

「喔。」

換句話說，她是席修的相親對象之一。只見她一副要摟住席修的氣勢衝過來，似乎到近距離才發現薩莉。停下腳步的她毫不掩飾眼神中的不悅，瞪向遮住容貌的薩莉。

「請問您是哪一位？我有事情要和殿下說。」

她擺明了嫌薩莉礙眼，要薩莉離開。席修似乎對她的態度感到厭倦。不過薩莉在席修開口前制止了他。伸出戴著手套的手，一摸席修的臉頰。

「有話就對我說吧。」

「啊？妳是誰，哪個家族的？」

她毫不客氣地上下打量薩莉。席修似乎想開口，卻不知道該說些什麼。薩莉雙手摟住席修的手臂，面露笑容。

「您好，我是威立洛希亞當家，名叫艾瓦莉・薩莉雅・威立洛希亞。承蒙陛下親允，目前正與殿下交往中。」

「……咦？威立洛希亞？」

她啞口無言愣住的模樣，看在薩莉眼裡十分有趣。以前自己從未公開宣稱威立洛希亞之名。不過最古老又高貴的威立洛希亞家族，在王城貴族之間應該無人不曉。這個名稱有時候會帶來超乎實情的效果。只見她的表情在困惑與焦躁中扭曲。

「怎麼可能……反、反正妳肯定信口雌黃。況且沒有人知道當家的長相——」

「哎呀，竟然敢侮辱我們家的公主，膽子真不小。」

馬車另一側傳來嬌豔的聲音，面紗下的薩莉嘆了一口氣。

菲菈表姊的腳步還是一樣大剌剌。從馬車後方出現的菲菈與瓦司，分別散發十足的壓迫感瞪著貴族大小姐。她似乎也認得兩人，眼看她的表情愈來愈難看。瓦司錯愕的視線停在薩莉的頭頂上。

「由於她體弱多病，平時不出門。但我可以保證，她就是威立洛希亞的當家……

如果妳堅持不信的話，那我就想想其他方法證明。」

「不、不用了，沒關係。算了。」

不知道表哥表姊平時都在王都做什麼。原本盛氣凌人的大小姐似乎嚇得完全沒有還手的餘地。只見她向席修低頭致歉「失禮了」，隨即往宮內落荒而逃。

不久後，席修一臉困惑地望向薩莉。

「剛才那樣說好嗎？」

「這點程度無妨。況且昨天讓我很不高興。」

「話說我到底做了什麼……」

「好，我們回去吧！菲菈和瓦司你們呢？」

「有安排宅邸的馬車，以免妳又溜出去。」

「我不會再跑了啦……」

略為搖頭後，薩莉坐上馬車。席修一語不發跟著上車。

空氣很清新，沒有花的香氣。現在也不覺得開倉大典有多沉重。

薩莉揭開面紗，注視坐在對面的席修。平穩又帶有熱意的情感在心中澎湃。

「席修，你盡到了保護我的責任。」

他沒有忘記當初隨口的約定，陪自己一起逛王城。會抱怨自己的任性，而且容忍自己的脾氣。他接受自己既是娼妓，又是神明的事實，並未加以否定。很自然地，理所當然地陪伴自己。也願意等待自己長大，等待自己選擇恩客。

最重要的是，他保護的是自己的全部。

但他肯定對此毫無自覺。只見席修略為困惑地點頭。

「那就好。如果我有哪裡失禮，希望妳告訴我。」

「就說沒有了啦！要是發生什麼，我會要你負起責任，所以放心吧。」

「……這樣子我更覺得自己對不起妳了。不，我當然會負責。」

見到一本正經，認真道歉的席修，薩莉再也忍不住笑了出來。

呵呵笑的薩莉抬頭，見到席修一臉不解，笑得更加開心。

「那麼到時候——你可得當我的好夫君。」

將來有一刻，兩人有可能再度山盟海誓。

就這樣，年輕的神明為了此生唯一的對象，等待綻放的日子到來。

後記

非常感謝各位購買本作《半夢半醒之間，月色潔白》的讀者，我是作者古宮。

本作品是遠古神話尚存的異世界，在歐日風混合的舞臺上演的戀愛奇幻劇。作品中的異文化與不同價值觀交融在一起。其中女主角所在的花街柳巷充滿歷史風情，讓人懷念過往的日本。

整座城是獻給神明的回禮。孕育人的悲喜之處，長久保持不變。女主角一生都在花街柳巷，男主角則活在陽光世界下。希望各位讀者喜歡這種彼此不合拍的反差感。啊，故事中有不少流血場景……故事應該會在反覆出現的殺伐場景中推進。敬請各位多多指教。

另外本作品為新創刊的出版社，DRE Novels 推出的第二波作品系列。出版社找我的時候表示「奇幻作品若要從頭創作世界觀，寫單回短篇較花時間。不過目前網站上有兩部已經完結的作品，敬請考慮看看。如果條件不符的話，再麻煩您寫單回短篇」。而我的回答是「那就用這部作品吧」，於是本作《月白》榮獲機會推出。

作品本身大約十年前首次推出，有點年代了。不過本作品的男女主角設定成「若能畫成插圖的話，希望能畫得很夢幻」。我一直夢想有人能畫兩人一對的插圖。如今承蒙繪師描繪美麗的世界觀，真是感激不盡啊。希望本作品能堅持到完結，敬請各位讀者留意後續發展。

接下來是致謝詞。

感謝責編這一次的邀請，讓本作品得以出版，真的非常感謝。多虧您如此細心地支持，他們的故事才有機會開始。責編您的忙碌十分燦爛，今後我會繼續努力不拖累您。並且讓出版社的作品更熠熠生輝，敬請多多指教！

新井テル子老師，非常感謝您為本作角色提供美麗的人設與插圖！多虧您的幫忙，本來不太行的角色也因為「長得真好看……長得好看就沒辦法了……」而有機會過關。感謝您鮮明地展現神話之城美麗又妖豔的一面！

另外感謝各位從網站就開始支持本作品的讀者！多虧各位讀者持續聲援，這次才有機會出版！真的非常感謝各位！各位看到插圖後大受衝擊「角、角色真好看……！」是本作的醍醐味。太棒了！

最後由衷感謝購買作品的各位。

小時候從夜晚的廟會窺見神社。我曾經想像過，若是另一側連結不一樣的世界，那裡有一座繁華城市的話——艾麗黛就是連結此一夢想的地點。

敬請各位讀者關注在神話之城，緩慢又鮮活地努力的眾角色。

希望我們在某個時代，某個地點再次見面。

非常感謝各位。

古宮　九時

章外：踢球

擔任化生獵人的席修，大約一天在城裡巡邏三次。

有些自衛隊員覺得「這種巡邏頻率對一個人而言太多了」。不過這座城的人潮與氣氛會隨著時間改變，因此席修認為一天巡邏三次比較安全。

今天一如往常結束傍晚前的巡邏。然後席修在大馬路旁的巷子裡，被孩子們逮個正著。

「化生獵人大哥好遜喔！」

「讓我練習一下……」

孩子們圍成一圈，玩腳踢或拍紗線手球的遊戲。被拉來一起玩的席修是第一次接觸手球，不知道球會彈向哪裡。也不會控制力道，變成孩子們的拖油瓶。

席修與古老的手球遊戲陷入苦戰時，身後傳來嘻嘻笑的聲音。

回頭一瞧，席修不禁仰天長嘆。

「薩莉蒂……妳怎麼會在這裡啊。」

「外出採購。讓我也試試看。」

薩莉將行李交給席修後，從孩子們手中接過手球。然後開始朝地上拍。

她彎下嬌小的身子，伸出白皙的手拍手球，美得就像一幅畫。孩子們都歡聲鼓舞。

「公主好厲害！」

聽到孩子們坦率的稱讚，薩莉面露笑容。然後她讓手球輕輕彈起，伸出腳輕巧越過手球上頭。白皙的腳從淡藍色貼身襯衣的接縫露出，看得席修一愣。

「等一下，薩莉蒂，先別踢了。」

「咦，為什麼？」

畢竟她不是在街上玩耍的孩子，而是這座城的神。而席修只是區區士兵，她不該當著自己的面輕易露腿。但如果薩莉想玩，席修也不該制止她。

最後席修說出理所當然的解決方案。

「換雙鞋子吧。我去附近的據點拿工作鞋來。」

「有必要嗎!?」

「嗯，還得撩起衣襬才行。我順便借針線來。」

「別這麼大費周章！我只是有點懷念而已！」

薩莉將手球還給孩子後，拉了拉席修的衣袖。

「話說方便的話，可以陪我去採購嗎？今天只有我一人，正傷腦筋呢。」

「……我知道了。」

眼看天空逐漸染紅，兩人並肩而行。離去之際向孩子們微笑後，薩莉做出拍手球的動作。

「在這座城裡長大的娼妓都會玩。」

儘管從未見過，但薩莉這句話讓席修想像年幼的她。小小的手拍著手球的她，當時肯定也很努力練習。這讓席修有點想看她玩手球的模樣。

「我也練習一下吧……」

「席修你的個子很高，不適合這種遊戲啦。」

一口認定的薩莉笑了出來。開心的聲音融入逐漸低垂的夜色中。

國家圖書館出版品預行編目資料

半夢半醒之間，月色潔白 / 古宮九時作 . -- 一版 . -- 臺北市：城邦文化事業股份有限公司尖端出版：英屬蓋曼群島商家庭傳媒股份有限公司城邦分公司尖端出版發行，2024.03
面； 公分
譯自：月の白さを知りてまどろむ
ISBN 978-626-377-653-1（平裝）

861.57　　113000418

浮文字
半夢半醒之間，月色潔白
（原名：月の白さを知りてまどろむ）

著者／古宮九時　繪者／新井テル子　譯者／陳冠安
執行長／陳君平　美術總監／沙雲佩　國際版權／黃令歡、高子甯、賴瑜妗
榮譽發行人／黃鎮隆　美術編輯／陳聖義　內文排版／謝青秀
協理／洪琇菁　文字校對／施亞蒨
執行編輯／丁玉霈

出版／城邦文化事業股份有限公司　尖端出版
台北市南港區昆陽街十六號八樓
電話：（〇二）二五〇〇—七六〇〇
傳真：（〇二）二五〇〇—二六八三
E-mail: 7novels@mail2.spp.com.tw

發行／英屬蓋曼群島商家庭傳媒股份有限公司城邦分公司　尖端出版
台北市南港區昆陽街十六號八樓
電話：（〇二）二五〇〇—七六〇〇（代表號）
傳真：（〇二）二五〇〇—一九七九

中彰投以北經銷／楨彥有限公司（含宜花東）
電話：（〇二）八九一九—三三六九
傳真：（〇二）八九一四—五五二四

雲嘉以南／智豐圖書有限公司
（嘉義公司）電話：（〇五）二三三—三八五二
傳真：（〇五）二三三—三八六三
（高雄公司）電話：（〇七）三七三—〇〇七九
傳真：（〇七）三七三—〇〇八七

香港經銷／一代匯集
香港九龍旺角塘尾道六十四號龍駒企業大廈十樓B&D室
電話：（八五二）二七八三—八一〇二
傳真：（八五二）二七八二—一五二九

新馬經銷／城邦（馬新）出版集團 Cite（M）Sdn. Bhd.
E-mail: cite@cite.com.my

法律顧問／王子文律師　元禾法律事務所
台北市羅斯福路三段三十七號十五樓

二〇二四年三月一版一刷